# O FARDO DO
# SANGUE

# TIFFANY D. JACKSON

# O FARDO DO SANGUE

Tradução de Karine Ribeiro

Título original
THE WEIGHT OF BLOOD

*Copyright* © 2022 *by* Tiffany D. Jackson

Todos os direitos reservados.
Nenhuma parte desta obra pode ser reproduzida ou transmitida por meio eletrônico, mecânico, fotocópia ou sob qualquer outra forma sem a prévia autorização do editor.

Direitos para a língua portuguesa reservados
com exclusividade para o Brasil à
EDITORA ROCCO LTDA.
Rua Evaristo da Veiga, 65 – 11º andar
Passeio Corporate – Torre 1
20031-040 – Rio de Janeiro – RJ
Tel.: (21) 3525-2000 – Fax: (21) 3525-2001
rocco@rocco.com.br | www.rocco.com.br

*Printed in Brazil*/Impresso no Brasil


Preparação de originais
IURI PAVAN
RODRIGO AUSTREGÉSILO


**CIP-BRASIL. CATALOGAÇÃO NA PUBLICAÇÃO**
**SINDICATO NACIONAL DOS EDITORES DE LIVROS, RJ**

J15f

    Jackson, Tiffany D.
        O fardo do sangue / Tiffany D. Jackson ; tradução Karine Ribeiro. - 1. ed. - Rio de Janeiro : Rocco, 2023.

    Tradução de: The weight of blood
    ISBN 978-65-5532-385-6
    ISBN 978-65-5595-228-5 (recurso eletrônico)

    1. Ficção americana. I. Ribeiro, Karine. II. Título.

                          CDD: 813
23-85695                    CDU: 82-3(73)

Meri Gleice Rodrigues de Souza - Bibliotecária - CRB-7/6439


O texto deste livro obedece às normas do
Acordo Ortográfico da Língua Portuguesa.

Este é para mim!
Para a menina de maria-chiquinha que corria para a frente da TV sempre que seu filme de terror favorito começava, fazendo o impossível mesmo com tantas pessoas duvidando de seus sonhos, incluindo ela mesma. Olha só para você agora, Tiff-Tot! Olha só para você.

# PARTE UM

# UM

**FOI A MADDY**
EPISÓDIO 1
"Tudo começou com a chuva"

## COMISSÃO DO MASSACRE DE SPRINGVILLE
*Do testemunho da sra. Amy Lecter*

Primeiro ouvimos a batida, e aí as luzes se apagaram. Não moramos longe do country club. Nosso filho, Cole, até trabalhou lá como carregador de tacos durante o verão. Ganhou um bom dinheiro. Enfim: depois sentimos o cheiro da fumaça e corremos para a varanda. Dava para ver as chamas um pouco acima das árvores. O clube devia estar encharcado de gasolina, o fogo tão alto que o céu ficou roxo. Meu marido, George, pegou a caminhonete para ir até lá, e eu fiquei na varanda esperando. E esperando. E esperando. Duas horas depois, ainda esperava alguma notícia. Não fazia ideia do que estava acontecendo. Os telefones não funcionavam.

Quando eu estava prestes a ir até lá, vi Cole saindo do escuro, mancando até a entrada da casa, de olhos arregalados como se tivesse visto Deus. Fiquei tão aliviada por ele estar bem que saí correndo e o abracei com força. Mas... ele estava encharcado. Como se tivesse tirado o smoking da máquina de lavar e vestido. Foi só quando me afastei que vi que meu roupão estava todo manchado de vermelho e comecei a gritar.

Levamos Cole para o hospital. Ele não tinha um arranhão, mas foi transferido para a ala de saúde mental porque não conseguia falar. Ainda não fala muito. E meu filho, ele é um tagarela. Desde pequeno, nem tentando conseguíamos fazer ele calar a boca. Ele era o fofoqueiro da família, sempre agitado. Agora, mal se mexe. Mal pisca, só fica encarando o nada.

Só dois jovens saíram vivos da Noite do Baile no country club. Cole foi um. Dizem que, quando passamos por algo assim, nosso instinto entra em ação. Então a mente dele deve ter mandado ele ir para casa. Ele caminhou três quilômetros pela lama só com um sapato, coberto pelo sangue dos outros jovens.

Quando perguntei a ele o que aconteceu... ele começou a murmurar sem parar: "Foi a Maddy."

*1º de maio de 2014*
*PRIMEIRO TEMPO. Educação Física.*

Maddy Washington cutucou o fundilho de seu short de ginástica verde, olhando para as nuvens cinza-escuras em cima da pista de atletismo da Escola de Ensino Médio de Springville. Torceu o nariz.

Ia chover.

— Jules Marshall? — berrou a treinadora Bates.

— Presente — bocejou Jules.

— Wendy Quinn?

— Presente!

— Ali Kruger?

— Presente!

As garotas se reuniam na cerca mais distante, usando-a como apoio para alongar as panturrilhas e os tendões. Maddy mordiscou a unha do dedão até reduzi-la a um toco ensanguentado ao mesmo tempo que tocava a raiz de seu cabelo superliso, sentindo sua maciez de seda.

— Professora, você vai mesmo nos obrigar a fazer isso? — choramingou Charlotte McHale, batendo os pés no chão igual criancinha.

A treinadora Bates terminou de preencher a chamada sem erguer o olhar.

— Vocês precisam correr. Faz bem para os músculos.

Em resposta, as garotas resmungaram. A treinadora colocou a prancheta sob o braço. Seu longo cabelo grisalho estava debaixo de um boné de softball do Springville Pirates.

— Vocês não querem ficar lindas e magrinhas para o vestido do baile? — provocou a treinadora.

— Não preciso me preocupar com isso — retrucou Jules, batendo com a sua bunda na de Wendy. — Não sei o resto dessas gordas aí.

Wendy riu, apertando a coxa exposta de Jules.

— Fale por você!

Elas riram, evitando o toque uma da outra de brincadeira. Maddy não estava prestando atenção. Só ouvia o coração pulsando nos ouvidos, o nariz sentindo o cheiro do maior dos pesadelos.

Não era para chover. Ela havia conferido. Sempre conferia. Todos os dias, ela ligava o rádio enquanto preparava o café da manhã e telefonava para a linha direta da previsão do tempo duas vezes antes de sair pela porta da frente. Mesmo que a chance de chuva fosse de vinte por cento, ela ficava em casa. A previsão de hoje era céu sem nuvens, vinte e três graus, baixa umidade. Então por que o céu parecia prestes a mudar de ideia?

— Alô, MADDY? Acorda, MADDY!

Maddy se virou, empurrando os óculos marrons tortos nariz acima.

— Oi?

A turma inteira a encarava de cara feia.

— Ótimo, obrigada por prestar atenção — gritou a treinadora Bates. — Chamei seu nome umas cinco vezes, só.

Rapidamente, Maddy olhou para o chão, penteando seu longo e baixo rabo de cavalo com dedos trêmulos.

A treinadora Bates balançou a cabeça em reprovação e pegou um cronômetro.

— Beleza, meninas! Em fila. Hora de ir lá para fora. Vocês vão correr pelo campo baixo e voltar. Duas voltas. No três!

Maddy olhou para o céu mais uma vez. Um gosto amargo descia por sua garganta e a forçava a fazer o impensável.

— M-m-m-mas… vai chover — alertou em voz aguda.

Toda a turma se virou, chocada. Maddy não tinha dito mais que três palavras o ano inteiro. Agora, no meio de maio, ela articulara uma frase inteira.

A treinadora Bates, a princípio atônita com o som da voz da aluna de quem menos gostava, revirou os olhos.

— Então acho que isso quer dizer que vocês vão correr mais rápido. Agora, vamos! Vocês vão voltar bem antes da chuva começar. Vamos, meninas. Rapidinho!

Os pulmões de Maddy se petrificaram, soltando o ar em lufadas rápidas e vazias. Uma gota. Só isso bastaria para acabar com tudo. Ela olhou para o portão da escola, mordendo um lábio trêmulo enquanto a voz do pai rugia em sua cabeça.

*"Ninguém pode saber. Ninguém pode saber!"*

Ela não podia, em circunstância alguma, deixar o cabelo molhar.

Mas, se tentasse escapar, a treinadora Bates ia apanhá-la, e sabe-se lá o que aconteceria depois. Sala do diretor? Detenção? Suspensão? Maddy nunca se metera em confusão na vida.

Então enfiou o rabo de cavalo dentro da camisa e seguiu a fila campo abaixo.

As garotas corriam em pares, exceto Maddy, que arfava sozinha no fim da fila, tentando manter o ritmo e correr mais rápido que a ameaça de chuva que se assomava sobre elas. Ela não tinha o mesmo preparo físico que as outras meninas. Nunca havia jogado qualquer esporte nem feito sequer uma aula de dança. O pai não deixava. O suor seria o bastante para arruinar seu cabelo.

*"Ninguém pode saber. Ninguém pode saber!"*

— É, o vestido chegou, mas não tem nada a ver com a foto — contou Jules para Wendy, sem ar. — Eu ia levar pra mãe da Cindy, mas ela falou que tá ocupada, e eu disse que não queria esperar...

Maddy observou os longos cabelos ruivos e loiros das duas pularem em sincronia com seus passos. Elas não estavam preocupadas com a chuva. Viviam sem preocupações. Maddy engoliu a inveja e tentou enrolar o rabo de cavalo em um coque, mas não tinha um grampo para segurá-lo no lugar. Sem observar os próprios passos, ela tropeçou em um graveto, quase caindo no chão com um alto "ai".

Jules a olhou feio, balançando a cabeça em reprovação.

— Jesus, será que ela consegue ser mais patética que isso? — resmungou para Wendy, que apenas riu.

O vento ficou mais forte, soprando o cabelo de Maddy para o lado. O mingau amanteigado, o bacon, o suco de laranja e as vitaminas diárias que ela tomara no café da manhã se agitaram na barriga.

— Enfim, o que você acha que eu devia fazer? Posso ir até Atlanta, mas provavelmente já venderam todos os vestidos bonitos, e nunca vou deixar alguém me ver vestida igual a uma dessas vagabundas.

— Podemos ir juntas — arfou Wendy, o rosto suado. — Te ajudo a escolher alguma coisa.

O coração de Maddy martelava. Ela tentava correr mais rápido, arfando a cada passo, e mesmo assim estava ficando para trás.

— Por favor. Por favor — implorou ela para o céu. — Por favor.

As garotas viraram à direita no antigo campo de futebol, correndo perto da entrada da floresta. O fedor de terra molhada permeava o ar. Maddy via a escola a distância. Elas tinham mais uma volta antes de completar os três quilômetros. Talvez a chuva esperasse, pensou ela. *Talvez tudo fique bem.*

Foi quando a primeira gota atingiu os óculos de Maddy. E então outra. Ela se encolheu, tentando cobrir a raiz do cabelo com as mãos, mas a chuva veio como uma avalanche. As garotas deram gritinhos e riram, correndo mais rápido, a lama molhada respingando nas pernas, as camisetas brancas finas se agarrando à pele.

O cabelo de Maddy, agora encharcado, se enrolava em seus ombros como uma capa, a chuva mascarando seu choro durante todo o caminho até a escola.

Maddy se observou no espelho — era a última pessoa no vestiário, que cheirava a sabão, spray de cabelo e tênis molhados. Fosse qualquer outro dia, ela teria trocado de roupa e corrido para a aula antes que a umidade a atingisse. Ela nunca tomava banho com as outras garotas. Não podia arriscar que seu cabelo entrasse em contato com a água.

Mas tudo isso terminara com uma tempestade.

Cílios úmidos emolduravam seus olhos verde-musgo, a pele branquíssima. Sem uma toalha, ela não tinha nada para absorver a água de seus cachos encharcados, que já tinham começado a ganhar vida. O cabelo dela sempre secava rápido, e então inchava como massa de pão. Se seu couro cabeludo aguentasse um alisamento, talvez não tivesse sido tão ruim assim. Mas o cabelo ficou cheio de frizz, crescendo mais a cada segundo, uma juba de leão gigantesca, um monstro adormecido que nenhuma escova normal seria capaz de domar.

Ela precisava de uma prancha.

As mãos dela tremiam, tentando desesperadamente passar os fios grossos por outro elástico de cabelo, que se rompeu, bateu no punho dela e caiu no chão, igualzinho aos outros. Uma pilha de minhocas mortas aos seus pés. *"Parece que você tá com um Bombril na cabeça."* É o que o pai dela diria se estivesse ali. As palavras ecoaram pelas câmaras da memória dela.

*Todo mundo vai saber agora*, pensou ela, as lágrimas caindo.

Mas... se permanecesse escondida, poderia fugir da escola e correr para casa sem ser vista. Ou poderia ir à enfermaria e ligar para o pai ir buscá-la. Ele não ficaria muito bravo. Como ela ia saber que o céu ia mudar de ideia?

— Maddy?

A treinadora Bates saiu do escritório pisando duro e bateu o olho no cabelo de Maddy, ficando sem palavras. Por um momento, Maddy pensou que talvez a treinadora notasse seu dilema e se compadecesse. Talvez até a mandasse para casa sem explicação.

Esperançosa, ela encarou a mulher, sorrindo através das lágrimas.

A treinadora levou um momento para se recompor antes de gritar:

— O que você ainda está fazendo aqui?

Maddy piscou, o sorriso se desfazendo.

— E-eu... Eu só...

— Já pra aula! Você já faltou a tantas aulas minhas, e agora está tentando faltar às outras também? Por que você se dá ao trabalho de vir para a escola? Se continuar assim, é melhor largar os estudos. E pode esquecer, não vou abonar o seu atraso.

Maddy deu uma última olhada no espelho e se conformou com seu destino iminente após uma breve oração. Mesmo que ela não entendesse, Deus não comete erros. Ela saiu do vestiário para o corredor iluminado pelo sol que entrava pelas janelas. O céu exibia um azul vibrante, sem nenhuma nuvem. Nem sinal de que havia chovido. Com o corredor vazio e as portas a alguns passos de distância, ela pensou em sair correndo.

Mas, atrás dela, a treinadora Bates parou junto à saída do vestiário de braços cruzados. De olho.

Maddy não teve escolha senão ir para a aula.

**SEGUNDO TEMPO.** *História dos Estados Unidos.*

Jules Marshall estava sentada ao lado de Wendy no fundo da classe da professora Morgan, enrolando uma mecha de cabelo ruivo no dedo indicador. Estava analisando os próprios nudes no celular, tentando decidir qual deles enviar para o namorado, quando de repente olhou para a porta.

— Puta merda — sussurrou, boquiaberta.

Wendy, que fazia anotações freneticamente, seguiu o olhar da amiga.

— Meu. Deus.

Charlotte cobriu a boca com as mãos para evitar um grito, mas o som saiu como uma tossida.

O cabelo de Maddy chegou à sala de aula antes dela. Os fios bagunçados e escuros se avolumavam ao redor de seu corpo franzino. Ela parecia mais cabelo do que gente. Ao vê-la, as pessoas ficavam pasmas.

— Puta merda — disse Jason Conway, cutucando Chris Lively, seu vizinho e parceiro de time, e os dois riram aos berros.

De olhos arregalados, a professora Morgan segurava o piloto no ar, em frente à lousa.

— Maddy? — arfou ela.

Maddy não respondeu. De cabeça baixa, ela agarrou os livros contra o peito com uma das mãos, usando a outra para segurar com força a alça da pesada mochila pendurada em seu ombro. Caminhou rápido até seu assento na terceira fileira entre os colegas, que não conseguiam conter as risadinhas.

A professora Morgan rapidamente se reprimiu por agir da mesma forma que os pirralhos que deveria estar educando. Afinal de contas, era só cabelo. Ela nem ousou pedir o abono de atraso para não atrair mais atenção para Maddy. Era nítido por que a garota estava atrasada. Em vez disso, ela se voltou para a turma e fez cara de paisagem.

— Silêncio, pessoal — ordenou. — Peguem o dever de casa e abram o livro no capítulo quinze.

Maddy deslizou em sua cadeira, tentando ficar do tamanho de uma ervilha, enquanto a professora Morgan fazia perguntas aos alunos.

— Vamos lá, alguém pode me dizer...

O rosto e o pescoço de Jules estavam vermelhos como tomate; ela tremia de rir, em silêncio, a ponto de lacrimejar. Wendy apoiou a cabeça no caderno, tentando se recompor.

— Jules? Wendy? — repreendeu a professora Morgan. — Qual é a graça?

— *Qual é a graça?* — repetiu Jason, incrédulo. — Cara, você viu aquela juba?

A sala explodiu em risadinhas.

Maddy inspirou pelo nariz, as lágrimas se acumulando nos olhos. Juntou as mãos, rezando na maior intensidade possível para que algo a salvasse. Depois da aula, ela precisaria correr. Não importava se ficaria encrencada depois. Precisava sair dali.

— Jason — disse a professora Morgan, irritada. — Você quer ir pra diretoria explicar por que está atrapalhando a minha aula? Algum de vocês quer ir? Se não, eu sugiro que parem com isso agora mesmo.

A turma se acalmou, mas não por completo. Ninguém estava prestando atenção na professora Morgan. Todos os olhares estavam em Maddy.

Um sorriso perverso se espalhou pelo rosto de Jules.

— Se liga nisso aqui — sussurrou ela, enfiando a mão na mochila. Tirou de lá um lápis afiado e o girou entre os dedos. Wendy e Charlotte prenderam a respiração. Mirando com um olho fechado, Jules jogou o lápis suavemente até o outro lado da sala. O objeto fez um arco antes de pousar no cabelo de Maddy, que não sentiu nada.

As garotas convulsionavam de tanto rir. Jules pegou outro lápis.

O lápis caiu de pé no cabelo dela, como se tivesse sido colocado ali de propósito. As risadinhas se tornaram gargalhadas. Maddy não se deu ao trabalho de ver o que estava acontecendo. Sabia que estavam rindo dela. Estavam sempre rindo dela. Sua pele queimava, seu coração acelerava.

A professora Morgan havia se virado bem a tempo de ver o segundo lápis voar e desaparecer na floresta de cachinhos pretos.

A turma ria alto, o som ecoando nos corredores.

— Quem jogou isso?! Wendy? Charlotte? Jules?

— Não fui eu — disse Jules, toda inocente, erguendo as mãos. — Minha caneta está aqui.

Wendy mal conseguia se controlar, seu rosto sardento ficando vermelho como uma cereja.

Maddy fechou os olhos com força para impedir que tremessem.

— Chega, por favor — murmurou baixinho, e então sentiu um leve puxão no cabelo.

— Até tocando parece o cabelo de uma menina negra! — alguém gritou atrás dela.

— Mandei pararem com isso! — gritou a professora Morgan.

Naquele momento, o aparelho auditivo de Debbie Locke guinchou como um microfone que estivesse perigosamente perto de um alto-falante. Ela sibilou entredentes e tirou o aparelho da orelha.

— Que porra foi essa? — murmurou ela, colocando o aparelho na palma da mão. Mas ninguém a ouviu. Estavam ocupados demais rindo do cabelo de Maddy Washington, uma escultura gigantesca sentada no meio da aula de História dos Estados Unidos.

— Parem — implorou Maddy, as lágrimas escorrendo enquanto as vozes abaixavam.

*Você viu o tamanho daquela merda? É gigante!*
*Ô, Maddy, onde você arranjou esse cabelo crespo?*
*Maddy Maluca do Cabelo Maluco!*

— Parem, por favor, chega — implorou Maddy novamente, tremendo.

Os dois únicos alunos negros na sala olhavam com nojo para os demais. A professora Morgan percebeu. A pele clara dela ficou vermelha.

— Eu mandei parar! — gritou ela.

Uma rachadura na janela ao lado de Wendy começou a serpentear pelo vidro, se dividindo como uma árvore genealógica. Arfando, Maddy agarrou a mesa, e a sala girou. Algo pinicou e zumbiu por sua pele.

*Como é que pode ela ter um cabelo crespo assim?*
*Espera, ela é negra?*

A professora Morgan, tentando retomar o controle da sala agitada, percebeu o café morno em sua xícara tremular sobre a mesa, como se uma brisa forte tivesse soprado.

De repente, Wendy xingou baixinho, se encolhendo e cobrindo as orelhas com as mãos.

— Que merda é essa? — arfou ela, trocando um olhar agitado com Charlotte, que parecia espantada. Ela também tinha sentido. As orelhas delas estavam pegando fogo.

Maddy sentiu um beliscão atrás dos olhos, os músculos apertando enquanto ela murmurava:

— Chega. Chega. Chega.

*Cara, ela é?*
*Maddy é...*

— CHEGA!

Em um instante, todas as mesas e cadeiras levitaram a um metro do chão, como se erguidas por uma corda. Wendy arfou com a sensação, similar àquela que se sente em uma montanha-russa segundos antes do carrinho descer. Então as mesas bateram com força no piso, as pernas de metal guinchando. As janelas racharam e as lâmpadas explodiram, espalhando estilhaços de vidro sobre os alunos aos gritos. O chão sob a professora Morgan tremeu, fazendo-a ficar de joelhos. Ela ergueu a cabeça a tempo de ver todos os estudantes agarrando os pertences e correndo para a porta.

Todos, exceto Maddy, que, sabe-se lá como, estava no fundo da sala, encolhida.

# DOIS

**FOI A MADDY**
EPISÓDIO 1, CONT.

    Michael Stewart: "'Tudo começou com a chuva.' Isso é o que as pessoas de Springville dizem quando alguém pergunta sobre a fatal Noite do Baile, que ocorreu mais de uma década atrás, deixando a cidade em ruínas."

    Esse é o parágrafo de abertura do livro *Massacre de Springville: A lenda de Maddy Washington*, de David Portman. A obra analisa os eventos que levaram ao que ele se refere como o "Baile Sangrento", quando uma garota chamada Madison Abigail Washington quase incendiou a cidade inteira, matando duzentas pessoas, incluindo a maioria de seus colegas de turma, que participavam de seu primeiro baile inter-racial.

    O parágrafo de abertura, junto ao testemunho que reproduzimos no início deste programa, me atormentou com mais perguntas do que respostas. Mas, se você perguntar o que aconteceu naquela fatídica noite a qualquer um de Springville, ou pelo menos a qualquer um que ainda esteja vivo, todos dizem o mesmo que Cole Lecter: "Foi a Maddy." Mas como? Bem, isso ainda é motivo de discussão. Os sobreviventes daquela noite testemunharam o horror em primeira mão, então por que ninguém acredita neles?

    Olá. Me chamo Michael Stewart. Sou produtor aqui na rádio NPR e, antes de continuarmos, quero apresentar minha querida — e um tanto incomum — coapresentadora nesta série: Tanya King.

Tanya King: E aí!

Michael: Que tal você se apresentar, Tanya?

Tanya: Claro. Sou antropóloga e professora na Universidade de Sydney.

Michael: Então, lá vai: Tanya e eu nos conhecemos em um bar faz uns seis meses.

Tanya: Traduzindo: ele estava dando em cima de mim.

Michael: *rindo* Beleza, justo, mas eu estava puxando papo sobre o meu trabalho.

Tanya: Que é o que, mesmo?

Michael: Eu investigo crimes reais. E tinha acabado de dar sorte em um caso que me deixara obcecado desde o primeiro ano da faculdade. Então eu estava meio animado e contei pra ela.

Tanya: E eu respondi que nunca tinha ouvido falar do Massacre de Springville.

Michael: Daí eu falei na hora: "Você estava morando no meio do mato? Ocupada demais lutando contra os monstros da selva australiana?"

Tanya: O encontro acabou rapidinho depois disso. Mas ele meio que chamou minha atenção ao tagarelar empolgado sobre uma garota que era capaz de mover objetos com a mente.

Michael: Pra ser sincero, pensei que o mundo inteiro sabia do massacre. Principalmente com todas as teorias de conspiração sobre o caso.

Tanya: E deve ser por isso que eu não tinha ouvido falar. Porque *parece* maluquice. Tenho orgulho de ser realista.

Michael: Então pensei que isso daria um ótimo experimento social. Quer dizer, tem jeito melhor de abordar esse caso com uma nova perspectiva do que apresentá-lo a uma pessoa cética ao extremo que não sabe absolutamente nada do massacre? Nas próximas semanas, repassaremos os eventos que culminaram na Noite do Baile, examinando pistas, talvez até desenterrando novas provas, e deixaremos você e nossos ouvintes tirarem as próprias conclusões.

Tanya: Falando sério, a coisa toda parece uma lenda urbana fantástica. Mas estou curiosa com essas teorias da conspiração que você mencionou. Pode me contar algumas?

Michael: Para começo de conversa, pense em como a cidade inteira pegou fogo. Não pode ter sido por causa de uma adolescente com "poderes mágicos". Foi isso o que as pessoas tiveram dificuldade de entender. Por isso a investigação, o interrogatório, a ocultação dos fatos. A escola já estava sob muita pressão — e falaremos disso mais tarde —, então, aos olhos do público geral, Maddy tinha que ter recebido ajuda para destruir o lugar.

Tanya: Eles consideraram o evento um tipo de ataque terrorista doméstico?

Michael: Algo assim. E aí você tem também os conservadores que acreditam que o "Vidas Negras, Orgulho Negro", o VNON, teve envolvimento nisso, considerando os protestos que aconteceram nas semanas anteriores à Noite do Baile. E há as pessoas que creem que nada sequer aconteceu. Que foi tudo coisa de efeitos especiais de Hollywood e atores contratados, o que é nojento.

Tanya: Eu acredito que esses jovens morreram. Eu acredito que eles eram pessoas reais. Só não acredito na causa da morte deles.

Michael: É, nem o governo da Georgia acreditou. Assim como a maior parte dos Estados Unidos, e foi por isso que o livro de Portman passou quase despercebido. Mas tenho uma teoria que gostaria de acrescentar.

Tanya: Beleza, conta!

Michael: Acredito que Maddy Washington ainda está viva.

Tanya: Ai, Mike. Está falando sério?

Michael: Lembra da pista que mencionei mais cedo? Falei com alguém que pode ter provas de que Maddy não morreu naquele incêndio. E que a ajudaram a escapar.

## *1º de maio de 2014*

Maddy estava sentada em um banco do lado de fora da sala do diretor, a mochila pesada a seus pés. Agarrada a um caderno, ela se balançava suavemente para a frente e para trás, mordiscando o dedão. Seu cabelo, agora três vezes maior que o habitual, caía sobre os ombros como um cobertor desfiado. Acima do quadro, havia uma faixa pintada em verde e branco — *ESCOLA DE ENSINO MÉDIO DE SPRINGVILLE! Lar dos Piratas! 4x Campeões Estaduais!* — cercada de fotos emolduradas de estudantes do presente e do passado. Maddy estava de cabeça baixa, ignorando os olhares pasmos dos funcionários, principalmente das mulheres na casa dos sessenta, que trajavam jeans folgados, coletes de vovó, vestidos formais e mocassins esquisitos. Na mesa de carvalho vermelho da secretária havia um pequeno bloco branco com os dizeres: *Porque sou eu que conheço os planos que tenho para vocês, diz o Senhor, planos de fazê-los prosperar e não de lhes causar dano, planos de dar-lhes esperança e um futuro.*

Maddy desejou que aquilo fosse verdade.

De braços cruzados, a professora Morgan observava Maddy pela janela da sala do sr. O'Donnell. Ela repassara aquela manhã várias vezes em sua mente, frustrada com as respostas inteligentes que ela enfim bolara e que lhe escaparam enquanto os estudantes zombavam do cabelo de Maddy. Por que não colocara aqueles baderneiros no devido lugar? Na escola onde trabalhara antes, ela não teria hesitado. Seus ex-alunos respeitavam a forma como ela lhes respondia imediatamente. Mas, nesta nova escola, a sensação era que os alunos sabiam que eram intocáveis, que estavam no controle e que bastava uma reclamação de um responsável para que ela fosse demitida.

— Vocês terão que trocar de sala — disse o sr. O'Donnell atrás dela. — Provavelmente pelo resto do ano, até consertarmos a janela.

O incidente com Maddy abalara tanto a professora Morgan que ela quase esquecera do vidro quebrado no chão da sala de aula. Aquilo podia esperar. A prioridade era a aluna assustada e encolhida esperando do lado de fora da sala. Não podia falhar com ela outra vez.

— Não estou nem aí para aquela porcaria de sala, Steve — bufou ela.

— Tá bem. Então... o que aconteceu?

Ela se virou a tempo de ver o diretor arrumando a mesa pela segunda vez e revirou os olhos. Ela sempre o deixava nervoso, agitado, o que não era a postura esperada da autoridade máxima de uma escola. Saber que os estudantes estavam nas mãos de um frouxo que cedia aos desejos de pais ignorantes a irritava.

— Os alunos estavam jogando lápis nela logo antes do terremoto. Estavam zoando o cabelo dela.

Ele parou de se remexer só para lançar a ela um olhar furtivo.

— Tudo isso por causa de um cabelo bagunçado? — perguntou ele, incrédulo. — Laurie, sua sala de aula foi destruída. Você não acha que nós...

— Steve — interrompeu ela entredentes, se inclinando sobre a mesa dele. — Você não está prestando atenção! Dá uma olhada no cabelo dela. Dá uma olhada *direito*.

O sr. O'Donnell se recostou na cadeira e engoliu em seco. Então se inclinou de lado, espiando pela janela. Cinco longos segundos se passaram, até que ele empalideceu.

— Ah. Ah! Ela é... Eu... Não é possível.

A professora Morgan cruzou os braços.

— Eu acho que sim.

Ele deu outra olhada rápida e esfregou o rosto pálido, chocado. Ao contrário de suas feições, o cabelo de Maddy não deixava dúvidas.

No banco, a garota se remexeu, os pés batendo no carpete verde.

A professora Morgan se controlou para não ficar com pena dela. Maddy não precisava de pena. Isso apenas causaria mais dores que talvez ela nem sequer soubesse que tinha. Mas a professora falhava a cada pensamento.

*Coitada. Coitada, ela é tão boazinha. Ela viveu uma mentira todo esse tempo...*

O sr. O'Donnell tocou a testa.

— Isso não é bom. Alunos implicando com uma... garota? Nunca vamos ter paz.

— Uma garota negra, você quis dizer — corrigiu a professora, falando entredentes. — E você não deveria estar mais preocupado com a Maddy?

— Claro, claro — gaguejou ele, se levantando.

A professora abriu a porta com força e gesticulou como se dissesse a ele "você primeiro".

Corajosamente, ele assentiu e marchou para fora da sala, com ela logo atrás.

— Madison — gritou ele.

Maddy se encolheu no banco, abraçando os joelhos contra o peito, o lábio inferior tremendo.

— Credo, Steve — murmurou a professora Morgan, apressando-se para se sentar ao lado da garota. — Está tudo bem, Maddy, você não está encrencada — assegurou, pousando a mão com suavidade no ombro dela.

A menina choramingou, se encolhendo contra o braço do banco.

A professora Morgan fez um gesto com a cabeça para o sr. O'Donnell, incentivando-o a dizer algo. Qualquer coisa. Mas ele tinha o instinto paternal de um clipe de papel. Ele tentou outra vez — não pelo bem de Maddy, a professora não tinha dúvida, mas pelo próprio orgulho.

— Madison — chamou ele, com a voz mais baixa. — Você sabe quem atirou os lápis em você?

Maddy balançou a cabeça baixa em negação. Ficou esfregando a palma da mão na coxa, como se tentasse se polir até alcançar os ossos.

— Tem certeza de que não viu ninguém? — pressionou ele. — E não se preocupe, não contaremos a ninguém o que você disser aqui.

Maddy espiou por meio de seus fios crespos, examinando a sala. Todos a encaravam, da assistente do diretor à secretária, nem sequer fingindo trabalhar. Ela voltou a olhar para o colo e negou com a cabeça novamente.

A professora Morgan olhou feio para a plateia boquiaberta, depois para o diretor.

— Bom trabalho — murmurou.

O sr. O'Donnell mexeu na gravata e pigarreou.

— Madison, por que você não vai para casa descansar? — ofereceu ele. — Imagino que tudo isso tenha sido bem… traumatizante. Vamos ligar para seu pai para informar que você foi liberada.

Maddy arregalou os olhos ao ouvir a menção ao pai, a mão parando de tremer.

— Não — arfou ela. — Vocês… Vocês não…

— É política da escola informar aos pais ou responsáveis de qualquer incidente que exija que o aluno seja liberado.

Maddy ficou boquiaberta, mas não disse nada. O banco abaixo dela começou a tremer, dando um choque na professora Morgan.

*Hm… um abalo secundário?*, pensou ela, olhando ao redor. Mas ninguém pareceu reparar.

— Você precisa de uma… carona? Ou de alguém que te busque? — perguntou o sr. O'Donnell. — Podemos pedir ao seu pai para vir e…

Naquele momento, a impressora no canto da sala ganhou vida com um rugido, cuspindo dezenas de páginas manchadas de tinta, todas as bandejas batendo.

— Alguém pode desligar a impressora? — gritou o diretor, voltando-se para Maddy.

A garota encarou a máquina por um instante antes de balançar a cabeça, o cabelo se movendo.

*O diretor O'Donnell não saberia o que é compaixão nem se ela mordesse a bunda dele*, a professora Morgan pensou amargamente e pousou a mão no ombro de Maddy outra vez.

— Maddy, sinto muito pelo ocorrido. O que aqueles alunos fizeram foi cruel, e você não merecia. Sei que deve ter te deixado muito chateada, então quero que saiba que pode falar comigo sobre… qualquer coisa. Estou aqui, está bem?

Maddy fechou seu moletom, ficando em silêncio.

— Está bem, Maddy, você está liberada.

A garota pegou a mochila e se levantou. Ela tropeçou duas vezes, se atrapalhando com a porta da sala. Eles a observaram seguir rapidamente pelo corredor, o cabelo uma pilha desastrosa.

*Ela não pode ser branca com um cabelo assim*, pensou a professora Morgan e imediatamente se repreendeu.

O sr. O'Donnell suspirou, esfregando a testa.

— Vem comigo. Henrietta, traga o registro da Madison Washington. E ligue para a enfermaria e peça a ficha dela também.

— Já vou — disse a secretária.

— O que você está pensando? — perguntou a professora, seguindo-o de volta ao escritório.

Ele pegou seu estoque de emergência de barrinhas de chocolate de uma gaveta baixa, oferecendo uma a ela.

— Estou pensando que está faltando alguma informação.

Ela pegou um chocolate, sentando-se pesadamente em uma cadeira ao lado.

— Será que ela é adotada?

— Não. Ela tem os olhos do pai.

A professora Morgan ergueu uma sobrancelha questionadora.

— Ele estava na mesma turma que a minha irmã mais velha — admitiu o diretor, inocentemente. — Os Washington eram meio… conhecidos por aqui.

Henrietta apareceu com a ficha. Ela devia já ter espiado o conteúdo, o que deixou a professora Morgan furiosa ao pensar na privacidade de um de seus alunos sendo invadida. Primeiro pelos jovens, agora pelos adultos. Ela bateu a porta quando Henrietta saiu, e o sr. O'Donnell analisou o documento.

— Aqui diz que ela é branca — murmurou ele.

— O que tecnicamente é verdade — contrapôs a professora Morgan. — Se você diz que ele é o pai dela.

Os lábios do diretor tremeram, as palavras pesadas em sua língua.

— Seja lá no que você está pensando, é melhor pensar duas vezes — disse ela.

Ele suspirou, totalmente exausto, e ainda estavam no terceiro tempo.

— Havia boatos — começou ele. — Boatos de que ele se relacionou com uma mulher negra. Faz muito tempo. Mas ninguém levou a sério, principalmente considerando a mãe que ele tinha. Uma velha amarga até a morte. Pelo menos era o que diziam. Ela costumava cuspir nos jovens na Pizzaria do Sal.

— Pelo que eu saiba, as crianças não são entregues pela cegonha. Cadê a mãe dela?

— Morreu no parto. Pelo menos é o que ele diz.

— Então ninguém nunca viu a mulher?

— Os detalhes eram... confusos.

— Quem mais sabe?

— A essa altura, a cidade inteira — zombou ele.

A professora Morgan se encolheu, olhando para a sala de espera, as fotos emolduradas nas paredes agora todas tortas.

— E os alunos? Os que zombaram dela. O que você sugere que façamos com eles?

— Você viu quem jogou os lápis?

Ela corou.

— Bem, não.

Ele balançou a cabeça.

— A não ser que você tenha visto alguém específico, não podemos punir a turma toda pelo erro de um estudante.

— Não foi um erro — irritou-se a professora Morgan. — A turma inteira estava rindo. No mínimo, um programa de conscientização racial faria bem a eles.

— Está bem. Mas acho que devemos liberá-la pelo resto do ano. Considerando o... ambiente hostil. Podemos colocá-la no salão de estudos.

Ela assentiu brevemente.

— Concordo.

— Algo mais?

Ela indicou a porta.

— Precisamos de um programa de conscientização racial para os funcionários também.

— O que os funcionários têm a ver com isso?

— Steve, você acabou de descobrir que uma das suas alunas estava fingindo ser branca. Tem noção do caos que isso aqui vai se tornar?

Ele suspirou.

— Isso me lembra que tenho que ligar para o sr. Washington.

Maddy não saiu correndo da escola. Correr chamaria atenção demais. E não podia usar as portas da frente, já que a maioria das janelas tinha vista para lá e mais pessoas poderiam ver seu cabelo enorme e importuná-la mais. Então caminhou confiante para o ginásio, desceu ao andar inferior e foi em direção à saída lateral, soluçando e tentando evitar explodir. O terremoto havia rachado seus óculos, e ela mal enxergava sem eles. Mas algo lhe dizia que não havia sido um terremoto. Pareceu direcionado demais, como se tivesse acontecido apenas sob os pés dela. O pensamento a fez querer correr mais rápido para casa, como se alguma coisa sombria a perseguisse pelo corredor. Mas, quando virou na esquina, Maddy deu de cara com um peito duro que nem mármore.

— Ai — gemeu ela, cambaleando para trás.

— Caramba, foi mal! — disse uma voz grave com uma risadinha, mas parou assim que ela o olhou.

Kendrick Scott.

Ele era um vulto gigante, mas Maddy o reconheceria em qualquer lugar por sua pele escura, altura e sorriso ofuscante. Ela perdeu o ar; as pernas paralisaram. Não conseguia se lembrar de terem passado mais que dois segundos sozinhos. E, de todos os dias, ele tinha que vê-la bem naquela situação.

*O que ele vai fazer?*

Kendrick observou a aparência dela, o olhar parando no cabelo, o sorriso desaparecendo.

— Hã, você está bem?

Não havia reconhecimento na voz dele. O coração de Maddy disparou. Talvez ele fosse esquecer o breve encontro, confundi-la com outra garota, desde que ela se mexesse.

Mas, como se as luzes tivessem sido acesas, ele arfou.

— Maddy?

O nome soou estranho na voz dele. Um nome que ela nunca o ouvira mencionar. Foi o sacolejo de que ela precisava para despertar.

Saiu correndo porta afora.

Os corredores da Escola de Ensino Médio de Springville estavam tomados de fofoca. Claro, alguns tinham ficado sabendo do desastre natural que atingiu a sala de aula da professora Morgan. Mas eram as notícias sobre Maddy que já haviam se espalhado.

Wendy saiu voando pelo corredor, o shake proteico em uma das mãos, os livros na outra, esperando alcançar seu namorado antes que ele fosse para o terceiro tempo. Ele sempre parava no armário para trocar os livros e cronometrava o tempo certinho para que eles pudessem andar juntos pelo corredor. Ela viu a cabeça dele acima das dos outros alunos, um metro e oitenta e sete de puro músculo. Parou diante do armário dele, respirando rapidinho para se recompor. Mas as notícias não podiam esperar, e as palavras escaparam dos lábios dela.

— Ficou sabendo?

Kendrick "Kenny" Scott deu um pulo com o gritinho dela, mas segurou um suspiro irritado. Wendy mordiscou o lábio, lembrando que ele odiava quando ela chegava de fininho. Sem aviso, sem oi, só falando de uma vez o que tinha em mente.

— Bom dia para você também. — Ele se inclinou e beijou a bochecha dela. — Fiquei sabendo do quê?

— A Maddy Washington é negra!

Ele ergueu a sobrancelha.

— Quem?

— A Maddy — repetiu ela, entregando a ele seu shake de morango matinal. — A Maddy Maluca! Ela é negra. Quer dizer... afro-americana.

Ela corou, esperando que ele não percebesse a mancada.

Revirando os olhos, Kenny fechou o armário com força e deu um golinho no shake, estremecendo com o Whey Protein sabor baunilha com gosto de giz que Wendy insistia que o faria ganhar músculos — e que, no geral, fazia mesmo.

— Essa piada é muito ruim, amor.

— É sério! Tentei te mandar mensagem, mas meu celular está todo esquisito.

Ele observou o rosto dela, esperando que ela concluísse a piada.

— Quem te disse isso?

Enquanto caminhavam pelo corredor de mãos dadas, uma Wendy sem fôlego recontou o incidente do cabelo.

— Vocês jogaram coisas no cabelo dela?

Wendy fez uma careta. Nem tinha reparado que era ofensivo.

— Então... eu não. A Jules jogou, mais ou menos. Mas... foi engraçado como tudo meio que grudou nele. Ela nem percebeu. Doideira, né? A Maddy tem um black power de verdade!

— É, sei lá — murmurou Kenny.

— A tia da Kara Klaine trabalha na secretaria e ouviu o diretor comentando o assunto. Quer dizer, quem é que ia adivinhar?

Kenny encarou o chão, murmurando.

— Eu acho que encontrei com ela quando estava indo no banheiro. Nem a reconheci. Ela parecia... assustada. — Ele olhou para Wendy. — O que vocês fizeram com ela?

Wendy logo tentou se defender:

— Nada! Nada de mais. Eu acho que ela foi meio dramática. — Ela riu, redirecionando a conversa. — Mas, tipo, todos esses anos nós achamos que ela era branca. Que loucura! Você acha que alguém na sua família sabia?

Kenny fez uma careta.

— Por que a gente ia saber?

— É que... Não sei... Pensei que talvez... — Wendy deixou as palavras morrerem e esfregou as têmporas.

— Tá tudo bem? — perguntou ele, parando para tocar a bochecha dela. — O que foi?

Wendy afastou seu cabelo platinado para olhá-lo. Ela tinha sardas bonitas espalhadas na pele branca. Quando ela não estava tagarelando, Kenny poderia nadar o dia todo em seus olhos azuis como o mar.

— Tô com uma dor de cabeça horrível.

Ele encostou o shake gelado na testa dela, e Wendy se inclinou para mais perto do toque dele.

— Posso te levar para a enfermaria — ofereceu Kenny, preocupado.

— Não, estou bem. Mas obrigada — disse ela, beijando-o. — Enfim, alguma janela quebrou na sua sala?

— Por quê?

— Por causa do terremoto.

— Que terremoto?

— O terremoto que acabou de acontecer!

Kenny franziu a testa.

— Sério? Não senti nada.

— Tá zoando?

Como ele não tinha visto todo aquele caos? Mas Kenny tinha aula de espanhol no segundo tempo, no andar de cima. Sendo no térreo, talvez a sala de aula de Wendy tivesse sentido mais.

— Tem certeza que está bem? — perguntou Kenny a Wendy enquanto passavam pela esquina do corredor. Wendy nunca ficava doente. Mesmo quando estava menstruada, ela mal reclamava de cólicas, e agora estava falando de terremotos.

— Estou bem. Eu...

Naquele momento, Kayleigh Ray saiu correndo de uma multidão de alunos na direção deles, de boca aberta.

— GENTE! Vocês nunca vão acreditar no que acabei de ouvir. A Maddy Maluca é negra!

Wendy riu.

— É, eu acabei de contar...

— E aí, mano! — Jason parou para se juntar a eles, dando um tapinha com as costas da mão em seu cocapitão. — O que tá rolando? Aí, vocês ficaram sabendo que a Maddy Maluca é NEGRA? Porra!

— É, fiquei sabendo. — Kenny deu uma risadinha, as costas retesadas.

— Quem vocês acham que sabia? — Wendy perguntou baixinho, sorrindo. — Quem vocês acham que foi a mãe dela?

— Que mulher dormiria com aquele merda? — Kayleigh estremeceu.

— Bem, obviamente uma negra — gracejou Jason. — Só pode ser da zona leste.

— Que nojo. — Kayleigh piscou rápido para Kenny. — Quer dizer, não o fato de ela ser negra, mas de qualquer uma transar com aquele maluco. Ele fede!

Lutando para controlar sua irritação, Kenny respirou fundo uma última vez antes de vestir o sorriso genérico que manteria pelo resto do dia. Praticamente todo mundo ia querer falar com ele sobre Maddy, mas ele tinha que se manter inabalável, a mesma compostura que mantinha quando algo acontecia a uma pessoa negra e eles queriam sua permissão implícita para falar livremente do assunto. Porque, se estava tudo bem para Kenny, então devia estar tudo bem.

Ele deu uma risadinha.

— É, fede mesmo.

Enquanto Jason, Kayleigh e Wendy especulavam, Kenny viu Rashad, Jackie e Regina sussurrando perto de seus armários, debatendo algo. Eles chamavam atenção. Todos os alunos negros chamavam. Eram apenas trinta por cento dos alunos da escola e formavam grupos fechados e cheios de segredos. Ou pelo menos era o que parecia para Kenny. Ele não era próximo de nenhum deles.

— Eu sabia! Eu simplesmente sabia. Dava para ver na cara dela — Kenny ouviu Jackie insistir. Mas será que ele sabia? Kenny se perguntou e sabia que a maioria dos negros na Springville também se perguntaria: como não reconhecemos um dos nossos?

Rashad ergueu o olhar e viu que Kenny o encarava, a expressão séria.

— Kenny?

Kenny rapidamente se virou para a voz alegre de Wendy.

— Hã?

Ela sorriu para ele, apertando sua mão.

— Eu te perguntei o que você acha. Meninas negras podem parecer tão... brancas assim?

Kenny paralisou, observando cada um daqueles olhos ansiosos que o lembravam as multidões dos dias de jogo. A forma como o time olhava para ele em busca de direção, orientação, vitórias. Mas, fora do campo, eles queriam que ele fosse seu negro de estimação.

Ele forçou uma risada.

— Cara, sei lá, mas ela enganou todos vocês.

O grupo riu com ele, engolindo suas palavras. Quando o sinal soou, Kenny deu outra olhada nos alunos negros se apressando para ir para a aula. Fora a cor, ele não tinha nada em comum com eles, nem tinha os problemas deles. Eles sempre exageravam tudo, tudo era racismo, discutiam com os professores por causa de nada. Kenny passava pela escola numa boa, não causava problemas e liderara seu time ao campeonato estadual duas vezes. Ele não pertencia àqueles círculos secretos.

Além disso, tinha amigos de verdade. Quando escolheu a Universidade do Alabama, fizeram uma festa surpresa para ele. Quando foi nomeado rei do baile de boas-vindas, angariaram votos. Quando estavam no carro, sempre colocavam hip-hop para tocar. Eles eram os alunos mais populares da escola, uma panelinha desde o segundo ano, e isso trouxe uma série de vantagens que ele jamais tivera antes. E daí que era o único cara negro no grupo? Ele nunca foi tratado de maneira diferente. Eles não enxergavam a cor.

Então por que Kenny não conseguia se livrar do desejo irritante de saber o que os alunos negros estavam pensando?

## FOI A MADDY
EPISÓDIO 1, CONT.

> Michael: Então o incidente que aconteceu no segundo tempo foi o primeiro registro de Maddy usando suas habilidades.
>
> Tanya: Supostas habilidades. Foi apenas um relato oral, já que a câmera parou de funcionar bem no momento em que precisávamos dela. Que conveniente.
>
> Michael: Eu digo o mesmo. Mas olha essa garota no cantinho do vídeo. Pode descrever para os ouvintes o que você está vendo?
>
> Tanya: Beleza, tem uma jovem sentada na mesa perto da janela. Ela usa um aparelho auditivo que se encaixa atrás da orelha. Ela parece se encolher, ou se esquivar, e tira um dos aparelhos do ouvido.
>
> Michael: Se encolher como se ouvisse um som alto. Algo que talvez desse interferência no aparelho dela, certo?
>
> Tanya: Provavelmente sim.
>
> Michael: Quero comentar algo que não foi mencionado no relatório da comissão nem em qualquer parte da investigação. Algo que você

só perceberia se estivesse mesmo procurando. Quando estava revisando os registros e relatórios escolares daquele dia, descobri que a enfermaria teve um fluxo de alunos com sintomas quase idênticos. Dor de cabeça, náusea, dor de ouvido extrema, tontura. Comparei o livro de assinatura da enfermaria com os registros de presença e horários e descobri que a maioria dos alunos com esses sintomas estava naquela aula de história do segundo tempo.

Tanya: E o que isso tem a ver com a Maddy?

Michael: Então, não tenho certeza, mas minha teoria é que as habilidades ou poderes de Maddy tiveram algum tipo de efeito colateral atrasado que afetou apenas os jovens, e ninguém se deu conta.

Tanya: Ah, para! E a professora? Ela também estava na sala.

Michael: Nenhum sintoma relatado da parte dela, e ela não está viva para dar sua versão.

Tanya: Está bem. Digamos que esse seja o caso. Tenho uma pergunta então: por que ninguém reclamou antes?

Michael: Como assim?

Tanya: Esses supostos "poderes", eles vieram de algum lugar, certo? Não apareceram do nada. O incidente que ela sofreu, por mais traumático que fosse, não pode ter sido o gatilho. Então qual foi? Ela tinha esses poderes a vida toda e decidiu que aquele era o momento certo para revelar seus talentos? Acho improvável que, em dezessete anos, nenhum outro aluno teve esses efeitos colaterais até a Maddy estar no último ano do ensino médio.

## *1º de maio de 2014*

O ar estava úmido e pegajoso enquanto Maddy fazia o longo caminho para casa através das sinuosas ruas laterais, esperando que os altos carvalhos brancos a protegessem contra o sol forte. O calor crescente apagava todos os traços da tempestade que arruinara a máscara cuidadosamente construída dela. O meio de maio na Georgia podia alcançar temperaturas tão altas quanto no inferno, e depois de dez minutos Maddy se deu conta de que devia ter aceitado a carona do sr. O'Donnell. Com o cabelo tão armado que nem dava para reconhecer, a cidade inteira a veria a um quilômetro de distância. Eles saberiam o segredo mais sombrio dela. Não que isso importasse; todos descobririam cedo ou tarde. Mas, em um último esforço, ela arrancou uma fita de plástico de uma sacola de lixo ali perto e amarrou o cabelo em um rabo de cavalo. Enfiou as mechas grossas sob o suéter, recusando-se a tirá-lo, não importava a quantidade de suor que se acumulasse em sua clavícula. A chuva devia ter limpado as três camadas de protetor solar que ela passara pela manhã. Já era ruim o bastante seu cabelo estar desarrumado; ela não ousava ir para casa bronzeada.

*Quantas pessoas estão me vendo?*, pensou Maddy. Quantas pessoas estavam nas janelas, encarando e comentando: *Lá vai a filha do Thomas. Você viu o cabelo dela?*

O estômago de Maddy revirou. O que ela ia dizer ao Papai? Como começaria a explicar que seu maior medo havia se materializado? Como ele a puniria? Ela caminhou mais rápido, com a cabeça no livro de receitas da Betty Crocker que ficava perto do fogão em casa, pensando nas refeições que poderia preparar para suavizar a fúria de Papai.

A dois quarteirões de distância da casa, uma abelha zanzou diante do rosto de Maddy, que saiu da frente. Ela não estava acostumada a ficar exposta ao sol por mais de dois minutos e não sabia se era ou não alérgica a picadas de abelha. Tentou sair correndo, choramingando e se esquivando, mas a abelha parecia determinada.

*Vá embora*, pensou ela. *Me deixa em paz!*

A abelha zumbiu perto da orelha de Maddy, que se chacoalhou loucamente, soltando o rabo de cavalo. Ela gritou, e sua visão pulsou. Uma, duas, três vezes…

— Para!

O zumbido parou, e a abelha disparou para as nuvens como um foguete bem quando um esquilo despencou de uma árvore, caindo de barriga com um estalo alto na estrada de asfalto ao lado dela. Maddy deu um grito agudo, cobrindo o rosto com as mãos. O esquilo deu uma cambalhota, balançou a cabeça e farejou o ar. Seus olhos pretos como piche pousaram diretamente na garota, paralisados. Atordoada, Maddy olhou ao redor, se perguntando se alguém vira ou ouvira o animal cair.

*Você está bem?*, pensou ela desesperadamente. *Por favor, que você esteja bem.*

O esquilo balançou a cabeça mais uma vez. Maddy ficou petrificada com o olhar dele. Por fim, o animal saiu correndo, subiu uma árvore próxima e desapareceu entre as folhas.

Maddy inspirou fundo, relaxando a tensão nos ombros. Enfiou o rabo de cavalo de volta dentro do suéter e seguiu para casa.

*Maddy. Maddy. Maddy.*

O nome que martelou na cabeça de Wendy o dia inteiro, latejando por cada artéria, ressoou mais alto no refeitório. A dor de cabeça da qual ela reclamara mais cedo não havia passado, mesmo depois de tomar duas aspirinas. O celular dela vibrou. Era um e-mail — outra bolsa de estudos garantida, mas ainda três mil dólares abaixo do valor de que ela precisava para a moradia no primeiro semestre. Todos os amigos dela já haviam garantido a moradia e alguns pais até haviam pagado o valor cheio dos dois semestres. Os pais dela provavelmente só usavam o talão de cheques como descanso de copo.

Wendy massageou a têmpora, ouvindo apenas fragmentos da conversa que Jules e as garotas estavam tendo diante dela.

— Rá! De jeito nenhum a mãe de Maddy era escura que nem Kenny, senão ela não teria saído desse jeito. — Jules riu. — Ela devia ter sido, tipo, de pele bem clara ou algo assim.

Um braço envolveu a cintura de Wendy.

— Por que você tá com essa cara? — sussurrou Kenny, mordiscando um canudo de plástico.

Ela cutucou a salada, enjoada demais para comer.

— Não consigo parar de pensar na Maddy.

— Está se sentindo culpada?

— Não, não é nada disso. Eu só… não consigo tirar o rosto dela da minha mente. — Ela riu, dando um tapinha no ar. — Não é nada.

— Talvez. Mas Kenny também não fala como um negro — disse Jules. — Ele fala normal.

Com a menção ao seu nome, Kenny ergueu o olhar, a expressão indecifrável. Wendy ficou tensa. Sempre ficava tensa com as pequenas comparações que as pessoas faziam sobre o namorado dela. Mas ele apenas deu um sorriso e voltou o olhar para ela. Wendy soltou o ar, feliz por ele não ter se incomodado, e estava se inclinando para roubar um beijo quando Jason entrou no meio.

— E aí, mano! — Jason jogou uma bola de futebol americano para cima. — Eu e os caras vamos jogar uma pelada depois da escola. Você vem? Sei que você tá todo importante, mas tá a fim de passar um tempo com a gente?

Wendy franziu os lábios, sentindo a energia de Kenny mudar. Ela sabia que ele odiava a insistência implacável de Jason — embora nunca tivesse admitido. Com um sorrisinho solidário, Wendy deu um tapinha na coxa dele, lembrando-o de ignorar os comentários passivo-agressivos de Jason. Na verdade, Kenny devia ter pena dele. Afinal de contas, Jason não entrara na primeira nem na segunda opção de faculdade que tinha. Eles ficaram sabendo que o pai dele teve que mexer os pauzinhos para que ele jogasse pela USC. Enquanto isso, Kenny tinha faculdades correndo atrás dele desde o primeiro campeonato estadual de que participaram.

Kenny tirou o cabelo do rosto dela.

— Tudo bem se eu for? — perguntou numa voz que mal passava de um sussurro. No passado, Wendy por vezes reclamara do pouco tempo que passavam juntos, e faltavam poucas semanas para que Kenny partisse para o treinamento.

Mas ela sorriu.

— Sim. Claro. Eu vou... pegar uma carona com a Jules.

— Beleza — disse Jules, sorrindo. — Você está me devendo um sorvete mesmo.

Wendy engoliu em seco. Tinha dinheiro para pagar por aquilo? Os pais dela já haviam aumentado o limite emergencial de seu cartão de crédito.

Kenny ergueu a sobrancelha para ela.

— Tem certeza?

Wendy se endireitou com um sorriso bem doce.

— Claro — disse ela, beijando o nariz dele, e então se afastou para mordiscar um palitinho de cenoura.

Ela não tinha nenhum problema com o fato de ele passar um tempo com os garotos. Porque o que Kenny não sabia era que Wendy não ia para a Brown no outono. Ela ia para a Universidade do Alabama. Com ele. Depois de todo o investimento que fizera — ajudando-o a se preparar para os jogos, treinando horas extras na academia, oferecendo shakes proteicos todos os dias, garantindo que ele entregasse os trabalhos escolares a tempo... Kenny precisaria dela. Wendy planejava contar para ele perto do Quatro de Julho, pouco antes de eles terem que fazer as malas. Eles não precisariam de dois carros, já que estariam sempre juntos, a não ser que ele fosse jogar fora da cidade, e nesse caso é claro que ela dirigiria. Eles morariam no campus no primeiro ano, mas no seguinte teriam que encontrar algo fora, mas a uma distância a pé. Talvez em um condomínio? Wendy queria fazer psicologia, mas pensou que um diploma em administração seria melhor. Aulas de contabilidade a ajudariam a lidar com os livros-caixa deles. Era provável que Kenny a pedisse em casamento pouco antes da escalação, talvez na colação de grau. As cores da cerimônia seriam azul-bebê e verde-sálvia. Eles fariam o casamento durante o verão, no country club, para no mínimo duzentas pessoas. E não importava o time em que acabassem ficando, ela ia querer uma casa em Springville para criar os filhos. Eles teriam pelo menos três, todos meninos. Bem, talvez dois meninos e uma menina.

Wendy tinha tudo planejado. Como sempre.

Maddy tinha acabado de tirar a caçarola do forno quando ouviu as chaves de Papai na porta. Ela esperou ao lado do fogão, ouvindo atenciosamente. Dependendo dos passos dele, ela sabia se tinha sido um dia bom ou ruim. Se fosse bom, ele entraria assobiando a música-tema de *The Andy Griffith Show*, os passos leves e fáceis. Se fosse ruim, ele jogaria as chaves na mesinha e subiria as escadas pisando forte, resmungando sobre o jantar.

Ela prendeu a respiração e esperou. Nenhum movimento. Mas, através das paredes, sentia a presença dele em seus ossos.

— Madison — chamou ele, a voz firme.

Ela se encolheu ao som do próprio nome, o coração parando por um instante. Trêmula, olhou para o livro de receitas na bancada, aquele que sempre imaginava que tinha pertencido à sua mãe, e se viu desejando que alguém que ela sequer conhecera a salvasse.

*Não o deixe esperando.*

Maddy secou as mãos no avental branco de babados e tocou o cabelo recém-lavado e escovado, ainda uma nuvem macia, as raízes enrugadas como papel de embrulho. Não estava como antes, mas Papai percebia quando um fio estava fora do lugar.

Ela respirou fundo para se preparar e passou pela porta da cozinha.

Papai estava na entrada estreita, a luz acima dele meio apagada pela poeira. Estava simplesmente parado ali, trajado com sua camisa branca de mangas curtas e calças marrons de tweed, abotoadas na altura de sua barriga protuberante. Seu rosto branco era da textura de uma ameixa seca e enrugada de cera, os lábios finos em uma linha afiada enquanto ele observava a aparência dela.

— Como? — cuspiu ele. — Como você foi tão descuidada? Tão burra? Como?

Maddy torceu as mãos.

— Me desculpa, Papai.

Ele a rondou.

— Qual é a única coisa que eu te peço? Todos os dias, o que eu peço?

— Que eu confira a previsão do tempo — murmurou ela para o chão, as lágrimas se acumulando.

— Quantas vezes você deve conferir?

— Três. — Ela fungou, paralisada de medo. — Eu conferi, Papai! Eu conferi! Não falou nada de chuva…

Ele cobriu a distância entre eles em três passos rápidos e a empurrou contra a parede.

— Não mente para mim! — rugiu. — Você não conferiu. Você com certeza não conferiu!

Ele a puxou pelo cabelo, arrastando-a até o espelho do corredor.

— Olha! Olha para você! Está horrível! Horrível e nojenta.

Maddy abafou um grito, caindo de joelhos.

— Por favor, Papai — implorou. — Me desculpa.

— Você não tem vergonha de sair em público? De deixar as pessoas te verem assim? Você quer ser uma negra? É isso que você quer? Quer envergonhar a nossa família?

— Não, Papai!

— Como é que você foi capaz de fazer isso comigo?

— Papai, me desculpa!

Ele se endireitou e, com calma, começou a tirar o cinto. Maddy engoliu em seco, se arrastando para trás.

— Mas, Papai — gritou ela. — Eles zombaram do meu cabelo, jogaram coisas em mim e…

— Vai para o seu armário — sibilou ele, agarrando o cinto com uma mão.

— Mas não foi culpa minha!

Ele ergueu o braço e o trouxe para baixo com força, o cinto estalando no braço dela. Maddy uivou.

— Eu mandei você ir para o armário da oração, agora!

Maddy cambaleou para trás, tropeçando em uma embalagem meio vazia de protetor solar.

— Por favor, não!

Ele a golpeou de novo e de novo. A cada golpe, as palavras saíam através de dentes cerrados.

— Vai. Para. O. Seu. Armário. Agora.

Maddy lutou para se pôr de pé, preparada para correr, mas Papai a agarrou pela nuca do colarinho. Ele a empurrou pelos degraus rangentes, a madeira lascada rasgando as meias dela, seu choro sendo ouvido por ninguém. Arrastou-a para dentro do quarto dela, em direção à porta do armário. Desesperadamente, Maddy tentou se segurar em qualquer coisa.

— Papai, não. Não, Papai, por favor!

Ele abriu a porta do armário com força, a jogou lá dentro e a trancou. Maddy bateu as mãos contra a parede e chacoalhou a maçaneta.

— Não, Papai, por favooooooor!

O rádio velho na sala de estar guinchou ao ligar, um som ensurdecedor, as luzes piscando, e então parou.

Papai hesitou, mas não disse nada antes de descer as escadas, pisando forte.

Chorando, Maddy deslizou para o chão. Queria acender a luz. Queria enxergar. Mas Papai garantiria que ela ficasse ali sentada no escuro por horas. Já tinha feito isso antes. Então ela ergueu a mão, batendo no ar, agarrou a corrente pendurada e puxou. Uma lâmpada fraca e coberta por teia de aranha iluminou o armário de teto inclinado. Cada centímetro das paredes no espaço apertado estava lotado de fotos recortadas de mulheres. Mulheres brancas, com cabelos de vários tons de loiro, castanho e ruivo. De vestidos midi em coquetéis. Usando aventais e servindo frango assado para os maridos. Eram pôsteres antigos de Hollywood, e Papai havia chegado ao extremo de pregar olhos nas colagens. Olhos azuis, todos encarando Maddy e sua juba despenteada. Belezas reais, de cabelos penteados à perfeição, de pele branca imaculada... tudo que ela jamais poderia ser.

Maddy se sentiu enjoada. O julgamento silencioso dos finos pedaços de papel de revista pareceu doer mais que qualquer coisa que acontecera naquele dia.

Mas ela ficou de joelhos e orou para ser como aquelas mulheres.

Do jeitinho que Papai ensinara a ela.

Retirado de *Massacre de Springville: A lenda de Maddy Washington*, de David Portman (pág. 12)

Pergunte a qualquer pessoa em Springville sobre a Noite do Baile: bocas se escancaram, olhos se esvaziam em arrependimento e as mesmas desculpas são murmuradas — não previram o que ia acontecer, estavam cegos. É o que dizem a si mesmos para conseguirem dormir de noite. Buscam conforto em mentiras quando tudo estava bem na cara deles o tempo todo — um vulcão adormecido, esperando para entrar em erupção.

Semanas depois daquela noite fatídica, as pessoas começaram a juntar as peças. Pensando agora, Maddy tinha a pior frequência escolar que qualquer aluno em sua turma, suas ausências coincidindo com tempestades enormes ou dias de sol forte. Nunca acampava nem nadava no lago, como o resto dos jovens da cidade. Usava mangas longas, mesmo no meio do verão, com chapéus de aba larga e meias. Quando questionado sobre as ausências de Maddy, o sr. Washington alegava que ela tinha lúpus e que o clima causava enxaquecas severas nela. Ninguém questionava. Ninguém questionou nada.

A mais ou menos uma hora de distância de Atlanta, aos pés da Floresta Nacional Chattahoochee, fica Springville, que durante os dias de glória tinha uma população de 1.100 pessoas. Você passa por quilômetros de fazendas, paradas de caminhão e redes de fast-food antes de chegar ao centro, uma curiosa rua principal repleta de negócios familiares: vitrines, clínicas locais e uma pizzaria popular. Springville um dia foi um centro industrial agitado, fiel às suas raízes do Cinturão Bíblico. Luzes de sexta à noite durante a temporada de futebol americano. Desfiles de Dia de Ação de Graças, corais natalinos, caça aos ovos de Páscoa e bailes de debutantes. O sonho americano completo. Mas longe das cidades progressistas, Springville também era o tipo de cidade onde o racismo era herdado tal como joias da família. Joias de valor. Joias do tipo que são leiloadas na TV.

A linha de trem CDX passa diagonalmente pela cidade, dividindo-a em duas — leste e oeste. Na zona leste, a população é predominantemente negra e hispânica; na zona oeste, a maioria é branca (com exceção de poucas famílias negras), e há espaço reservado para a classe alta e a velha fortuna sulista. Quando a usina ainda funcionava, os trens faziam paradas frequentes. Agora, a cancela na ferrovia só desce duas vezes por dia. Os operadores de trem a chamam de zona morta.

Ninguém além dos fantasmas para em Springville.

### 1º de maio de 2014

Maddy havia adormecido no chão, tomada pelo cansaço. O irritante relógio cuco badalou às seis horas, despertando-a. Os passos pesados de Papai se aproximaram da porta, e Maddy se levantou de uma vez, se encolhendo em um canto. A tranca clicou, e os passos dele aos poucos se afastaram. Maddy esperou antes de sair do armário, as roupas tortas no corpo, o rosto inchado e avermelhado pelas lágrimas. Ela se arrastou escada abaixo e entrou na cozinha, encontrando uma cena familiar.

Papai colocara uma cadeira ao lado do fogão. Na mesa vintage e vermelha de fórmica havia um jarro de gel azul, um jaleco, grampos e um pente de metal com um cabo de madeira preta rachado.

Ele amarrou seu avental de trabalhador. Maddy engoliu em seco, prendeu o jaleco ao redor do pescoço e se sentou na cadeira de couro vermelho que combinava, o calor da boca do fogão a esquentando.

Durante os anos, Thomas Washington havia tentado várias coisas para manter o cabelo da filha extremamente liso. Vários relaxantes químicos, texturizadores e produtos que prometiam funcionar ou devolver seu dinheiro. Mas o couro cabeludo sensível de Maddy rejeitou tudo, deixando feridas dolorosas, grandes demais para esconder ou explicar. Então ele se contentou com a maneira tradicional, que aprendera em revistas para negros: um clássico pente de metal. Ele escolheu um numa loja bem longe da cidade. Já o gel, spray para cabelo e outros produtos, ele encomendava por telefone.

Papai dividiu o cabelo de Maddy em quatro partes. Colocou o pente diretamente sobre o fogo, o ferro escurecido pelo uso. Enquanto o material chiava, o relógio tiquetaqueava. Maddy observou o pente de canto de olho, mantendo a cabeça reta, a boca seca.

Momentos depois, Papai agarrou o cabo do pente, e o estômago dela revirou.

— Fica parada.

Maddy inclinou a cabeça para a frente e retesou os músculos do pescoço. Na nuca, Papai dividiu o cabelo dela, aplicando uma gota de gel antes de deslizar o pente do couro cabeludo até as pontas. O gel chiava como manteiga em uma frigideira quente. Ela engoliu em seco com força, tentando não se encolher. Caso se encolhesse, o pente a queimaria, e ela já tinha cicatrizes o bastante no pescoço e nas orelhas.

Parte por parte, Papai trabalhou no cabelo de Maddy. Fora preciso anos e muitas queimaduras para dominar a textura rebelde do cabelo da filha. Mas todo domingo à noite eles seguiam a mesma rotina.

Maddy mordiscou o lábio, o calor perigosamente perto de sua pele. Os pensamentos dela se direcionaram para a escola. Para como os alunos haviam rido e arremessado coisas. Para como a sala tremeu abaixo dela, para a forma como Kendrick a olhou.

— Papai, o que eu digo a eles?

O segredo mais obscuro dela fora exposto. Existiram rumores, e os alunos negros lançavam olhares de julgamento de vez em quando, mas, desde que tinha doze anos, ninguém a questionou sobre a possibilidade de ser uma deles. Depois de todo esse tempo, como ia explicar?

Mas Papai nem respondeu. Partiu outra mecha de cabelo, besuntou-a com gel e pegou o pente no fogão.

— Me conta sobre a Batalha de Midway — disse ele.

— A Batalha de Midway aconteceu em 1942 — respondeu Maddy. — Durante a Segunda Guerra Mundial. Os Estados Unidos derrotaram uma frota inimiga japonesa.

— Ah, sim. Derrotaram, certo?

— Sim, Papai. Consequências após o ataque a Pearl Harbor.

Papai partiu mais uma mecha, meticuloso e preciso.

— Quem foi nosso trigésimo quarto presidente?

— Dwight Eisenhower.

Ele continuou a testar o conhecimento de Maddy. Qualquer erro, e ele casualmente deixaria um dedo deslizar, queimando-a. Ela conhecia bem o processo.

Quando Papai terminou, penteou o cabelo dela, impressionado com sua habilidade. Assentiu em aprovação e desligou o fogo.

— Vai se deitar.

# TRÊS

**FOI A MADDY**
EPISÓDIO 2
"Baile branco vs. baile negro"
>Tanya: Mike, você vai adorar isso: estou fazendo minha própria pesquisa.
>Michael: Ótimo! Conta pra gente.
>Tanya: Estava me incomodando, sabe? Todo esse papo de um som misterioso que deixou os alunos atordoados. Os sintomas soavam familiares, então pesquisei um pouco e encontrei a explicação perfeita. Vou tocar uma coisa para você e quero que você escute. Pronto? Escute.
>Michael: Hã… não estou ouvindo nada.
>Tanya: Sim. Porque você está acima da idade máxima que esse som afeta. Acabei de tocar um som alto que nenhum de nós dois escuta, já que não temos entre doze e vinte e um anos.
>Michael: Não entendi.
>Tanya: É um aparelho de impedimento acústico, uma tecnologia originalmente inventada para manter animais fora de uma área específica — até perceberem que funcionava em humanos. E não em qualquer pessoa: em jovens. É direcionado a esse grupo etário em particular cuja audição não se deteriorou por conta da idade. E adivinha quem costuma usá-lo?
>Michael: Não sei. Quem?
>Tanya: Militares ou policiais. Tem sido usado em protestos para afastar os jovens. Também é usado em parquinhos para impedir que eles se reúnam tarde da noite. Alguns disseram que soa como um apito de cachorro alto. Outros dizem que parecem unhas arranhando um quadro. É uma arma sônica!

Michael: Então você está dizendo que o som alto foi feito de propósito. Por quê? E por que escolher logo Springville?

Tanya: Naturalmente, por conta dos crescentes conflitos raciais nos arredores, acredito que a polícia estava tentando controlar os jovens antes que a cidade perdesse o controle. Se houve protestos perto do baile, provavelmente usaram lá também. E, dada a proximidade com a usina, faz sentido eles quererem protegê-la.

Michael [narrando]: A Usina de Springville é uma estação nuclear que fica a oeste do centro da cidade, às margens da Reserva Chattahoochee. Construída em 1954, fornece energia para grande parte do norte da Georgia, gerando centenas de empregos. Porém, duas semanas antes da Noite do Baile, a usina foi fechada de repente e todos os funcionários foram demitidos com três meses de indenização. O motivo oficial foi "problemas cada vez mais frequentes com os reatores antigos e preocupações ambientais contínuas".

No entanto, depois que o relatório da comissão revelou o que aconteceu naquela noite, as pessoas de Springville começaram a acreditar que o motivo real tinha tudo a ver com a Maddy.

## *2 de maio de 2014*

O banquete de fim de ano sempre acontecia no country club, e a noite era custeada por patrocinadores e ex-alunos da Torcida de Springville. Garotas, pais e candidatos ansiosos se reuniam para celebrar a temporada anterior e se despedir dos alunos veteranos.

No banheiro, Jules se sentou na bancada da pia, inclinando o celular para encontrar a melhor luz para uma selfie.

— Brady disse que meus peitos cresceram — comentou ela, afofando o cabelo, fazendo um biquinho para a câmera. — E ele com certeza perceberia.

Ao lado dela, Wendy se aproximou do espelho e reaplicou o gloss cor-de-rosa, sua sombra brilhante fazendo os olhos azuis reluzirem.

— Ah, é. Cresceram mesmo! Eu ia te dizer isso!

— Você é mentirosa pra caralho! — Jules riu e desceu da bancada, a sandália de salto fazendo barulho no piso.

Era verdade; Wendy não percebera a diferença. E ela provavelmente tinha visto os seios da amiga tanto quanto Brady. Jules não era lá muito modesta.

— Juro! — insistiu Wendy. — E você está gostosa hoje.

Jules estava usando um vestido vermelho de crepe sem alças, o tecido justo parando logo acima das canelas. Exagerado para a ocasião, mas Jules era assim. Adorava ser um pontinho sangrento que não passava despercebido. Sua sagacidade sedutora e provocante encobria uma natureza nefasta. Jules pegou duas doses de uísque da bolsa, oferecendo uma para Wendy.

— Saúde!

Elas brindaram e viraram as garrafinhas, uma de olho na outra, apostando quem terminaria primeiro. Havia sempre uma competição iminente e implícita entre elas, fervendo em silêncio, como um bule com o apito quebrado. Wendy não queria que Jules vencesse, não queria ser motivo de piada de novo. Mas o uísque fazia arder suas amígdalas, e ela não conseguia mais resistir. Tossiu e arfou, o álcool queimando sua garganta. Jules deu uma risadinha.

Atrás dela, soou uma descarga. Rapidamente, Jules pegou as garrafinhas e as enfiou no lixo. Wendy se apressou para procurar um pacote de chicletes enquanto a porta do cubículo se abria. Era só uma garota. Uma aluna negra do oitavo ano que Wendy vira mais cedo, usando um vestido floral no clássico estilo sulista e cardigã branco, um conjunto mais adequado para o culto de domingo. A garota arregalou os olhos ao ver as veteranas mais populares de Springville, mas ergueu o queixo, marchou até a pia e lavou as mãos.

Jules sorriu para Wendy no espelho, dando uma piscadela enquanto batia o quadril no dela.

— Eu... Eu gostei do seu vestido — disse a garota, a voz trêmula, a boca cheia de aparelho. Era bonita, de uma forma discreta. — Meu nome é Pamala. Ano que vem vou me inscrever para ser líder de torcida.

Jules se virou, fitando-a vagarosamente dos pés à cabeça, o olhar parando nas tranças que caíam sobre os ombros.

— Bem, boa sorte para você, querida — disse Jules, quase com deboche.

A garota não piscou, o rosto retesado e sagaz, sua determinação inabalada. Ela assentiu para Wendy, o queixo ainda empinado.

— Prazer em conhecer vocês. Boa sorte na faculdade — disse ela, deixando a porta bater com força atrás de si.

Jules fez um som de desprezo, revirando os olhos.

— Espero que a obriguem a alisar o cabelo ou algo assim antes de deixar que ela faça o teste para o time.

Wendy não via nada de errado com o cabelo da garota. Claro, não combinaria com os rabos de cavalo altos e amarrados com grandes fitas que as outras usavam, mas pelo menos era arrumadinho e limpo. Wendy atribuiu sua pena em parte à empatia. Ela se lembrava de como era ser uma candidata, implorando que seus pais a levassem para o banquete da torcida e gastando rios de dinheiro em um vestido branco que a fizesse parecer recatada ou até saudável. Tentar ser líder de torcida era como se candidatar a uma irmandade. Para entrar, era necessário equilibrar uma certa quantidade de fachadas com a quantidade correta de sapos engolidos.

Wendy conferiu o celular. Outra bolsa de estudos, de quinhentos dólares. Ela sorriu, o espaço entre ela e seu objetivo diminuindo.

— Espero que seja o Kenny te fazendo sorrir assim — brincou Jules.

Wendy guardou o celular.

— Claro que é.

Jules olhou para o espelho, brincando com o cabelo outra vez.

— Uau. Não acredito que é o nosso último jantar de líderes de torcida. Lembra no ano passado, quando a Mia James estava vomitando no banheiro, e no fim das contas era porque estava grávida do Ashton Carey?

— Os pais dela ficaram putos — disse Wendy. — Mas pelo menos ele foi justo com ela, desistindo de ir jogar no time da Flórida.

— *Rá!* Prefiro me jogar da escada a deixar um bebê me impedir de ir para a Texas A&M.

Wendy não duvidava, principalmente pela quantidade de planos B que ouvira de Jules no passado.

— Você viu a bebê? Ela é muito fofa! — Wendy torceu uma mecha de cabelo ao redor do dedo, corando. — Espero ter uma menina. Um dia.

Jules balançou a cabeça, bufando.

— E espero que sua filha com o Kenny seja a cara da Maddy.

Wendy paralisou.

— O quê?

Jules analisou a surpresa de Wendy e revirou os olhos.

— Ah, pelo amor. Você não quer que sua filha seja toda... escura, né? Ou que tenha um cabelo esquisito que você não consiga arrumar. Você vai querer que ela seja mais parecida com você. Senão, suas fotos de família vão ficar uma bagunça!

Wendy deu um sorriso fraco, como se concordasse, o pescoço ficando vermelho e cheio de manchas. Ela nunca pensava na aparência de seus potenciais filhos com Kenny. Mas usar Maddy como parâmetro a fez se sentir enjoada, com um sentimento que parecia ser peso na consciência. Porque Jules estava certa de novo — ela ia querer que a filha se parecesse com Maddy, que se passasse por algo que não era, mesmo que fosse só para deixar a vida dela mais fácil. A vida de Wendy... não a da filha.

— Obrigada de novo pelo vestido — disse Wendy, ansiosa por mudar de assunto. O cinto prateado, preso ao redor do vestido azul-petróleo (reto, de gola V), combinava perfeitamente com a sandália dela.

Jules se inclinou para o espelho, arregalando os olhos para passar outra camada de rímel.

— Imagina. Fica melhor em você mesmo. Não consigo enfiar meus peitos aí.

Isso não era bem verdade; Wendy usava sutiã quarenta e oito, e Jules, quarenta e dois. Mas era a desculpa padrão dela. Ela dizia a mesma coisa sobre os suéteres, blusinhas, jeans, shorts e até calcinhas que dava de presente. Nos últimos quatro anos, Wendy fizera mais compras no guarda-roupas de Jules do que em qualquer loja. Não que tivesse dinheiro para pôr os pés no shopping.

Jules fez um biquinho, dando um beijo no espelho, e então pegou a mão de Wendy.

— Vamos! Não quero perder os slides!

Durante o jantar, líderes de torcida veteranas recebiam certificados enquanto suas fotos eram exibidas em uma tela projetada. Wendy e Jules rapidamente se sentaram a uma mesa nas primeiras fileiras.

— Que demora — resmungou a sra. Marshall. Era uma ruiva igualmente estonteante, e segurava uma taça de vinho branco contra seu vestido de grife. A aliança de casamento, quase do tamanho de uma moeda de vinte e cinco centavos, brilhava na luz enquanto ela estendia um braço nas costas da cadeira da filha.

— Uma candidata nos entreteve — disse Jules com um sorrisinho, assentindo para o outro lado da sala, onde Pamala se sentava com postura impecável ao lado da mãe.

— Ahhhh, entendi — disse a sra. Marshall, como se segurasse uma risadinha. — Aquela é a família Kendall. Acabaram de se mudar da zona leste. Deram sorte com uma herança. Vamos ver se eles vão dar conta do imposto da casa. — Ela se virou para Wendy. — Onde estão seus pais, querida? Eu esperava vê-los esta noite.

Nervosa, Wendy tomou outro gole de água.

— Ah. Hã, acho que eles tiveram que trabalhar até mais tarde.

Jules semicerrou os olhos.

— Mas é nosso jantar de veteranas.

Wendy deu um sorriso fraco.

— Está tudo bem. Sério.

Jules franziu os lábios, cruzando os braços. Não estava tudo bem.

— Bem, é melhor mesmo que eles não tenham vindo — disse a sra. Marshall, analisando os arredores. — Estão deixando qualquer um entrar. Pensei que era para ser um banquete. Parece mais um bandejão.

Jules e a mãe riram, e Wendy se virou em direção à tela, observando a montagem de fotos e vídeos que mostrava vários jogos, treinos e competições dos últimos anos, com música no fundo. Wendy não podia deixar de se admirar com o quanto ela e Jules haviam crescido. Sempre na frente com seus uniformes verde e branco, a dupla destemida — a ruiva e a loira, fogo e gelo —, gêmeas fraternas inseparáveis.

Wendy sentiu um frio na barriga. Cedo ou tarde, chegaria o dia em que teriam que se separar, e ela se sentia dividida; por um lado, estava ansiosa por descobrir quem era sem Jules, mas por outro estava aterrorizada. Alguém a consideraria interessante, inteligente, bonita ou engraçada? Ou ela logo descobriria que era uma pessoa comum? Será que estava apenas aproveitando os holofotes que pareciam seguir Jules aonde quer que fosse? A verdade era que Jules poderia viver tranquilamente sem Wendy, mas Wendy poderia viver sem Jules?

Mas, ao lado de Kenny, Wendy não teria que se preocupar com isso. Ela teria a própria casa glamorosa cheia de roupas caras e um holofote garantido. A própria família rica. A própria filha para levar ao banquete das líderes de torcida.

Jules, encarando a tela com um olhar de fascínio infantil, abraçou Wendy, se aconchegando à curva do pescoço dela enquanto as duas viam as memórias passarem.

\* \* \*

— Madison! O que você está fazendo?

Atordoada, Maddy piscou para Papai.

— Hã?

Ele arrancou os óculos, parado de pé nas escadas.

— O. Quê. Você. Está. Fazendo?

Maddy franziu a testa e deu um passo para trás, percebendo que estivera devaneando na soleira da porta do escritório de Papai outra vez. O único cômodo da casa onde ela nunca estivera, tendo apenas vislumbres da mesa e estante lotadas. O cômodo não parecia nem um pouco com ele.

— Você sabe que não tem permissão para entrar aqui — rugiu ele, passando por ela para bater a porta com força.

— Sim, Papai — murmurou ela, seguindo-o até a sala de estar.

Nas sextas-feiras, Papai gostava de jantar assistindo a suas séries favoritas em preto e branco. Ele havia gravado horas de filmes e programas antigos em centenas de fitas cassete. No canto esquerdo da sala havia uma estante com fileiras e fileiras de fitas meticulosamente etiquetadas e organizadas em ordem alfabética. Se não tivesse sido amaldiçoado com uma filha, talvez ele tivesse se tornado um historiador de cinema. Eles não tinham TV a cabo, internet nem celulares. Papai tinha todo o entretenimento de que ele e Maddy poderiam precisar.

Eles colocaram duas mesinhas marrons com pernas douradas enferrujadas em frente a uma TV de madeira. Aninhado em uma poltrona xadrez, Papai dava risadinhas entre mordidas de peru com molho, divertindo-se com outro episódio de *Leave It to Beaver*.

Maddy misturou seu purê aguado com um garfo, contendo um suspiro. Já assistira ao episódio tantas vezes que era praticamente capaz de recitá-lo palavra por palavra.

— *Jesus, mãe, eu tenho que...*

Eles tinham todos os clássicos: *The Dick Van Dyke Show*, *The Andy Griffith Show*, *A Família Buscapé* e *Papai Sabe Tudo*, por exemplo. Mas Papai gostava mais de *Beaver*. O programa representava seus valores: uma família correta com um pai que chegava em casa do trabalho a tempo para o jantar, crianças com bigode de leite e uma mãe que limpava a casa e ficava na cozinha, onde era seu lugar.

— Viu? É assim que as mulheres devem se vestir — disse Papai, apontando para a saia longa da mulher. — Recatada. Decente.

— Sim, Papai — respondeu Maddy pelo que pareceu a milionésima vez.

Quando o episódio chegou ao fim, Maddy limpou os pratos enquanto Papai colocava outra fita no VHS. Voltou bem a tempo de ver os créditos de abertura de *Uma aventura na Martinica*.

Ela sorriu para o pai. Era um dos favoritos dela, estrelado por Lauren Bacall e Humphrey Bogart, tão loucamente apaixonados na vida real quanto na tela. Ela amava a forma como Humphrey envolvia Lauren em seus braços, o beijo deles cheio de paixão. Ela se perguntou se um momento assim aconteceria na própria vida.

— *Você sabe assobiar, não sabe, Steve? É só juntar os lábios e soprar.*

Devia ser incrível estar em um set em Hollywood com astros tão famosos. Maddy costumava sonhar em ser parte de uma equipe cinematográfica um dia, trabalhando no departamento de design, costurando roupas elaboradas, ou talvez na cozinha, preparando refeições gourmet. Todos saberiam o nome dela. Ela cortaria o cabelo no estilo chanel, usaria óculos escuros em formato de gatinho com jeans skinny e sairia do estúdio dirigindo com a capota abaixada todos os dias.

Mas bastava uma olhada para o pai para ela lembrar que isso jamais seria possível.

Vinte minutos depois que o filme começou, Papai estava roncando em sua poltrona. Na ponta dos pés, Maddy foi ao VHS e acelerou a fita. Papai não devia estar prestando atenção quando gravou o filme, porque o que havia a seguir era um que ele jamais iria querer que ela assistisse... *Imitação da vida*.

Maddy o descobrira em uma das incontáveis noites em que Papai adormecera. Era protagonizado por Lana Turner, que interpretava Lora, uma mãe solteira ascendendo ao estrelato. Mas não era isso que interessava Maddy. A governanta de Lana era uma mulher negra... com uma filha de pele clara chamada Sarah Jane.

Não importava quantas vezes assistisse ao filme, Maddy sempre perdia o ar quando Sarah Jane se passava por uma garota branca, namorando um rapaz branco que acaba descobrindo e a espanca. Sarah Jane se ressentia por ser quem era, se ressentia da mãe que a amava com todas as forças, e fugiu para viver uma vida normal como garota branca. Maddy poderia fazer isso.

Fugir para longe de Springville, criar uma nova identidade, se passar por branca. Ninguém jamais saberia seu mais sombrio segredo.

Mas Maddy não queria a vida de Sarah Jane. Ela queria a mãe de Sarah Jane. Queria alguém que a amasse com cada célula de seu corpo.

## *3 de maio de 2014*

— Vamos! Você consegue! — Wendy gritou do fim do banco, segurando um par de pés calçados com tênis. — Mais dez, vamos.

Kenny se sentou, cansado.

— Caramba, garota. Pensei que você tinha cansado de ser animadora.

Wendy insistiu que eles treinassem por mais vinte minutos na academia antes de ir para casa. Ela contou cada flexão, abdominal e jogada de basquete para ele. Sempre o incentivava, sempre o apoiava. E ele a amava por isso, mesmo que talvez o matasse. Quando terminaram, ele a apertou em seus braços suados.

— Estou morrendo de fome. Vamos comer uma pizza.

O sino soou quando eles entraram na Pizzaria do Sal, com sua decoração italiana aconchegante e toalhas de mesa xadrez verde.

— E aí, celebridade! Tudo bem? — disse Sal detrás do balcão, com suor acima das sobrancelhas grisalhas.

— E aí, Sal! — cumprimentou Kenny. — Meu pedido já está pronto?

— Sim, senhor, uma grande de pepperoni saindo daqui a pouco! — respondeu ele, colocando a massa crua no forno.

*Caramba, faz trinta minutos que pedimos*, pensou Kenny. *Já devia estar pronta.*

Lendo a mente dele, Wendy se inclinou para perto e sussurrou:

— Você sabe que ele usaria qualquer desculpa para conversar com você.

Kenny comprimiu os lábios. Desde que as faculdades começaram a bater em sua porta no segundo ano e ele se tornou um recruta notável, relutara em aceitar que todos saberiam seu nome. Um quarterback negro, com potencial para ser jogador profissional, vivendo na cidadezinha deles? Eles o adoravam, deixavam pizza em seu altar sagrado. Os olhares, os sussurros... incomodavam Kenny. Mas Wendy parecia gostar, falando com todos em nome dele.

— Wendy, o que você vai fazer quando esse cara ficar todo importante? — perguntou Sal, limpando a farinha das mãos.

— Não sei. — Ela riu, inocente. — Chorar, provavelmente. Mas eu não vou estar muito distante.

Kenny prendeu a respiração por três segundos e soltou antes que Wendy pudesse reparar. A Brown University era distante, sim. Rhode Island não ficava pertinho. Dava na mesma se ela fosse estudar no Japão. Ele concordara em tentar um relacionamento a distância, já que Wendy agia como se dois mil quilômetros entre eles não fossem nada de mais. Mas ele estaria muito ocupado quando a temporada começasse. Quanto tempo sobraria para ela? Como ele poderia se concentrar nos jogos e não magoá-la no processo?

Sal pôs a pizza na caixa, prendeu a tampa com fita e deslizou-a pelo balcão. Kenny pegou a carteira, mas Sal o interrompeu.

— Não, é por conta da casa.

— Que nada, Sal. Não posso fazer isso.

Sal assentiu, sorrindo.

— Só não se esqueça do seu amigo neste outono. Já comprei meus ingressos.

Kenny reprimiu uma careta.

— Sim, valeu.

— Valeu, Sal! — comemorou Wendy, pegando duas garrafas de Coca-Cola na geladeira.

Kenny estacionou sua caminhonete na frente de casa, levando a pizza enquanto Wendy carregava as mochilas deles. Os Scott moravam em uma casa modular modesta de quatro quartos na zona oeste, a apenas alguns quarteirões de Wendy, mas eles costumavam ficar na casa dele. A certa altura, ele parou de perguntar o motivo, se negando a ouvir a voz dentro de si dizendo que os pais dela tinham problema com ele ser negro.

Eles entraram e encontraram a irmã mais nova dele à antiga mesa de jantar sob um lustre brilhante.

— E aí, pirralha — disse ele.

Kali tirou o olhar de seu dever de casa de álgebra, viu Wendy e revirou os olhos antes de voltar ao $x + y$.

— E aí — respondeu ela secamente.

— Oi, Kali! — cumprimentou Wendy, subindo os degraus com pulinhos. — Trouxemos pizza e um refrigerante para você.

— Ah. Que legal — disse Kali, inexpressiva.

Kenny bufou. Wendy amava Coca-Cola, era sua bebida favorita. Mas ela apenas sorriu para ele.

— Acho que vou, hã, pegar água na geladeira. Já volto — disse ela, desaparecendo nos fundos da casa.

— Ela está com muita... sede — comentou Kali, com um sorrisinho.

— Você disse que ia ser boazinha — sussurrou Kenny.

Kali fingiu inocência.

— Estou sendo boazinha.

Ele deu uma risadinha, mexendo no afro puff dela, reparando na camiseta da VNON que ela vestia.

— Precisa mesmo ficar exibindo isso?

— Oi?

— O cabelo, a camiseta... todo mundo sabe que você é negra, não precisa ficar lembrando as pessoas o tempo todo. Deixa elas sem graça.

Kali revirou os olhos.

— As pessoas sabem que *eu* sou negra. Não sei você.

Kenny ficou tenso, aquele desconforto familiar chegando.

— Cadê a mamãe? — perguntou ele, colocando a mochila na mesa bem quando um exemplar surrado de *Da próxima vez, o fogo*, de James Baldwin, escorregou de dentro e caiu no chão. Ele o pegou e rapidamente enfiou de volta na mochila, conferindo se Kali percebera.

Ela deu um sorrisinho.

— Tava procurando por isso — disse baixinho.

— Procurando o quê? — perguntou Wendy, retornando com pratos de papel, guardanapos e uma garrafa de água.

Kenny prendeu a respiração, o olhar disparando para Kali.

— Meu outro livro — disse Kali, o sorriso aumentando enquanto guardava os livros. — Obrigada pela Coca. Vou terminar no meu quarto.

— Ah, claro. Sem problemas. Eu, hã, sei que você está na aula da professora Putman este ano, então, se estiver tendo dificuldade com o dever de casa, posso...

— Quem disse que estou tendo dificuldade? — retrucou Kali.

— Eu não... Quer dizer... eu não estava...

— Ela estava tentando ajudar, Kali — rosnou Kenny, lançando a ela um olhar de aviso.

Kali ergueu a sobrancelha e pendurou a alça da mochila no ombro, indo para o corredor.

— É. Valeu, mas não precisa.

Wendy se jogou no sofá com um biquinho.

— Sua irmã me odeia.

Kenny riu e pegou um pedaço de pizza.

— Ela odeia todo mundo — disse ele, diminuindo a importância do assunto. — Vamos, você não tem dever de casa?

O termo "dever de casa" sempre a distraía, um truque que Kenny aprendera cedo, observando-a se debruçar sobre um dever de inglês como uma caloura estressada enquanto ele fingia ler. Quase todos consideravam as últimas semanas de aula uma farsa completa. Mas, apesar de ser veterana do curso avançado, aprovada em sua primeira opção de faculdade apenas algumas semanas antes de partir, Wendy insistia em terminar com honras. Sempre perfeccionista, ela entregava todo dever como se sua vida dependesse disso. Kenny achava hilário. Quando pensava no relacionamento deles, considerava que eram mais como melhores amigos com benefícios do que namorados. E gostava que fosse assim, os sentimentos nunca muito complicados ou superficiais. Mas, conforme a formatura se aproximava, ele se perguntava o que aconteceria quando a distância tornasse evidente as similaridades dos dois. Ou, na verdade, as diferenças.

— Você viu o vídeo de treinamento de mídia que te enviei? — perguntou Wendy, sem tirar os olhos do caderno. — Sabe que vai ter que falar com muito mais repórteres no outono, né? Talvez até na ESPN.

Ele suspirou, esperando ter pelo menos uma conversa que não envolvesse futebol americano, e deixou a mão deslizar pela coxa dela. Wendy paralisou, o rosto ficando vermelho.

— Para — disse com um gritinho, dando um sorrisinho.

— Para o quê?

— Para de tentar me distrair.

Ele sorriu e beijou o pescoço dela.

— Ah, então você pode ser distraída?

Wendy riu, tentando empurrá-lo, mas com pouquíssimo esforço.

A porta da frente se abriu, e eles se endireitaram nos assentos. Kenny ergueu o olhar de seu livro, esperando que fosse a mãe, mas engoliu sua decepção.

— Oi, sr. Scott — disse Wendy como um filhotinho empolgado. Kenny odiava como ela puxava o saco dele.

— Olá, Wendy. Bom te ver. — O sr. Scott caminhou devagar, deixando a pasta no banco. — Kenny.

— Oi, pai.

O cumprimento frio deles preencheu a sala.

— Temos pizza, se você estiver com fome — ofereceu Wendy.

Kenny ficou tenso enquanto o sr. Scott se aproximava. De sobrancelha erguida, ele abriu a caixa da pizza.

— Hm. Pizza. Pepperoni. E com refrigerante. — Ele olhou para Kenny, esperando explicação.

— Só comi dois pedaços.

— Lembre-se do que o nutricionista disse. Menos carboidratos, mais proteína. Você devia estar focando ganhar dois quilos e meio de músculo antes de partir.

— Só comi dois pedaços — repetiu Kenny. Mais alto.

Wendy olhou de um para o outro e tomou uma atitude:

— É culpa minha. Malhamos depois da escola, e eu estava com muita fome. Implorei que ele me levasse na pizzaria.

— A questão não são os dois pedaços — prosseguiu o sr. Scott como se Wendy não tivesse dito nada. — É o foco no objetivo!

Kenny prendeu a respiração para não gritar. Tinha ouvido essa frase a vida inteira. Tudo que ele fazia era focar o objetivo.

— Estou estocando carboidratos — resmungou Kenny, ainda de cabeça baixa, fechando o livro com força. Era uma mentira descarada, e os dois sabiam.

— Bem — disse o sr. Scott, tirando os óculos para limpá-los. — É melhor você adicionar outro quilômetro à sua corrida esta noite.

Kenny abriu a boca para reclamar, mas o grito de Kali preencheu o ar primeiro.

— Noooooossa!

— Kali? O que foi?

Kali entrou de uma vez na sala de jantar, com o celular na mão.

— Você viu isso?

Ela enfiou o celular na cara de Kenny, e Wendy correu para olhar por cima do ombro dele. Depois de cinco segundos, ela arfou, horrorizada.

Kenny viu um vídeo trêmulo de uma sala de aula familiar. A câmera mudou, o enquadramento sendo todo preenchido por cabelo e vozes... a professora Morgan dando a lição do dia, e então uma risada histérica. Ele não entendeu o problema até ver o primeiro lápis voar, pousando no cabelo de Maddy Washington.

— Onde você achou isso? — chiou Wendy, em tom de súplica.

Kali arfou.

— Está em todo lugar!

## FOX 5 GEORGIA
### Escola sofre retaliação após vídeo de alunos jogando lápis no cabelo de colega negra

Imagens feitas com um celular mostram uma aluna branca jogando lápis no cabelo de uma aluna negra enquanto os colegas de turma riem. O caso ocorreu na Escola do Distrito de Springville na última quinta-feira. O vídeo foi postado primeiro no Twitter e em seguida no Facebook. Desde então, acumulou mais de um milhão de visualizações. Pais e responsáveis receberam um recado para garantir que o incidente estava sob investigação, mas não obtiveram mais detalhes.

A Fox 5 procurou os administradores do distrito, que se negaram a comentar o ocorrido, mas enviaram uma declaração: "A privacidade dos alunos é da maior importância. Não discutiremos publicamente aqueles envolvidos ou como a escola lidará com a situação."

Pais das comunidades vizinhas acreditam que nenhuma ação disciplinar será tomada e que o problema será varrido para debaixo do tapete. Uma mãe, Rhonda Richburg, comentou o caso: "Em uma cidade que ainda faz bailes segregados, não estou nem um pouco surpresa por eles terem praticado bullying contra aquela garota."

# QUATRO

**FOI A MADDY**
EPISÓDIO 2, CONT.

>Tanya: Então me explica essa situação do baile. Porque não consigo compreender.
>
>Michael: Beleza, é o seguinte: até aquele ano, os veteranos da Escola de Springville davam bailes segregados, conhecidos como "baile branco" e "baile negro". O baile negro era para todos os alunos racializados e da comunidade LGBTQIA+.
>
>Tanya: Pensei que a segregação nos Estados Unidos tinha terminado nos anos 1960.
>
>Michael: Tecnicamente, sim.
>
>Tanya: Então como isso não era ilegal?
>
>Michael: Então, como o baile não era um evento sancionado pela escola e acontecia de forma privada fora do campus e dentro das respectivas comunidades, tecnicamente ficava fora do alcance da lei federal ou estadual.
>
>Tanya: Ahhh, os americanos e suas brechas.
>
>Michael: A Escola de Springville não tinha realizado um baile desde 1964, um ano antes de se tornar integrada. Durante os anos, pais e alunos escolheram manter a tradição. O baile branco acontecia no country club de Springville, que costumava ser uma velha estação de trem toda feita de mármore francês e janelas de vitral. O baile negro acontecia no Celeiro, uma antiga casa de fazenda que foi renovada e geralmente era usada para peças da comunidade ou eventos da igreja. E você não vai acreditar nisso, mas os bailes aconteciam tão próximos que dava para caminhar de um ao outro, a distância mais ou menos do tamanho de um campo de futebol americano. Alguns

>alunos brancos, depois de se cansarem do próprio baile, entravam de penetra no baile negro porque, segundo eles, "tinha música melhor".
>
>Tanya: Os alunos negros podiam ir ao baile branco?
>
>Michael: Claro que não. Eles não passariam pelos portões.
>
>Tanya: E eles não estavam nem um pouco… receosos de que as pessoas os vissem fazendo algo tão escancaradamente racista no século XXI?
>
>Michael: Era uma cidadezinha sulista. Até aquele vídeo aparecer e colocar um holofote sobre a escola, ninguém sequer sabia. A parte triste é que eles não eram a única cidade dando bailes segregados, e a tradição continua até hoje.

*7 de maio de 2014*
QUINTO TEMPO. Almoço.

Wendy tomou vários goles de refrigerante para acalmar o estômago. Era nervosismo, ela disse a si mesma. Só nervosismo. Mas o sentimento se parecia cada vez mais com culpa conforme o dia passava. Ela mordiscou a casca de uma laranja, a única comida que achou convidativa, enquanto a fofoca soava ao redor dela.

O vídeo estava por todo o noticiário e era o assunto de toda conversa. Não mostrava o rosto de ninguém, nem sequer o de Maddy, mas só com o áudio todo mundo sabia quem havia atirado os lápis. O som dela e de seus amigos gargalhando e humilhando uma garota em lágrimas fez Wendy se sentir um monstro. Era estranho o vídeo terminar pouco antes do terremoto.

Wendy olhou ao redor do refeitório da Escola de Springville, notando olhares furtivos para a mesa na qual ela e seus amigos assediadores comiam, o clima pesado entre eles.

*Fomos tão ruins assim?*, pensou ela, olhando para a laranja.

Kenny esfregou as costas dela.

— Você está bem?

Wendy plantou no rosto um sorriso falso.

— Sim.

Ele assentiu, pouco convencido.

— Quer ver um filme mais tarde?

Ela afundou na cadeira.

— Putz, não posso. Tenho comitê do baile hoje à noite. Falta menos de um mês, e não decidimos o cardápio ainda.

Ele parou.

— Ah… beleza. Eu… hã, esqueci uma coisa no meu armário. Te vejo depois da escola?

Wendy assentiu e suspirou ao vê-lo tentar sair do refeitório de fininho.

Ela e Kenny tentavam não falar sobre o baile. Significava discutir as diferenças deles, e fazia tempos que haviam dominado a arte de evitar assuntos pesados. Eles decidiram desde então que, já que não poderiam ir ao baile um do outro, não iriam a baile nenhum. Em vez disso, se arrumariam, teriam um jantar chique e encontrariam amigos na festa pós-baile em Greenville. Mas Wendy se voluntariaria para o comitê do baile mesmo assim. Ela gostava de planejar, organizar e decorar. Era boa nisso. Por isso, era uma representante de turma exemplar, cocapitã das líderes de torcida e membra do comitê de boas-vindas. E ela sempre se voluntariava para dar a Jules as melhores festas de aniversário surpresa.

— Então, eu amo o cheesecake de morango do clube — disse Jules do outro lado da mesa. — Papai sempre me traz uma fatia depois do jogo de golfe. Eles até fizeram para mim…

— Aff! Não — gemeu Charlotte, de cabeça baixa, olhando para o celular.

— O que foi? — irritou-se Jules.

— Outra matéria. Agora na CNN. Aff, isso é, tipo, tão constrangedor.

— Deve estar faltando notícia esta semana — comentou Jules, revirando os olhos. — Estão arrastando esse assunto. O que eu quero mesmo saber é quem foi o babaca que nos filmou. Isso não é nada legal.

Charlotte gemeu de novo.

— Não quero ser conhecida como *aquela* garota que frequentou *aquela* escola e fez bullying com *aquela* garota negra!

— Ninguém fez bullying com ela! — gritou Jules. — Sim, a gente jogou umas coisas nela, mas e daí? Acontece todo dia no refeitório, e ninguém fica chorando por causa disso. Ninguém enfiou ela no armário, obrigou ela a beber mijo, postou nudes dela no Insta nem nada assim.

Wendy inclinou a cabeça para o lado e ergueu a sobrancelha.

— O que foi, Wen? — exigiu Jules.

Wendy ficou em silêncio. Não valia a pena brigar.

— Ah, não! Agora eles estão falando dos nossos bailes — resmungou Charlotte.

Wendy endireitou a postura.

— Por quê?

Jules lançou a ela um afiado:

— Para de ser burra. Você sabe o porquê.

Charlotte fez um biquinho.

— Mas nós não somos a única escola que tem bailes separados. Outras escolas fazem isso também.

— É, mas fica parecendo ruim depois do que... enfim, você sabe — disse Kayleigh, lançando um olhar nervoso para Jules.

— Ótimo! Agora nossa escola vai ficar conhecida por ser racista! Isso vai nos perseguir para sempre!

— Para de ser tão dramática! — irritou-se Jules. — E quem liga para o que eles pensam? Já fomos aceitas na faculdade.

— Mas e se voltarem atrás? — choramingou Charlotte, a voz ficando aguda. — Acontece, sabe.

O estômago de Wendy revirou. Charlotte tinha razão. O estigma poderia permanecer com eles durante a faculdade. E se os comitês de bolsa de estudos percebessem? E se as pessoas mencionassem o assunto quando Kenny jogasse na liga profissional?

— Meu Deus, e se aparecerem com câmeras no baile? — Charlotte continuou choramingando. — A gente estaria na internet inteira, todo mundo ia saber. Isso vai arruinar nossa vida? O que a gente faz? Não posso ir ao baile agora!

Wendy ficou boquiaberta. Charlotte falava do baile desde o ensino fundamental. Ela praticamente desmaiara quando Chris Lively a convidara para o evento. Então, se logo ela estava pensando duas vezes... a situação devia ser bem ruim.

Outros alunos desistiriam do baile? O mesmo baile que ela ainda estava planejando?

— Relaxa. — Jules riu, prendendo o cabelo em um coque bagunçado. — Tô dizendo, eles vão esquecer tudo isso em duas semanas.

— Não com toda a mídia que aqueles protestos do "Vidas Negras, Orgulho Negro" estão recebendo em Greenville — retrucou Wendy, franzindo as sobrancelhas. — As manifestações estão acontecendo no país inteiro.

— Por quê? — perguntou Charlotte.

Jules fez um gesto de desdém.

— Acho que um jovem foi morto por fazer algo que não devia nem estar fazendo, para começo de conversa.

— O que a gente faz, então? — perguntou Kayleigh.

Wendy sentiu a pressão para agir; era um sentimento familiar. Ela se saía bem em crises, era boa em consertar coisas. Não fora ela quem livrara Jules daquele fiasco da cerveja-no-armário-da-escola? E, quando Jason bateu a caminhonete nova do pai, ela não encontrara o mecânico perfeito para consertar antes que o pai chegasse em casa? Wendy tinha que fazer alguma coisa. Não podia deixar o final do último ano deles ser manchado por um escândalo.

*Eu poderia resolver isso*, pensou ela, tamborilando os dedos no queixo, e então estalando-os.

— Uma distração! Só precisamos dar a eles outra coisa em que focar.

— Podemos postar o vídeo do Jason e da Kayleigh se pegando no Dia dos Namorados — disse Jules com uma risadinha. Kayleigh jogou uma batata frita nela.

— Não. Esse é o completo oposto do que precisamos — disse Wendy. — Precisamos de algo que vai mostrar o nosso melhor lado! Que mostre que somos pessoas boas e que todos nos damos bem aqui.

— Tipo fazer trabalho voluntário em um sopão? — sugeriu Kayleigh.

— Ela quer dizer nos darmos bem com pessoas negras — disse Charlotte. — Não com os sem-teto.

Wendy olhou ao redor, para a mesa à qual a maioria dos alunos negros se sentava. *Eles devem pensar que somos um bando de babacas. Me pergunto se Kenny já quis andar com eles. Será que ele fala com eles quando eu não estou por perto? Eles provavelmente se juntam nas festas para falar mal da gente...*

Foi quando teve uma ideia.

— E se... em vez de dois bailes, fizéssemos só um?

O grupo a encarou em silêncio.

— Fazer um só? — disse Charlotte, desacreditada.

A adrenalina corria pelas veias de Wendy.

— Sim! Tipo ter um baile enorme ao qual todos pudessem ir, tudo no mesmo lugar.

— NOSSA! Seria incrível! — gritou Kayleigh, batendo palmas.

Jules bufou.

— Tá de brincadeira, né? Diz que tá de brincadeira.

— Não, você não entende? Isso vai mostrar que somos todos amigos aqui. Que não somos racistas nem nada assim.

— É óbvio que não somos racistas — gritou Jules. — A gente tem amigos negros. Seu namorado é negro. Não precisamos de um baile só para provar isso!

— Mas poderíamos convidar a imprensa para fazer a cobertura. — Wendy sorriu. — Para mostrar de verdade para o mundo que está tudo bem aqui!

— Você enlouqueceu? Nunca que acreditariam nisso!

— Na verdade, acho que é uma boa ideia.

Todos se viraram para uma voz desconhecida. Regina Ray estava atrás delas, as tranças presas em um coque apertado, segurando uma bandeja quase vazia, claramente indo até a lixeira.

— Licença — disse Jules, atrevida. — Hã, acho que não estamos falando com você.

Regina revirou os olhos.

— Não estavam. Mas estavam falando de juntar os bailes. E, já que eu sou a líder do *nosso* baile, sou responsável por levar essa proposta para ser debatida.

— E o que você ganha com isso? — perguntou Charlotte, cética.

Ela riu.

— Uma chance de a nossa escola não parecer ridícula, e quem sabe ao mesmo tempo envergonhar essa gentalha que são seus parentes brancos. Além disso, ter mais pessoas no baile significa uma arrecadação maior, o que significa um baile melhor.

— Dinheiro — bufou Jules. — Lógico.

Regina inclinou a cabeça para o lado, semicerrando os olhos, e Wendy rapidamente se levantou para ficar diante dela.

— Você acha que todos vão topar?

Regina deu de ombros.

— Não vejo por que não. Ninguém quer parecer estar preso nos anos 1950.

Wendy deu um gritinho de alegria. O plano era perfeito. Limparia a imagem da escola, a pintaria de santa por pensar na ideia (que ficaria ótima em um currículo), e a publicidade seria tão boa que todos se esqueceriam da história da Maddy.

E a melhor parte: ela poderia ir ao baile com Kenny. Um sonho realizado.

Kayleigh se juntou a elas, enumerando as possibilidades. Charlotte ficou sentada, chocada com a ideia, e Jules se levantou.

— Espera aí! — gritou ela, silenciando o refeitório. — Vocês não podem tomar decisões assim sozinhas. É o baile de todos, não só de vocês!

— Beleza, então — cedeu Regina. — Vamos fazer uma votação. Só com os alunos que estão se formando. Ou temos um baile unificado, ou os de sempre.

*Um baile unificado*, pensou Wendy. Ela gostava dessa ideia.

Jules agarrou o braço de Wendy, puxando-a para longe.

— Isso é loucura! Ninguém vai topar.

Wendy olhou para a mesa dos alunos negros — Regina já estava lá, espalhando a notícia — e segurou a mão da melhor amiga.

— A gente tem que tentar, Jules.

Kenny enfiou o rosto inteiro na salada de batatas enquanto ouvia a mãe recontar a história do encontro com um cara que quebrara a clavícula ao dirigir um quadriciclo. Ele poderia comer uma bandeja inteira do ziti assado, frango com molho barbecue e legumes preparados pela mãe e ainda pediria para repetir. Assim que passou pela porta e sentiu o cheiro do pão de milho, sua boca salivou.

— Calma, querido — disse a sra. Scott com uma risadinha.

— Cara, ninguém vai roubar seu prato. — Kali riu.

Ele ergueu a cabeça, apreciando a cena familiar: os pais nas cabeceiras da mesa, Kali sentada diante dele, os copos cheios de água gelada e os pratos de comida deliciosa no meio. Eles teriam só mais algumas noites assim, os quatro juntos, antes que ele partisse para o treinamento de verão. Tudo na vida dele estava prestes a dar uma guinada, e, por mais que tivesse se preparado para o momento, ele se viu querendo que o tempo desacelerasse, que pudesse ficar sentado ali por mais tempo.

Os Scott haviam deixado a zona leste para morar nessa casa na zona oeste quando ele estava no meio do fundamental. Os novos vizinhos não ficaram felizes em vê-los. Mas, quando Kenny começou a se mostrar um prodígio, não paravam de chegar convites para festas de Natal, o pai dele foi chamado para jogar golfe no country club e a mãe se tornou uma membra estimada do clube do livro das mulheres. A sra. Scott costumava se gabar de que seu menino ia comprar uma casa para ela quando jogasse na liga profissional. Kenny não conseguia imaginar um Dia de Ação de Graças em outro lugar além da casa que passara a amar.

— Você não já almoçou hoje? — perguntou o sr. Scott, olhando para o prato do filho com um leve grau de nojo.

— Sim, senhor — murmurou Kenny. Mas já fazia horas, antes de seu pai adicionar um treino com um personal trainer que o fizera praticar corrida no campo. Desde então, ele estava com uma fome de leão.

— Melhor marcar outra consulta com o nutricionista — aconselhou o sr. Scott. — Agora não é hora de relaxar. E depois do jantar tenho novas fitas para assistirmos. De Auburn. Um amigo meu que é olheiro enviou.

Kenny reprimiu um resmungo. Apesar de ser um recruta requisitado e estar comprometido com o Alabama, o pai tentava ter algum senso de controle sobre a carreira atlética de Kenny. Sim, a determinação incansável do pai os levara até ali, e Kenny precisava admitir isso. Mas parecia que eles ainda estavam se preparando para uma linha de chegada que já haviam cruzado, e ao menos uma vez ele gostaria de uma folga.

Do outro lado da mesa, Kali olhava de um para o outro.

— Então, papai, você não vai me perguntar como foi o meu dia?

O sr. Scott franziu a testa para ela, confuso por um momento, como se tivesse esquecido que ela estava ali.

— Ah. Há, sim. Como foi o seu dia?

— Ótimo — respondeu ela, um pouco alegre demais. — A escola aprovou a Noite da Poesia do Sindicato dos Estudantes Negros. Acontecerá na biblioteca, e alguns pais estão doando lanches.

O sr. Scott cerrou a boca em uma linha fina.

— Ah. Desculpe, não vou conseguir ir.

Ela bufou.

— Eu nem falei o dia.

Um silêncio pesado invadiu a sala, e o poço sem fundo que era o estômago de Kenny logo se fechou. Ele olhou rápido para o rosto decepcionado de sua mãe, dividido entre intervir ou não. Kali sabia que o pai deles odiava o Sindicato dos Estudantes Negros, e se sentia furioso por ela tê-lo criado, para começo de conversa. Mas ela parecia gostar de ser imprudente e testar os limites. Desde que provasse seu argumento — por mais bem-intencionado ou politicamente correto que fosse —, ela não se importava com quem se magoasse. Isso fazia com que Kenny se sentisse ao mesmo tempo irritado e com inveja da coragem dela.

— Então, hã, mamãe, podemos fazer um churrasco na formatura? Talvez convidar nossa família da zona leste? — perguntou Kenny, partindo um pãozinho de milho.

— Ótima ideia — disse a sra. Scott.

— Mas temos que tomar cuidado com quem convidamos. Principalmente por aqui — alertou o sr. Scott. — O povo não sabe como agir. E todo mundo vai querer tirar uma casquinha de você.

Kali franziu os lábios, revirou os olhos e então deu um sorriso largo.

— E aí, Kenny — começou ela, praticamente cantando. — Qual vai ser o seu voto?

O sr. Scott abaixou o garfo, franzindo as sobrancelhas.

— Que voto?

— Do baile — respondeu Kali, ainda encarando Kenny.

O sr. Scott se voltou para ele.

— Você não vai se enfiar nessa bagunça, vai?

Kenny lançou a Kali um olhar furioso, irritado por ela trazer o assunto que era fofoca na cidade inteira. Como se o pai deles precisasse de outro motivo para dar um sermão sobre como Kenny precisava permanecer concentrado no objetivo.

— Ah, eu não acho uma ideia tão ruim assim — disse a sra. Scott. — O baile é desse jeito desde que éramos crianças. Já está na hora de mudar.

O sr. Scott negou com a cabeça.

— Não tem sentido fazer todas essas mudanças tão tarde assim no ano.

A sra. Scott ergueu a sobrancelha para ele.

— Nunca é tarde demais para fazer a coisa certa.

Kenny ficou tenso, amassando um pedaço do pãozinho de milho com o garfo.

— Não sei por que tenho que votar — murmurou Kenny. — Nem vou nesse baile.

Kali deu uma risadinha.

— É isso que você fala pra Wendy?

Ele hesitou, baixando o olhar para o prato quase vazio, as mãos se fechando em punho sob a mesa. Wendy não havia dito uma palavra para ele a respeito do baile, nem sequer havia mencionado a ideia insana que colocou todo mundo na linha de fogo. Como sempre, ela se precipitou sem conversar nada com ele. Se Kenny votasse, por mais que insistissem que o voto seria anônimo, alguém descobriria, e seria uma evidente escolha de lados. Votar por um baile unificado seria uma traição aos seus amigos — que podiam, sim, fazer um monte de merda, mas ainda eram seus amigos. Votar para manter tudo igual seria uma traição à raça dele — uma raça que ele mal reconhecia, mas não podia negar. Ele estaria ferrado de qualquer maneira.

E no meio de tudo estava Maddy Washington. Kenny se perguntou o que ela pensava do vídeo, de como havia dividido a cidade inteira. Ele dera uma olhada nela certa vez, na aula avançada de química. Não estava interessado nela, apenas curioso sobre o saco de pancadas diário de Jules. A forma como ela cutucava as unhas, puxava o cabelo, se remexia em seu suéter com cheiro de mofo. Se ele soubesse antes que ela era negra... teria feito algo de diferente?

— Você está certo, filho — disse o sr. Scott, assentindo em aprovação. — O que eles fazem com o baile não te afeta em nada. O que eu sempre te digo?

Kenny suspirou.

— Seja silencioso, mas mortal.

— Isso mesmo. Fique na sua, cuide da sua vida e seja tão bom que eles não possam te ignorar. É assim que você vence o jogo.

## FOI A MADDY
EPISÓDIO 3
"Bons Velhos Tempos"

>Michael: Beleza. Dá uma olhada nesse recorte que um dos nossos assistentes de produção encontrou. É um bloco do jornal local com ninguém menos que Thomas Washington.
>
>Tanya: Bem, definitivamente tem uma semelhança ali! Esses olhos...

Michael: Se liga… ele tinha em perfeitas condições a primeira edição de *O Incrível Hulk*, de 1962, que foi vendida por quase dois mil dólares em leilão.

Tanya: Uau, bastante dinheiro, né?

Michael: Pois é! Foi assim que ele conseguiu comprar sua loja de antiguidades na Rua Principal e a nomeou como… Bons Velhos Tempos. E até que ela fez bastante sucesso. Pessoas do sul inteiro vinham negociar objetos de valor. Marmitas temáticas de faroeste, mobília retrô, rádios vintage, antigos pôsteres da Coca-Cola… ele tinha de tudo. De acordo com quem morava por ali, Maddy trabalhava na loja toda quarta-feira e em alguns finais de semana, desde o fundamental, quando o estado não permitiu mais que ela fosse educada em casa. Mas até então, ninguém a havia visto. Aqui, leia o que Portman escreveu sobre o sr. Washington em seu livro.

Tanya: *pigarreando* "Thomas Ralph Washington era o filho mais novo do Reverendo John e de Reba Washington. O Reverendo Washington vinha de uma longa linhagem de servos de Deus. Ele conduzia sua vida com punhos de ferro. O lugar das mulheres era na cozinha, e seus três filhos eram responsáveis por cuidar da casa. Ele fundou a Primeira Evangélica, uma igreja protestante com uma pequena congregação de não mais de cinquenta pessoas, em seus melhores dias. Mas ele sempre acreditou que Deus proveria.

"Thomas foi um bebê tardio, dezoito anos mais novo que os irmãos. Quando eles deixaram o ninho, nunca mais se ouviu falar deles.

"Na escola, Thomas tinha afinidade por história mundial e, como sua mãe baby boomer, ele era obcecado pela era de ouro dos Estados Unidos. Aquela era pós-guerra dos anos 1950 em que as moças usavam saias passando dos joelhos, os rapazes tinham o corte de cabelo do James Dean, os discos tocavam Elvis e todos se reuniam para assistir a *The Dick Van Dyke Show*. Ele queria viver em uma pintura idílica de Norman Rockwell. Com seu porta-caneta de bolso, calça de cintura alta e óculos de armação grossa, ele era um alvo fácil para os bullies. Enquanto a maioria dos adolescentes da idade dele queria um Mustang, Thomas dirigia um Oldsmobile de

1960. No último ano, ele começou a rastrear objetos de colecionador, viajando a lugares tão distantes quanto o Texas para ir a bazares e exposições de antiguidades. Ele transformou o abrigo antibombas da família no próprio museu, onde podia se esconder do pai abusivo tomando Coca-Cola em garrafas de vidro e folheando quadrinhos antigos do *Archie*.

"Quando o Reverendo Washington morreu de cirrose, Thomas tentou assumir os negócios da família, mas o dízimo e a congregação praticamente não existiam. Eles foram forçados a mover a igreja para a sala de estar e se tornaram uma congregação de duas pessoas. A mãe dele, totalmente dependente do filho, não o deixava encontrar a própria esposa.

"De acordo com registros médicos, Reba foi diagnosticada com câncer de pulmão de estágio 4 aos oitenta e um anos e seu prognóstico era de menos de seis meses de vida. Como ela se recusava a ir para um asilo, Thomas contratou uma enfermeira para ficar com ela enquanto trabalhava no supermercado local para pagar os custos médicos que só aumentavam. Depois do funeral da mãe, com poucas pessoas presentes, a cidade presumiu que Thomas, tão perturbado pela morte dela, se tornou recluso na casa em ruínas da família na fronteira oeste da cidade.

"Dez meses depois, Thomas entrou no consultório pediátrico do dr. Paul Foreman com uma bebê de seis semanas chamada Madison Abigail, e deu poucas explicações. O dr. Foreman só examinaria a menina outra vez dali a doze anos. O nome da mãe foi deixado em branco na maioria dos registros, e, depois do incêndio na cidade, ninguém conseguiu localizar uma única cópia da certidão de nascimento original de Maddy.

"Não há informação disponível a respeito da história da família de Reba, mas muitos acreditam que ela era da área da Nova Inglaterra e que conheceu seu marido sulista no seminário."

## *8 de março de 2014*

A Bons Velhos Tempos tinha um cheiro que Maddy nunca conseguiu encontrar uma palavra para descrever. Era um misto de almíscar úmido e decadência, junto à presença persistente das vidas que cada item na loja havia tocado um dia. Lotada até o teto de relíquias e colecionáveis cobiçados, a loja tinha pouco espaço para circular, e o interior era escuro e apertado como uma colmeia. A poeira se espalhava no ar com o menor dos movimentos, e Maddy espirrava com frequência. Papai trabalhava em um escritoriozinho nos fundos, retornando ligações de potenciais compradores e postando itens no eBay, um mal necessário que os mantinha funcionando, já que ninguém de Springville comprava na loja deles. Na semana anterior, ele lucrara mil e quinhentos dólares vendendo um relógio de parede de 1956 da Coca-Cola.

A Bons Velhos Tempos ficava na reta da Pizzaria do Sal, e, nos dias em que Maddy trabalhava no caixa, ela observava os jovens entrarem e saírem aos montes do restaurante, por horas a fio. Jovens da escola. Conversando, rindo, fazendo piadas, beijando...

Sendo normais.

Papai condenava o lugar.

— Um lixo. E aquelas garotas se recusando a proteger sua modéstia. Elas não têm decência?

Um dos filmes favoritos de Maddy, *A princesa e o plebeu*, era protagonizado por Audrey Hepburn como uma princesa que foge para ter um dia de folga em Roma, onde conhece um repórter que se oferece para apresentar a cidade a ela. A protagonista vai aonde quer, come o que quer, dança, pilota uma Vespa, até corta o cabelo curtinho. E faz tudo isso sem ter o pai no seu pé. Maddy daria qualquer coisa para escapar, qualquer coisa para ter um dia normal.

Observar seus colegas de classe vivendo a vida que ela desejava — através de uma porta embaçada, tão perto que era possível ouvir os risos e sentir o cheiro da massa assando — era uma tortura. Ao menos uma vez, ela gostaria de vestir jeans e tênis, cruzar a rua, entrar na pizzaria e pedir uma fatia com uma Coca grande. Maddy imaginara tanto esse exato cenário que costumava sentir uma onda de calor impulsionando sua mão ávida à frente para pegar a maçaneta e abrir a porta. Mas ela sempre se continha. Os adolescentes jamais a aceitariam, principalmente agora que sabiam a verdade. Ela estava condenada a viver no purgatório atrás do balcão até ficar velha e enrugada. Havia feito o vestibular (em segredo, é claro), mas ir para a faculdade não estava em seu futuro. Papai jamais a deixaria ir, mesmo se tivesse o dinheiro.

*Talvez agora... eu possa entrar pelas cotas.*

O pensamento a fez ficar tensa. Fazia mesmo parte de uma minoria? Nunca tinha pensado no assunto. Nunca tinha se considerado nada além de branca. Como a mãe dela a chamaria, se ainda estivesse viva? Teria feito Maddy se esconder como o Papai fazia? Teria concordado com as atitudes dele? Ela provavelmente não teria tido escolha, assim como a filha, mas pelo menos enfrentariam aquilo juntas.

Maddy olhou para o espelho dourado oval pendurado ao lado da caixa registradora. Estava à venda por trinta e cinco dólares e exibia seu reflexo embaçado por partículas de pó.

*Sou negra*, pensou ela, experimentando as palavras pouco naturais, vendo como soavam, testando a durabilidade delas contra a dúvida. Alguém acreditaria nela? Não importava. Ela jamais precisaria dizer isso. Papai agia como se o incidente na escola não tivesse acontecido, e ela faria o mesmo.

*Sou branca*, pensou, mas sentiu a mentira causar desconforto.

Maddy se livrou do pensamento e tentou se ocupar com o trabalho. Havia acabado de escrever uma etiqueta de envio para o orelhão clássico de 1950 com destino à Filadélfia quando percebeu que o endereço que Papai lhe dera era diferente do que estava no e-mail. Faltava o número do apartamento.

*Ele vai me culpar*, pensou ela, sentindo o pânico crescente, e se apressou para encontrar algo para corrigir. Esticou o braço pelo balcão para alcançar uma caneta...

E a caneta se agitou e rolou em direção aos dedos dela.

Maddy arfou, dando um pulo no banquinho, agarrando a mão estendida como se tivesse sido queimada. A caneta estava no meio do balcão vermelho, parada. Não havia janelas abertas, nenhuma corrente de ar. E mesmo assim tinha se mexido. Maddy vira com os próprios olhos.

Ela se virou, esperando ver Papai. Mas ele ainda estava ao telefone, e não devia ser incomodado.

Maddy tentou controlar a respiração, o coração batendo forte demais para sua figura diminuta, a caneta ainda onde havia sido deixada. Ou onde se deixara.

A caneta se movera sozinha. Sem cordas. Sem truques de mágica. Havia se movido na direção de Maddy no exato instante em ela quisera.

Ela quisera. Ela havia movido a caneta? Seria possível?

Rapidamente, Maddy devolveu a caneta ao lugar e se endireitou no banquinho. Se acontecesse outra vez, ela saberia que tinha algo a ver com isso. Se não, a loja tinha um fantasma. De mão erguida e dedos abertos, ela focou a caneta e inspirou fundo.

— Mexa — sussurrou.

A caneta ficou parada. Maddy umedeceu os lábios, balançando seus dedos agitados.

— Mexa — sussurrou outra vez, de testa franzida.

— Madison — chamou Papai. — Já terminou o pedido?

Maddy hesitou. Não queria acabar com seu experimento; precisava saber.

*Vamos*, os pensamentos dela gritaram para a caneta.

A caneta se mexeu um pouquinho. Maddy sorriu, uma onda revigorante e deliciosa de adrenalina tomando conta dela. Ela, Maddy, a garota que todo mundo jurava ser uma zero à esquerda, estava fazendo o impossível, o inimaginável... até ouvir uma porta se abrir no corredor.

— Madison?

*Vem aqui!*

A caneta tremeu, mas a mesa de jantar de mogno com a etiqueta de preço de cento e cinquenta dólares disparou pela sala, os pés se arrastando. Espalhou poeira e derrubou cadeiras e um mostruário de cartões de baseball até parar pouco antes do balcão. Maddy deu um grito, cobrindo a boca com as mãos.

— Madison — gritou Papai.

*Ele não pode saber.*

Ela pulou do assento, pegou as duas cadeiras e ficou perto da mesa.

Papai entrou correndo no salão, os olhos febris analisando o chão.

— O que aconteceu? Que barulho foi esse?

— Nada, Papai — guinchou ela, com as mãos às costas. — Eu... esbarrei na mesa.

Ele analisou a sala mais uma vez, parando no ponto onde a mesa costumava ficar, e então onde estava agora.

Seu olhar era perfurante. Sabia que Maddy estava mentindo. Mas não sabia sobre o que, nem por quê.

— Limpa essa bagunça — sibilou ele e saiu pisando forte até o escritório.

Maddy tocou a mesa e sorriu.

\* \* \*

### *9 de maio de 2014*

Era o dia da votação do baile. Logo cedo, Wendy colocou duas caixas grandes no corredor do ensino médio e, durante os anúncios do dia, incentivou os colegas a votarem.

Kenny ouviu a voz da namorada pelo alto-falante, sentindo um dilema amargo. Ele não tinha interesse em ir ao baile. Não poderia se importar menos. Queria ter controle absoluto sobre as últimas semanas na escola. Em vez disso, a votação do baile perturbou o ecossistema com o qual estavam todos acostumados, cutucando regras e acordos implícitos entre alunos negros e brancos. Debates acalorados no refeitório substituíram conversas sobre ficadas, festas e posts nas redes sociais.

E a merda da namorada dele estava no comando.

Por que ela sentia a necessidade de dizer ou fazer algo, para início de conversa? Estava fazendo isso em nome dele? Ela não sabia que era a última coisa que ele queria? A votação estava prestes a colocar um holofote intenso sobre ele, e esse pensamento já era o bastante para amargar ainda mais aquele dilema.

Kenny havia dominado a arte da imparcialidade, embora alguns fossem chamar de pura indiferença. Na aula de história, ele ignorava os olhares nervosos durante o assunto da escravidão. Quando um jovem negro foi assassinado por usar um moletom com capuz, Kenny parou de usar essa peça. Quando os protestos do VNON dispararam por todo o país, ele fingiu que a cobertura da imprensa não existia, convencendo Jason a fazer uma festa em sua casa em vez disso. Ele ignorava cada comentário ignorante e o uso casual daquela palavra polêmica. Afinal de contas, estava em todas as músicas que eles adoravam. Kenny quase conseguiu fazer seus amigos esquecerem completamente que ele era negro. E agora havia o maior dos elefantes na sala.

Enquanto a professora Morgan terminava a chamada, com o leite prestes a derramar, Jason se estufou na carteira, assumindo a responsabilidade de falar com a turma.

— Olha, sem querer ofender — começou ele, se inclinando para longe de Kenny. — Mas não vejo motivo para juntar os bailes. Faz anos que é assim em Springville. Por que mudar agora?

Os alunos murmuraram em concordância, pois Jason dissera o que todos já estavam pensando. Kenny rabiscou no caderno como se não tivesse ouvido nada.

A professora Morgan tamborilou seu lápis, observando a reação da turma.

— Bem, acho que juntar os bailes é um primeiro passo para restaurar a justiça, curar a comunidade e se unir contra uma prática arcaica — disse ela.

Jason fez que não.

— O baile não tem nada a ver com isso. É uma questão de tradição! Nossos pais, até nossos avós, todos tiveram bailes separados. Você não entende porque não é daqui.

— Olha, a "tradição" de vocês veio da segregação, a própria base do racismo sistêmico que tem oprimido pessoas racializadas neste país há séculos.

Jason discordou com a cabeça novamente.

— Você está levando isso para a questão da raça, o que não tem nada a ver!

— Vocês chamam os bailes de "baile negro" e "baile branco" — devolveu a professora Morgan. — Para mim, parece ter a ver com raça.

— Você está tentando nos enfiar sua militância goela abaixo. Fica de mimimi quando as coisas não saem do jeito que você quer.

Ela deu um sorrisinho.

— Estou apenas constatando fatos históricos.

O rosto de Jason ficou vermelho como um tomate enquanto ele olhava ao redor em busca de apoio.

— Só porque eu não quero um baile unificado não significa que sou racista.

— Eu não falei que você é — disse ela. — Eu disse que as tradições que você está tentando honrar têm raízes racistas.

— Pera aí — interrompeu Ali Kruger. — Se juntarmos os bailes, significa que vai ter que ser em um celeiro?

— Não é um celeiro — resmungou Jada Lewis, membra do comitê do baile negro. — Foi reformado anos atrás. Tem até um lustre!

— Por que não fazemos o baile no clube? — sugeriu Ali.

— Porque disseram que o clube não tem espaço para um baile com toda a turma de formandos — disse Jason.

Ali franziu a testa.

— Mas a irmã de Lara Todd fez uma festa de casamento lá para mais de duzentas pessoas.

Jada apertou o nariz como se estivesse frustrada por ter que dizer o óbvio.

— Tem espaço, *sim*. Eles estão negando porque não querem um monte de negros no clube metido a besta deles.

Kenny olhou para o relógio. Faltava um minuto para o sinal soar, mas ele já estava pronto para sair correndo porta afora, ansioso por estar em qualquer lugar que não fosse ali.

— Eles disseram que não podem receber todo mundo — irritou-se Jason.

Jada franziu os lábios.

— Não poder e não *querer* são coisas diferentes!

— Mas temos eventos unificados o tempo todo — prosseguiu Jason. — Bailes de primavera, de boas-vindas, Sadie Hawkins... Por que não podemos deixar essa tradição em paz?

— Porque é uma tradição idiota! — gritou Jada. — Você tem noção de como a gente parece retrógrado?

Ali cruzou os braços.

— Se você quer fazer um baile na fazenda, tudo bem, mas não pode forçar o resto de nós a ir.

— E eu nem enxergo cor de pele — gritou Jason, ainda ferido com a insinuação anterior. — Você acha que eu não quero curtir com meu mano Kenny? Claro que quero! Mas é tradição! Ele entende. Por que vocês não entendem?

Kenny ficou parado, sentindo-se atropelado por um caminhão. A palavra *vocês* tinha um tom que foi a gota d'água. Porque, depois de todos aqueles anos, ele não entendia por que seu melhor amigo queria manter uma tradição que impedia que eles curtissem a festa juntos, que os separava quando eles deviam ser, como Jason dissera, *manos*. O que o fez se perguntar, pela primeira vez, se eles eram de fato manos.

Kenny olhou para Jason, o tom muito sério.

— O que você *acha* que eu entendo?

Atordoado, Jason abriu a boca, mas a risada de Jada o distraiu.

— Por que você está perguntando para ele? — Ela riu. — Ele tá cagando e andando pra gente.

Kenny agarrou seu assento, evitando o olhar afiado de Jada. A professora Morgan inclinou a cabeça como se tivesse caído a ficha de algo.

— Gente, isso é besteira — disse Debbie Locke, tentando manter a paz. — A Jada tá certa. Essa coisa toda de "separados, mas iguais" está nos fazendo parecer uns retrógrados. Quando estivermos no mundo real, não vai ser assim! Então por que nós não... fazemos as pazes?

Com isso, Jason jogou a bomba, selando o destino de todos com um golpe fatal.

— Olha, não importa o que aquela votação idiota resolver! Meu pai já falou com o clube. Ele pagou por aqueles de nós que ainda querem ter o baile normal. O resto de vocês faz o que quiser! Se quiserem fazer a festa na fazenda como animais, boa sorte, porra!

Maddy mergulhou as louças em uma pia cheia de água com sabão.

— Você gostou do jantar, Papai?

— Estava bom — grunhiu ele, pisando duro até a sala de estar.

Naquela noite, ela preparara costelas de carneiro com cenouras ao molho e repolho cozido, uma receita tirada de seu livro de receitas favorito da Betty Crocker. Durante os anos, ela experimentara diferentes pratos e sobremesas do livro, sempre seguindo as instruções e dando os próprios toques. Maddy precisava de algo complicado para distraí-la do que acontecera na loja até estar pronta para encarar os fatos. O medo, misturado à curiosidade, estava pronto para devorá-la. Mas a cozinha a deixava feliz, e Papai amava sua comida — a única coisa sobre ela que realmente amava. Maddy olhou para as poucas sobras no fogão, depois que ele voltara para repetir pela terceira vez.

— Estava bom — ela repetiu as palavras dele baixinho.

Não importava o que fizesse, Maddy jamais poderia deixar de ser o maior erro de seu pai. Um erro marcado em suas feições, pintado em sua pele, costurado em seu cabelo. Jamais seria boa o suficiente ou branca o suficiente. Para ele. Para seus colegas de escola. Para as mulheres nas fotos coladas na parede do armário. Maddy as odiava. Todas elas. Por que não podia ser como elas? Por que, por que, por quê?

O cotovelo dela escorregou, derrubando um copo de vidro, e, em pânico, ela estendeu a mão.

O copo parou a centímetros do chão de vinil e disparou de uma vez para a mão dela.

Maddy paralisou, boquiaberta, a água com sabão pingando de seus braços. O chão xadrez girava como um caleidoscópio. Ela olhou para a porta da cozinha, esperando ver Papai ali, pegando-a no pulo. Mas ele ainda estava na sala de estar, assistindo a *Papai sabe tudo*.

Ela engoliu em seco, desligou a água e pendurou seu avental.

Papai estava com a lupa apoiada na ponta do nariz, mexendo em um relógio cuco e olhando de vez em quando para a tela da TV.

Maddy precisou reunir toda sua força de vontade para permanecer calma.

— Eu... vou me deitar mais cedo hoje.

Papai bebericou seu leite sem erguer o olhar.

— Não esqueça de fazer suas preces.

— Sim, Papai — disse ela, a voz aguda, e então correu escada acima.

O quarto dela no sótão tinha piso de madeira escura, um teto inclinado que gemia sempre que o vento soprava e papel de parede bege com pequenos botões de rosas vermelhas, que estava descascando. A única janela estreita deixava entrar luz suficiente apenas para que o cômodo não parecesse um caixão.

Sozinha com seus pensamentos, Maddy sentia o coração martelar. Ela se sentou à penteadeira, tentando juntar as peças. Ou pelo menos aquelas que conseguia compreender. Em seu íntimo, ela sempre soubera que havia partes sombrias dentro de si, ferais e perigosas. Algo febril e desesperado para se revelar.

Ela conseguia mover coisas com a mente. Mas... como?

Não podia contar ao Papai. Sabia como ele ia reagir — a expulsaria de casa dizendo que tinha se deitado com o capeta, que era uma bruxa. A intuição dela dizia que não era nada disso, mas convencê-lo seria um milagre. Além do mais, ela gostava de ter algo só para si, algo que era um divisor de águas, seu segredinho. Um dom dado por Deus, talvez. Ele a vira ter problemas — com Papai e os colegas de escola — e decidira conceder a ela uma grande misericórdia, um dom para ajudá-la a se proteger. Ah, se ela soubesse como realmente usá-lo...

Mas Deus não comete erros.

Maddy pegou sua escova prateada. Pentear as mechas quarenta vezes todas as noites mantinha o sono regulado, Papai sempre dissera. Ela contou, fingindo não perceber os olhares que a fuzilavam, observando. Ao redor do espelho oval, havia fotos de Audrey Hepburn, Marilyn Monroe, Grace Kelly, Jane Fonda, as garotas de *A Família Sol-Lá-Si-Dó*, Shirley Temple, Jacqueline Kennedy... imagem após imagem de todas as mulheres que ela jamais seria. Todas estavam boquiabertas, rindo e provocando em silêncio, o julgamento estampado nos sorrisos polidos. Papai gostava de adicionar novas fotos ao seu trabalho artístico. Ele por vezes dava um passo para trás, admirando as mulheres como se fossem deusas. Mas não Maddy, Maddy jamais!

O olho de Maddy tremeu, e a escova escapou de sua mão. Frustrada, ela se inclinou para pegá-la.

A penteadeira tremeu e deslizou pelo chão, batendo com força na parede dos fundos.

Por um minuto silencioso, Maddy não conseguiu se mexer.

— Madison? — Papai chamou do andar de baixo. — Que barulho foi esse?

Maddy cambaleou para trás contra a cama, agarrando-se à colcha envelhecida.

— Hã... nada, Papai.

Ela sabia que não devia mentir, e não demoraria muito para que Papai viesse conferir. Ela tinha que colocar a penteadeira no lugar.

*Você conseguiu movê-la*, pensou ela, *igualzinho ao que fez com a mesa na loja.*

Maddy mordiscou o lábio inferior. A ideia era aterrorizante, mas não mais aterrorizante que a possibilidade do pai encontrar seu quarto bagunçado. Ele gostava que tudo estivesse no devido lugar, arrumadinho. Até uma cadeira que não estivesse contra a mesa seria motivo para colocar Maddy dentro do armário. Inspirando fundo, ela endireitou a postura, mexeu os dedos e focou a escrivaninha.

*Mexa*, pensou. Nada aconteceu.

Ela forçou o cérebro a se concentrar. Seus músculos se retesaram. Conseguia sentir cada item do sótão. Da cama aos cabides no armário, fios invisíveis puxavam a pele dela levemente. Ela se concentrou na penteadeira e sentiu que não pesava mais que uma pluma. Semicerrou os olhos.

*Mexa.*

A penteadeira tremeu, e então se ergueu do chão.

Uma corrente elétrica percorreu as veias de Maddy. Ela mexeu os dedos, e a penteadeira deslizou pelo ar, pousando no lugar de sempre. Ela arfou, o sorriso alegre.

Deu uma voltinha, animada. O que mais conseguiria mover? O abajur, seus livros, a mesinha? Ela olhou para a cama.

*Será que conseguiria?*

Maddy subiu no meio da cama e tentou sentir os fios que a puxaram antes.

*Mexa.*

A cama se ergueu do chão devagar, com um rangido. Era mais pesada que a penteadeira, forçando-a a se concentrar mais. Com as mãos trêmulas, ela não tinha certeza da altura a que havia erguido a cama até que o topo de sua cabeça atingiu o teto. Algo caiu com força no chão. Maddy espiou e notou, caído debaixo da cama, um diário de couro amarrado com barbante que nunca vira antes.

*Que isso?*

— Madison? — Os passos de Papai soavam na escada.

Maddy piscou com força, perdendo o foco. A cama caiu como uma pilha de tijolos.

— Madison! — gritou ele, os passos ficando mais rápidos.

Maddy desceu da cama e pegou o diário. Enfiou-o sob o travesseiro bem quando Thomas abriu a porta.

— O que está acontecendo? — gritou ele, analisando o quarto.

Maddy, ajoelhada ao lado da cama, as mãos juntas em oração, ergueu o olhar.

— Nada, Papai.

— Que barulho foi aquele?

— Deixei cair minha Bíblia... e ela derrubou um copo de água. Já limpei.

Papai ficou parado em silêncio na soleira da porta, os olhos semicerrados inspecionando o quarto por longos cinco segundos. Ele agarrou a porta e apagou a luz, deixando apenas o abajur aceso.

— Vai dormir. Não quero ouvir mais um pio.

— Sim, Papai. Só vou terminar minhas orações.

Ele assentiu e bateu a porta com força. Maddy pegou o diário. O cordão parecia enrugado e duro. Devia estar amarrado ao estrado da cama. Ela o desenrolou e abriu. As páginas estavam amareladas pelo tempo, amassadas como se tivessem molhado e então sido deixadas para secar atrás da geladeira. Ela virou a página e leu a primeira linha:

*Você, minha filha, foi concebida em um furacão, deixando destruição em seu rastro. Você, como eles dizem, é uma tempestade vestida em pele. Morte e renascimento te seguem a todo lugar. Como um homem que nada sabe sobre o fardo do sangue poderia domá-la? Pois, aonde quer que você vá, você se acompanha.*

Maddy encarou a letra cursiva elegante, atordoada enquanto as letras se misturavam, e disse uma palavra que jamais havia pronunciado até aquele momento.

— Mamãe?

# PARTE DOIS

# CINCO

**FOI A MADDY**
EPISÓDIO 4
"Halloween de maio"

>Michael: E aí, cara, por que você não se apresenta para os nossos ouvintes?
>
>Rashad Young: E aí, tudo bem? Meu nome é Rashad Young.
>
>Michael: E quem é você?
>
>Rashad: O cara que gravou os lápis sendo atirados no cabelo de Maddy.
>
>Tanya: Ah! O homem misterioso se revela.
>
>Rashad: Não era seguro contar pra ninguém, vivendo no meio daquele bando de babacas racistas. Principalmente depois de tudo que aconteceu. Eles iam apontar o dedo para mim e me condenar.
>
>Michael: Então o que te motivou a gravar?
>
>Rashad: Duas semanas antes do desastre, um jovem negro desarmado foi baleado e morto em Greenville, e o crime foi gravado. O VNON organizou um protesto enorme na prefeitura. A polícia veio e tentou acabar com tudo, mas a coisa ficou feia, e atearam fogo a lojas. E sim, os policiais foram demitidos, mas, se não tivesse sido gravado, eles teriam se safado. Acho que eu pensei que devia começar a gravar as coisas que aconteciam em Springville também. É que, sem provas, as pessoas não iam acreditar nas merdas que aconteciam com a gente. Eu só não achei que gravaria algo tão cedo.
>
>Michael: Conta um pouco sobre as relações raciais em Springville.
>
>Rashad: Cara, nós vivemos vidas paralelas, que nunca se cruzam a não ser na escola e nos esportes. Brancos andam com brancos, negros com negros, exceto alguns poucos que estão presos entre os dois mundos... Minhas duas irmãs têm cabelo natural e viviam sendo

zoadas. Então, quando vi aquilo acontecendo com Maddy... achei que foi... escrotidão, pura e simplesmente, sabe? Jules e aqueles caras sempre foram um bando de babacas. Sei que não devemos falar mal dos mortos, mas é verdade.

Tanya: O que eu quero mesmo saber é o que aconteceu quando você desligou a câmera antes do terremoto. E por que desligou?

Rashad: Eu não desliguei. Foi a Maddy.

Michael: A Maddy fez o que, exatamente?

Rashad: Eu estava gravando, e meu celular começou a bugar. A tela ficou preta bem quando as luzes explodiram. E aquela merda não foi terremoto nenhum. O chão não se mexeu nem um pouco. Foi que nem no baile, ela... fez alguma coisa com a mente ou algo assim, eu acho.

Michael: Você se lembra do que fez no resto daquele dia?

Rashad: Fui pra casa mais cedo. Cara, eu estava muito enjoado. Mais tarde, quando fui comprar um celular novo, vi que o vídeo tinha subido para a minha nuvem. Eu meio que tinha me esquecido dele.

Michael: Foi você que postou as fotos do Halloween de maio?

Rashad: Eu não. Ninguém sabe quem foi. A maioria de nós nem tava lá.

## *16 de maio de 2014*

A semana dos veteranos na Escola de Ensino Médio de Springville sempre acontecia três semanas antes do baile e era considerada uma festa de despedida para a turma que estava se formando.

Segunda: Dia do Pijama. Jules foi usando uma camisola de cetim.

Terça: Dia da Troca. As garotas usaram uniformes de futebol americano e os garotos usaram saias de hóquei.

Quarta: Dia da Pizza. Sal entregou pessoalmente dezenas de pizzas no refeitório.

Quinta: Dia do Karaokê. Jason cantou uma música do Drake.

Sexta: o infame Halloween de maio, o único evento ao qual todo o corpo estudantil tinha permissão de ir, em que os veteranos vestiam velhas fantasias e competiam por prêmios bobos como um cupom valendo um copo de água ou um beijo do capitão do time de futebol americano.

Wendy queria se vestir de moedor de sal e pimenta para a categoria de casais. Kenny a havia convencido de que ovos e bacon era uma fantasia melhor. Eles fizeram fila com os outros casais no corredor fora do ginásio, esperando ser chamados.

Não era um evento oficial de qualquer esporte em específico, era mais uma reunião para comemorar com os veteranos a próxima fase de suas vidas. O momento era agridoce para Kenny. Seria a última vez que a escola torceria para ele como um colega estudante. Será que algum dia ele pisaria naquele ginásio outra vez? Haveria motivo para isso?

— Vocês viram a Jules? — perguntou Charlotte, vestida de Chapeuzinho Vermelho, com Chris como seu Lobo Mau.

Wendy endireitou a ponta da fantasia de bacon, olhando ao redor com os olhos semicerrados.

— Ela disse que Brady ia trazer a fantasia dela. Mas já devia estar aqui.

— Você sabe do que ela vai se vestir?

— Não faço ideia. Mas você conhece a Jules. Provavelmente vai tentar fazer uma entrada daquelas. — Wendy se virou para Kenny, sorrindo. — Como estou?

Kenny sorriu, beijando a ponta do nariz dela.

— Você está uma lasquinha de porco muito fofa.

O sorriso de Wendy tomou conta de metade do rosto dela.

— E você está maravilhOVO!

Depois que as líderes de torcida juniores fizeram uma apresentação de despedida, cada casal foi chamado ao centro do ginásio e recebido por aplausos do público nas arquibancadas. Kenny procurou Kali na multidão, desejando que ela pelo menos tentasse ser mais extrovertida, para mostrar que o apoiava. Parecia que a maioria dos alunos negros havia faltado ao evento. Mas, no canto mais distante, ele viu Maddy, sentada e inquieta. Uma rara aparição, já que ela faltava a quase todo evento extracurricular. Longe dos outros alunos, ela agarrava seu suéter, os olhos disparando para a treinadora Bates parada ao lado da porta, como se estivesse de guarda. Kenny não conseguiu deixar de reparar no quanto Maddy parecia desesperada para sair dali.

A reunião estava chegando ao fim e ainda não havia qualquer sinal de Jules. Wendy ficava olhando para trás, cada vez mais preocupada.

— Beleza, gente. — Kayleigh, a mestra de cerimônias do evento, leu um pedaço de papel dobrado que passaram para ela. — Nosso próximo e último casal é... hã, Maddy Washington e... o pai dela?

— Quê? — indagou Kenny.

Um burburinho irrompeu no ginásio antes que Maddy passasse pelas portas duplas. Uma audiência perplexa arfou.

Mas não era Maddy. Em vez disso, Jules entrou com Brady, o braço dele envolvendo a cintura fina dela. Não dava para saber logo de cara que era Jules. Porque o rosto dela estava coberto de tinta preta.

Wendy se virou.

— Meu Deus!

Jules usava uma peruca de cabelo crespo gigantesca, uma camisa amarela de botões e uma saia rodada rosa. A placa pendurada no pescoço dela dizia: *Oi, meu nome é Maddy*. Brady usava calças de tweed, uma camisa branca e óculos grossos, com o cabelo loiro partido de lado. Eles acenavam para a multidão, que respondia com risadas nervosas e aplausos fracos.

Kenny piscou devagar como se estivesse tendo uma visão, e então, por instinto, buscou pelo rosto de Maddy. Ele nunca tinha prestado muita atenção nela, mas Jules havia passado tanto dos limites que qualquer um com metade de um coração sentiria pena. Ou era o que ele pensava até o momento em que o ginásio se encheu de risadas. Maddy se encolheu com o lábio trêmulo, então juntou seus livros, atrapalhada, e, tropeçando nas arquibancadas, saiu correndo do ginásio. Nenhum professor a seguiu. A maioria deles estava ocupada demais encarando Jules, chocados com a audácia, alguns até com um sorrisinho no rosto. As mãos de Kenny se fecharam em punho.

Nem todos riam. Os alunos negros faziam caretas, as bocas comprimidas enquanto encaravam Kenny, como se o desafiassem a ignorar o que estava diante de seu nariz. De novo.

A professora Morgan balançou a cabeça em reprovação enquanto cruzava a quadra até o diretor O'Donnell, cuspindo palavras acaloradas que ninguém conseguia ouvir acima do riso crescente.

Enquanto Jules e Brady avançavam na direção deles, Wendy soltou a mão de Kenny, correndo para interrompê-la.

— Jules — sussurrou Wendy. — O que você está fazendo?

— Como assim? — Ela deu uma risadinha, fingindo inocência. — É a minha fantasia!

Kenny sentiu Wendy olhando para ele, e sua mandíbula se retesou, fazendo-o dar as costas à multidão para recuperar a compostura.

*Faça ela ir embora*, pensou ele. *Por favor, faça ela ir embora antes que eu tenha que fazer.*

— Isso não tem graça — murmurou Wendy, agarrando o braço de Jules. — Você precisa sair daqui. Agora.

— Dá licença. Eu não tenho que ir a lugar nenhum! É minha despedida.

Foi a gota d'água para Kenny. Observador, Chris se aproximou, tentando contê-lo.

— Espera, cara, não!

De coração acelerado, Kenny o atropelou, pisando duro ao se aproximar de Jules.

— Você acha que esta merda é legal?

O riso da audiência parou.

Jules tossiu uma risada nervosa, olhando para a multidão.

— Cara, é só uma piada. Relaxa.

Fumaça saía das orelhas de Kenny. Wendy agarrou a fantasia dele, tentando acalmá-lo.

— Desculpa — sussurrou ela, seus olhos cheios de desespero. — Eu não fazia *ideia*. Juro.

— Qual é, cara — começou Brady com um sorriso arrogante, colocando o dedo indicador no peito de Kenny. — Acho que você precisa abrir um espaço. Está perto demais da minha gata.

Jules deu a ele um sorriso convencido, enchendo o peito.

Kenny semicerrou os olhos e se inclinou para o dedo de Brady, pronto para arrancá-lo da mão fraca dele.

— Senão? — disse Kenny, o tom mortal.

O sorriso desapareceu do rosto de Brady.

— Kenny — implorou Wendy, agarrando o braço dele. — Por favor. Vamos embora.

E então havia mais mãos. Metade da linha defensiva, tentando puxá-lo para trás.

— Ô, mano, relaxa — murmurou Jason no ouvido dele.

Kenny o encarou dos pés à cabeça.

— Que merda você acabou de falar?

Pela primeira vez na vida, Jason ficou sem palavras. Ele se virou, confirmando que ainda tinha apoio.

— Relaxa, cara. É a Jules, só isso. Você sabe que ela só está sendo... a Jules.

Jason não via nada de errado ali. Nenhum deles via.

— Olha, vamos deixar isso pra lá, cara — adicionou Chris, sempre tentando ser a voz da razão. Mas a razão não ia acalmar a fúria fervendo dentro de Kenny.

O ginásio permaneceu sinistramente silencioso, observando o grupo como tubarões em um aquário.

O grupo se separou quando o sr. O'Donnell se aproximou do centro com a segurança da escola, provavelmente para expulsar Brady por invasão.

Com as palavras retorcidas pela fúria, Kenny enfiou um dedo trêmulo na cara de Jules.

— Você errou feio dessa vez.

Jules apenas revirou os olhos enquanto Brady passava um braço protetor pelos ombros dela.

— Srta. Marshall, uma palavrinha no corredor — disse o diretor. — Agora. Você também, sr. Scott.

Kenny virou a cabeça em um movimento rápido na direção dele.

— Pelo quê?

O sr. O'Donnell engoliu em seco, as sobrancelhas quase tocando sua careca.

— Vamos só... falar em particular, filho.

— Mas eu não fiz nada — cuspiu Kenny, gesticulando para Jules. — É ela quem está fantasiada de negra, porra! Por que você não está se concentrando nela?

— Kenny, por favor — implorou Wendy. — Faz o que ele diz.

Ele ficou boquiaberto.

— Por quê?

Wendy se encolheu, a ponta do bacon caindo para a frente enquanto os olhos dela se enchiam de lágrimas.

— Para que você possa... explicar.

— Explicar o quê? Não fiz merda nenhuma!

— Não grita com ela! — berrou Kayleigh, ficando ao lado de Wendy.

— Está tudo bem, filho — insistiu o sr. O'Donnell. — Só quero conversar. Acertar as coisas. Se ninguém ficou chateado, está tudo bem.

Ninguém ficou chateado? Jules estava ali, fantasiada de uma pessoa negra, e ele tinha a audácia de dizer que "ninguém ficou chateado"? E o desrespeito, não apenas com Maddy, mas com Kenny e todos os outros alunos negros? Por que ninguém enxergava isso? Por que ele que tinha que dizer o óbvio?

Kenny olhou para cada pessoa que o rondava como se ele fosse algo a se capturar, como se ele estivesse fora de controle, e não Jules. O grupo trocou olhares nervosos, evitando o dele. Os "amigos" estavam evitando Kenny quando deveriam estar ao seu lado.

— Cara, dane-se. — Kenny arfou, abrindo caminho no círculo a cotoveladas.

Wendy correu atrás dele.

— Kenny? Kenny, por favor, espera…

Kenny a afastou, arrancando a fantasia ridícula de ovo enquanto saía pisando forte pelas portas do ginásio, deixando todos sem palavras.

# SEIS

**FOI A MADDY**
EPISÓDIO 4, CONT.

    Michael: Então, quando foi que você se aposentou e fechou sua clínica médica?

    Dr. Paul Foreman: Uns meses depois do acontecido, mais ou menos. Vi sangue o suficiente naquele dia.

    Michael [narrando]: Este é o dr. Paul Foreman, médico da Maddy. Levei um tempo até encontrar qualquer menção a ele no relatório de investigação. Mas acho que é crucial que aprendamos o máximo possível sobre a saúde de Maddy no geral antes do baile.

    Dr. Foreman: Quando conheci Maddy, o governo do estado tinha um mandado que a obrigava a se consultar comigo. Naquela época, ela só tinha sido levada à emergência depois de uma crise histérica. Alguma coisa a ver com um ataque de pássaro. Enfim, quando ela foi levada à emergência, os médicos descobriram que ela não fazia ideia do que é o ciclo menstrual. Coitada, ela pensou que estava morrendo. Fizeram uma enfermeira explicar para ela, o que envolveu o conselho tutelar, e o estado a enviou para mim. Ela não tinha as vacinas necessárias para frequentar a escola.

    Michael: Você se lembra de algo desse primeiro encontro?

    Dr. Foreman: Ela era quietinha. Tímida. A cada pergunta que eu fazia, ela olhava para o pai, buscando permissão para falar. Achei estranho, mas não havia sinais de abuso.

    Michael: Então podemos deixar esse rumor de lado. Maddy tinha lúpus?

    Dr. Foreman: Não, não mesmo. Não sei de onde saiu essa ideia. Provavelmente do pai dela.

    Michael: E quando foi que você viu a Maddy pela última vez?

Dr. Foreman: Exatamente três meses antes da Noite do Baile. Ela entrou, acho que sem o conhecimento do pai, preocupada com as cólicas menstruais. Ela tinha um ciclo extremamente pesado, que a deixava exausta. As extremidades dela costumavam ficar geladas, e ela tinha desejo de comer gelo o tempo todo. Sinais de deficiência de ferro ou anemia. Prescrevi a ela um suplemento de ferro e instruí que visitasse um ginecologista naquele mês. Foi a última vez que a vi.

Michael: Algo mais fora do normal?

Dr. Foreman: Sabe, o governo do estado me perguntou isso também. Várias vezes. Eu tinha consciência de qualquer "habilidade" sobrenatural? A melhor resposta que pude dar a eles foi que não acho que ninguém tinha noção do que ela era capaz de fazer. Nem ela mesma.

Michael: Você acha que ela ainda pode estar viva?

Dr. Foreman: Sem corpo, é difícil confirmar. Mas, no fim das contas, acho quase impossível para ela ter saído ilesa e ninguém notar.

## Retirado do artigo da CNN de 19 de maio de 2014: "Escola de ensino médio investiga relatos de estudante fazendo blackface"

Uma foto de uma jovem com o rosto pintado de preto, fantasiada como uma colega de turma, chamou a atenção do distrito da escola de Springville depois de circular amplamente nas redes sociais.

Os administradores do distrito enviaram o seguinte pronunciamento: "Esperamos, enquanto comunidade, que possamos trabalhar juntos para assegurar que a insensibilidade racial e a conduta imprópria dos estudantes sirvam como um momento de aprendizado."

A escola se recusou a divulgar o nome da aluna, mas colegas a identificaram antes que seus perfis nas redes sociais fossem apagados.

Este é o segundo incidente nas últimas semanas na escola de ensino médio da cidade, levantando questões a respeito dos protocolos do distrito.

### *19 de maio de 2014*

Wendy não vira Kenny a manhã inteira. O carro dele estava parado no estacionamento, mas ele não estava no lugar de sempre e, por algum motivo, ela não conseguia se livrar da sensação de que ele a estava evitando. Ela bebeu o shake que havia preparado para ele, engolindo o líquido esbranquiçado, tentando acalmar os nervos. Kenny não podia ainda estar com raiva de Jules, certo? Wendy havia conseguido botar panos quentes, e eles fizeram as pazes durante o fim de semana.

Mas Kenny ainda parecia distante. Ela se agarrou à esperança de que, assim que estivessem longe de Springville, eles seriam *eles mesmos* outra vez, Wendy e Kenny. Ela conferiu o e-mail com dedos ansiosos. Ainda não havia notícias da última bolsa de estudos. Ela só precisava de mais mil dólares e, quando estivessem no campus do Alabama, tudo se resolveria. Ser a namorada de Kenny Scott tinha que vir com alguns benefícios.

Quando o sinal soou, Wendy quase correu para o refeitório, esperando que Kenny estivesse lá, aguardando. Sentindo falta dela. Mas, ao pular os degraus, deu de cara com uma multidão bloqueando o corredor que levava ao refeitório. Vozes cantavam acima das pessoas.

— Ei, ei, ei! Ora, ora, ora! Alunos racistas, vão embora!

— O que está acontecendo? — perguntou ela, alto.

— O Sindicato dos Estudantes Negros está protestando — resmungou um aluno ao lado dela.

Wendy arfou. Será que Kenny também estava lá? Ele jamais demonstrara interesse nesse tipo de coisa.

Ela abriu caminho a cotoveladas, chegando a um espaço aberto na frente das portas do refeitório.

O Sindicato dos Estudantes Negros, o SEN, era composto por metade dos alunos negros da Escola de Ensino Médio de Springville. Wendy os achava um tanto militantes demais. Nem todas as pessoas brancas eram racistas, mas o SEN com certeza conseguia fazer todos sentirem que sim. *E se Kenny começar a agir como eles?*, pensou ela. O que as pessoas achariam? E o que diriam sobre ela? Tirando os comentários grosseiros de Jules tentando adivinhar o tamanho do pau de Kenny, ninguém se importava muito que ela namorasse um cara negro. A maioria a elogiava por ter fisgado o astro da cidade. Mas todo elogio podia facilmente se tornar ódio, algo que ela não aguentaria.

O pessoal do SEN estava vestido dos pés à cabeça de preto, segurando pôsteres com fotos de Jules fantasiada. E na frente estava ninguém menos que Kali Scott, gritando para a audiência.

— Estamos cansados da falta de atitude da direção da escola! Não houve consequências para a aluna que veio a um evento escolar fantasiada de negra, um espetáculo racista nojento. É uma representação estereotipada, degradante e ofensiva de quem nós somos. Mesmo assim, este distrito escolar acha que esse desrespeito escancarado não merece punição.

"Já levamos questões assim para professores e funcionários em outras ocasiões. Mas nossas reclamações não dão em nada. A falta de repercussão dessas ações ofensivas forçou estudantes racializados a permanecerem em um ambiente hostil de aprendizagem. Exigimos ação! Se a aluna não for expulsa, alertaremos a imprensa de cada ato racista que já aconteceu nesta escola. E temos provas."

Os alunos murmuraram entre si. Wendy captou o olhar de Kali, que tinha um sorriso no cantinho da boca.

— E, enquanto vocês estavam tão desesperados por causa do baile unificado, não passou batido por nós que o clube se recusou a hospedar a festa, porque teriam que abrir as portas para pessoas racializadas. Então teremos protestos semanais do lado de fora do clube até que eles admitam suas práticas racistas.

O coração de Wendy martelava no peito. Não, Kali não podia trazer nenhuma atenção negativa ao baile. Ela havia trabalhado demais nele para não sair como planejado.

Os monitores enfim conseguiram dispersar a multidão do corredor, afastando o Sindicato dos Estudantes Negros para permitir que todos entrassem no refeitório para o almoço. Wendy aproveitou a chance e agarrou o braço de Kali.

— Kali — disse entredentes —, o que você está fazendo?

Kali olhou para a mão em seu cotovelo, semicerrando os olhos. Wendy puxou a mão e se endireitou.

— Estou fazendo o que precisa ser feito.

— Mas Jules não quis magoar ninguém — insistiu Wendy. — Foi idiotice, mas não precisa enfiar o baile nis...

— Ela sabia exatamente o que estava fazendo — gritou Kali. — E não foi só ter pintado o rosto de preto. Foi ela fingindo ser uma aluna negra. Tirando sarro abertamente de pessoas negras. Você acha que nós todos temos aquela aparência?

— Não! De jeito nenhum!

— Você é a melhor amiga dela. Você é conivente com aquela merda e, mesmo assim, namora meu irmão. O que isso diz sobre você?

— Eu não sou conivente! Falei com ela que era errado! — Wendy sentiu-se perdendo o chão.

— Tanto faz. Você não se importa.

Wendy ficou boquiaberta.

— Como assim? Você não está vendo que eu estou tentando planejar o baile unificado? E daí, alguns ainda vão ter o baile no clube, mas nós teremos o nosso, e muito mais gente vai estar nele.

Kali se inclinou para trás com um sorrisinho.

— Você acha que a gente não enxerga a sua verdadeira intenção por trás desse showzinho, né?

Wendy piscou, os pulmões doendo.

— Quê? — ela guinchou.

— Você está insistindo nessa merda de baile para ir com Kenny, porque do contrário você não iria a baile nenhum, e sei que isso estava acabando com você.

O shake de Kenny se agitou no estômago de Wendy, ameaçando sair.

— Você também está insistindo nisso para parecer a "aliada branca" perfeitinha, achando que isso vai fazer meu irmão ficar com você enquanto ele alcança o estrelato. Você está tentando emplacar que sempre foi a namorada consciente que convidávamos para o churrasco. Essa história toda é para *o seu* benefício!

A garganta de Wendy fechou.

— Isso não é verdade. Estou tentando... estou tentando ajudar...

— É, claro que está. — Kali deu uma risadinha, pegando a mochila. — Quer ajudar pessoas negras? Que tal começar a realmente ajudá-las em vez de a si mesma?

Kali saiu pisando duro, deixando Wendy sem palavras.

Naquele instante, Kenny dobrou a esquina, a mochila pendurada no ombro, chegando no momento tão exato que pareceu cômico.

— E aí! Tudo bem? — disse ele, beijando a testa dela. — Por que você está parada aí?

Wendy deu um sorriso forçado. Não tinha dúvidas de que ele sabia tudo sobre os protestos e não contou nada. *O que mais ele está escondendo de mim?*

Jules enrolou um longo cacho ao redor de seu mindinho, balançando a perna cruzada, um sorriso convencido no rosto. Ela geralmente não gostava de estar na diretoria. Na maior parte dos dias, não prestava atenção naquele homenzinho triste e careca. Mas agora mal podia esperar que o pai dela o devorasse no almoço.

— Que história toda é essa, Steve? Jules acha que está encrencada, e sei bem que vocês sabem que não devem desperdiçar o meu tempo.

Keith Marshall, CEO da Equipamentos Marshall, estava sentado diante do sr. O'Donnell. Tudo, do cabelo aos sapatos, gritava "mundo corporativo", "escritórios com vista" e "reuniões durante partidas de golfe". Uma vida que o diretor jamais conheceria. Ele era um homenzinho patético que achava ter poder.

*E agora ele tem que lidar com o meu pai*, pensou Jules, o sorriso aumentando enquanto encarava a professora Morgan, sentada no canto. A professora podia até controlar o diretor, mas não era páreo para o poder de persuasão de Jules.

O sr. O'Donnell rearranjou a mesa pela terceira vez, suor cobrindo sua testa.

— Então, é... é...

— Trata-se do comportamento da sua filha nas últimas semanas — interrompeu a professora Morgan. — Talvez anos, considerando o que me contaram.

O sr. Marshall virou na cadeira como se só agora a tivesse visto.

— Desculpa, você é...?

Ela deu a ele um sorriso astuto.

— A professora de história dela. Desculpa se não fomos apresentados formalmente na reunião de pais que você perdeu.

Ele a olhou de cima a baixo, medindo o valor dela, e então tornou a focalizar o sr. O'Donnell.

— Olha, Steve, tenho um voo para pegar, então você se importa de ir direto ao ponto? A Jules foi para casa muito chateada naquela noite, disse que você a ameaçou.

Isso pareceu firmar as mãos trêmulas do diretor.

— Eu não fiz isso! Como contei à sua esposa, eu a mandei para casa para que pudéssemos fazer uma investigação cuidadosa antes de decidir o melhor plano de ação.

— Investigação sobre o quê? Uma fantasia idiota? Vocês não têm mais o que fazer?

A professora Morgan bufou.

— Sr. Marshall, acho que sua filha não tem noção da gravidade das ações dela. Ela veio a um evento escolar com o rosto pintado de preto.

— E a escola tem uma política de zero tolerância em relação a bullying — completou o sr. O'Donnell.

— Mas eu não fiz bullying com ninguém! — Jules se voltou para o pai. — Pode perguntar à Wendy ou ao Jason. Eles estavam lá também! — Ela sabia que a combinação desses nomes o convenceria, pois a família de Jason era uma das mais ricas da cidade, ao lado da deles, e Wendy era doce demais para mentir.

O sr. Marshall suspirou como se a reunião inteira fosse uma bobagem.

— Vocês têm provas desse "bullying"?

O sr. O'Donnell cruzou as mãos debaixo da mesa e pronunciou cada palavra claramente.

— Sr. Marshall, há uma foto. Da sua filha. No evento da escola. De rosto pintado de preto. Com o nome de uma aluna negra escrito na camisa dela. Na internet inteira. E na CNN.

O sr. Marshall fez cara de paisagem e deu de ombros.

— Era só tinta. Já vi jovens pintados da cabeça aos pés em tinta branca durante jogos e ninguém deu um pio.

Os olhos da professora Morgan flamejaram.

— Não era um jogo de futebol americano e a tinta não era branca. Era preta, e foi escolhida para provocar. Além de ser totalmente inapropriado, cruel e racista, foi ofensivo não apenas para uma frágil jovem racializada, mas também para todos os outros alunos negros da Escola de Springville.

O assento de Jules queimava sob ela.

— Com licença, mas por que é que ela está aqui? — gritou ela.

— Ela está aqui como testemunha do incidente anterior — explicou o sr. O'Donnell, assentindo para a professora Morgan.

O sr. Marshall bufou.

— Que incidente?

— Sua filha atirou lápis no cabelo de uma aluna. A mesma aluna de quem ela se fantasiou na reunião de alunos.

O sr. Marshall se virou para Jules franzindo a testa. Era um gesto de desaprovação — o que não costumava acontecer. Isso deixou Jules inquieta.

— Não fui eu, papai, juro! — insistiu ela, agarrando os braços da cadeira. — Foram as outras meninas. Eu te falei que estão sempre tentando colocar a culpa em mim! Eu nem estou no vídeo!

O sr. Marshall assentiu e se voltou para o diretor.

— Ela disse que não foi ela. E sem prova...

— Eu a vi jogar — anunciou a professora Morgan, um toque de soberba em sua voz. Jules queria arrancar a língua dela com um alicate.

Naquela hora, o celular de Jules tocou alto, assustando o diretor.

— Enfim, é sua palavra contra a dela, e tenho um time de advogados pronto para lidar com qualquer mal-entendido.

A professora Morgan inclinou a cabeça, dando ao sr. O'Donnell um olhar direcionado.

Ele entendeu.

— Muito bem, sr. Marshall, mas... sua filha está suspensa pelo resto do ano letivo.

Jules ficou de pé de uma vez.

— Quê?

— Ela pode vir à formatura depois que fizer as provas finais de casa e passar.

— Papai!

O sr. Marshall gesticulou, instruindo a sala a se calar.

— Certo, veja bem. Claramente isso foi... um erro. Jules aprendeu sua lição e jamais fará isso de novo. Não há motivo para exagerar por conta de uma provocação. Sério, os jovens precisam amadurecer. Como vocês esperam que eles sobrevivam no mundo real com todo esse mimimi?

O sr. O'Donnell olhou para a professora Morgan como se esperasse a aprovação dela.

— Lamento. Não está nas minhas mãos.

O sr. Marshall suspirou através de um sorriso apertado.

— Tá. Tudo bem. Vou ver o que os meus amigos no conselho escolar têm a dizer sobre isso.

O celular de Jules recebeu outra notificação. E mais outra.

O sr. O'Donnell cruzou as mãos sobre a mesa.

— Foi… decisão do conselho escolar. Sua filha trouxe muita atenção não desejada a Springville, e eles acham que o melhor plano de ação é remover o… problema.

Jules não ficou calada.

— Mas… esta é a minha última semana como capitã das líderes de torcida com as minhas amigas. Você não pode fazer isso comigo!

O sr. Marshall deu um tapinha reconfortante na perna de Jules.

— Steve, ela é só uma criança. Ela não sabia o que estava fazendo.

— Ela sabia exatamente o que estava fazendo, e foi por isso que fez — irritou-se a professora Morgan. — Como você espera que ela sobreviva no mundo real se não souber que existem consequências para as suas ações?

O celular de Jules recebeu mais três notificações. Irritada, ela o arrancou da mochila. Centenas de mensagens poluíam a tela. O coração dela veio à boca quando ela começou a se dar conta do que estava acontecendo.

— Papai — arfou ela, os olhos cheios de lágrimas. — A foto… está por toda a parte. Ah… ai, meu Deus. A Texas A&M acabou de postar no Twitter… eles estão revogando minha vaga.

O sr. Marshall se virou, o rosto contorcido de fúria.

— Steve, isso já é demais! Você não acha que a suspensão é suficiente? Quer atrapalhar o futuro dela também?

Chocado, o sr. O'Donnell ergueu as mãos.

— Não fizemos contato com a universidade dela.

— Então quem fez? — exigiu saber o sr. Marshall, virando-se para apontar o dedo na direção da professora Morgan. — Foi você?

Ela deu de ombros.

— Não. Eles provavelmente ficaram sabendo pelas, sei lá, dezenas de jornais que publicaram a história. Você viu aquelas câmeras lá fora? É por causa da sua filha.

Jules afundou na cadeira, chorando.

— Papai, por favor. Faz alguma coisa!

O sr. Marshall continuou a censurar o diretor.

— Quero o nome de cada pessoa envolvida nisso, incluindo a menina que supostamente sofreu bullying, e quero agora!

— Papai, eu não vou para a faculdade? Não vou estar no grupo de líderes de torcida?

O sr. Marshall se virou para a filha com firmeza.

— Vamos ligar para a Texas A&M amanhã e esclarecer tudo. Uma garotinha dramática não vai estragar tudo pelo que você trabalhou.

A professora Morgan se levantou.

— Você já se deu conta de quanto fez mal à Maddy? A sua sorte é que o sr. Washington se recusou a prestar queixas ou exigir uma resolução. Você está saindo daqui praticamente ilesa. Porque, se eu fosse a mãe de Maddy, eu não deixaria minha filha ser tratada assim!

# SETE

*19 de maio de 2014*

*Sua linhagem foi marinada em fúria.*

*Haverá dor ao carregar esse segredo sombrio. Uma dor que você deve aguentar pelos outros e por si.*

*Esse poder doentio que você carrega cedo ou tarde queimará até que não consiga mais escondê-lo. Você deve aprender a controlá-lo. Ou ele te controlará. Mas não sirva de capacho. Você pode aliviar a dor ao deixar para trás tudo que conhece. Embriague-se na vida e no amor a ponto de se blindar do ódio que ameaça te afogar. Mastigue luto no café da manhã, devore dores no almoço, inale o ácido da vida, deixe queimar a fantasia que ele te forçou a usar.*

MADDY ESTAVA HIPNOTIZADA pelas palavras da mãe, lendo-as sem parar, cortando a ponta dos dedos nos cantos das páginas, deixando gotas de sangue pelo livro. Como a mãe sabia que Maddy encontraria o diário? Papai sabia que ela o escrevera? Maddy não tivera muito tempo para decifrar os enigmas crípticos da mãe. Ela por vezes repetia o assunto do sangue.

*Ai, meu Deus... será que Mamãe era uma bruxa?*

Isso faria sentido, explicaria as capacidades de Maddy. Mas Papai dissera que as bruxas eram malignas. Ele não teria se relacionado com uma mulher maligna. A não ser que não soubesse. A não ser que ela o tivesse enganado. E, se o sangue dela corria pelas veias de Maddy, isso não a tornava uma bruxa também? Ela se virou no assento, reparando em um computador livre nos fundos da biblioteca.

Apesar do decreto de Papai sobre tecnologia moderna, Maddy sabia como usar um computador, que era uma necessidade para fazer tarefas da escola e acessar o portal da turma. Ela abriu o Google para começar sua pesquisa. Ainda não tinha certeza do que procurar. Mas sabia que não podia ser a única capaz de mover coisas com a mente. Devia haver outros.

Ela enfiou o diário da mãe de volta na mochila. Não era seguro mantê-lo em casa, e era a única coisa da mãe que ela tinha. Se Papai o encontrasse e lesse, jogaria no fogo. E haveria um preço alto a se pagar. Maddy tocou seu couro cabeludo queimado, engoliu em seco e digitou o primeiro termo de pesquisa.

*"Bruxas negras."*

O coração dela disparou enquanto vasculhava os termos "espiritualista africano", "vudu", "Santería"... Mas, pelo que entendera, elas usavam velas, incenso, penas e até bonecas para obter os resultados desejados. Enquanto fechava outro artigo, ela se deparou com uma imagem: um grupo de mulheres negras vestidas de branco e reunidas ao lado de um corpo de água. Nenhuma delas estava sozinha. Tinham umas às outras. Ela tocou a tela com o dedo indicador.

*Mamãe?*

Maddy afastou a esperança. Sua mãe estava morta. Morrera ao dar-lhe a vida. Não havia como trazê-la de volta. Mas... será que Maddy tinha outros familiares? Será que eles eram como ela? Moviam coisas com a mente? Ela fechou a janela e abriu uma nova guia do Google.

*"Bruxas que movem coisas com a mente."*

Bem no topo, o primeiro termo que apareceu foi "telecinesia".

Ela anotou a palavra no caderno e começou daí.

## FOI A MADDY
EPISÓDIO 5
*"Usando a cabeça"*

> Kurt Von Keating: Explicarei em três palavras simples: Usando. A. Cabeça.
> Michael [narrando]: Este é Kurt Von Keating, autor e fundador de AceiteSeuLugar.com. Eu o convidei ao estúdio para nos dar uma base para entender as habilidades de Maddy. De acordo com os registros da escola, Maddy pegou quatro livros sobre telecinesia, que depois devolveu, exceto por um: o primeiro manual de Keating sobre como utilizar poderes telecinéticos. Depois de mais ou menos uma

dúzia de ligações para o agente dele e algumas conversas sobre os termos de um acordo de aparição, tive que passar por um teste de personalidade antes que ele concordasse em se encontrar comigo. Acho que passei no teste.

Michael: Queríamos que você explicasse um pouco o que é telecinesia. Seu livro foi um dos textos que Maddy estudou na biblioteca da escola dela.

Kurt: Foi o que fiquei sabendo em vários fóruns. O que ela conseguiu fazer foi impressionante, apesar das vidas perdidas.

Michael: Hã, beleza. Você pode explicar o que é telecinesia? Sabe, para as pessoas que talvez não acreditem nisso.

Kurt: A crença é uma fonte de energia que ocupa espaço na consciência. Essa é a lei da ciência, cara!

Michael: Mas talvez você possa…

Kurt: Sabe quanta energia ela deve ter usado naquela noite? Você poderia coletar essa energia do chão, engarrafar e usar para iluminar Tóquio. A interseção de física quântica, neurociência e consciência… coisa poderosa, cara. Coisa poderosa.

Michael: Certo. Então, sobre o seu livro…

Kurt: Telecinesia é a habilidade de mover objetos, grandes ou pequenos, com o poder da mente. Simples. Como falei, é só usar a cabeça. Mas você pode aprender mais no meu canal do YouTube, A Maneira de Keating, ou no meu novo livro, *Poluição mental,* disponível em pré-venda em AceiteSeuLugar.com.

Michael: Hm. Tanya, você tem alguma pergunta?

Tanya: Sr. Keating, eu gostaria de ler algo para você. "Nos anos 1970, Uri Geller se tornou o sensitivo mais famoso do mundo e faturou milhões viajando pelo mundo e demonstrando suas habilidades psicocinéticas, incluindo fazer relógios quebrados funcionarem e dobrar colheres. Embora negasse usar truques de mágica, muitos pesquisadores céticos observaram que os feitos incríveis de Geller podiam ser — e eram — reproduzidos por mágicos." Tendo ouvido isso, você quer mesmo que a gente acredite que é capaz de telecinesia, ignorando as centenas de pessoas que refutaram a ideia durante um século?

Kurt: Mantenho minha verdade com amor e gentileza.

Michael: Qual é a conexão entre a telecinesia e o fogo? Há relatórios que dizem que Maddy parecia capaz de controlar as chamas.

Kurt: Ah, não, isso é impossível. Totalmente inventado.

Tanya: Isso é impossível, mas você espera que a gente acredite que a telecinesia é real?

Kurt: Não existe relação entre os dois. Mas há muitas pessoas que têm pirocinesia. Eu também as entrevistei no meu canal do YouTube.

Tanya: Pirocinesia? Um termo literalmente inventado por Stephen King, um escritor de ficção? Chega.

## *20 de maio de 2014*

Wendy estava sentada no tapete de pelúcia lavanda do quarto de Jules, apoiada na cama de dossel, abraçando os joelhos. A amiga andava de um lado para o outro diante dela.

— Não acredito que eles estão fazendo isso! — cuspiu Jules, fungando. — Tudo isso por causa de uma brincadeira? Que ridículo!

Não importava quantas vezes tivesse ido à casa de Jules, Wendy sempre ficava boquiaberta com o quarto gigantesco da amiga, quase do tamanho da sala de estar da casa dela, sem mencionar o closet lotado de roupas. Wendy costumava brincar que, caso se mudasse para lá, levaria semanas para alguém perceber.

Sombra preta manchava as bochechas pálidas de Jules, e o cabelo parecia uma cortina ruiva e embaraçada caindo sobre os ombros. Era como se ela não dormisse fazia dias. Kayleigh estava sentada na cama de pernas cruzadas, limpando as lágrimas.

Charlotte, na espreguiçadeira perto da janela, olhava diretamente para Wendy, a única pessoa que talvez fosse capaz de acalmar Jules.

Mas Wendy não sabia por onde começar. Claro, ela se sentia péssima. Jules estivera louca para entrar na Texas A&M desde que estavam no primeiro ano. Ela já sabia todos os cânticos e usava a camiseta cor de vinho para dormir na maioria das noites.

Se fosse outra piada, Wendy chamaria a escola de exagerada. Mas não conseguia parar de pensar na reação de Kenny. Ela nunca o vira tão chateado. Jules claramente passara dos limites.

Wendy inspirou fundo, voltando ao seu papel de melhor amiga leal.

— Jules, só… só se acalma.

Jules lançou a ela um olhar furioso.

— Me acalmar? Não vou pra faculdade, Wen! — Ela segurou outro soluço furioso. — Papai acha que a A&M não vai voltar atrás. A porra da minha vida está arruinada!

— Existem outras faculdades — disse Wendy, tentando ser otimista. — Você é muito inteligente e é tão bonita. Tipo, dezenas de faculdades vão te querer.

Jules não estava ouvindo. Seus olhos vermelhos tremiam nas órbitas e ela parecia querer abrir um buraco no carpete.

— Isso é tão ridículo! E pensar que isso começou porque a porra da Maddy Washington mentiu a vida inteira!

— Foi só uma mentira branca — disse Charlotte, rindo, e então rapidamente fechou a boca.

— Não fizemos nada de errado — gritou Jules, desafiadora. — Sério, ela que provocou tudo isso.

— Talvez se você se desculpar eles mudem de ideia — sugeriu Wendy, pensando em uma estratégia.

Jules se virou.

— Como é que é?

Wendy engoliu em seco, as costas se retesando.

— É que… você foi para a escola fantasiada de negra. Isso é muito… Não é legal. Mas um pedido de desculpa seria uma boa contenção de danos.

Charlotte e Kayleigh arregalaram os olhos enquanto Jules pisava duro na direção de Wendy, soltando fogo pelas ventas.

— Foi uma BRINCADEIRA! A porra de uma BRINCADEIRA!

Wendy se encolheu contra a cama, atordoada pelo veneno da amiga. Será que Jules realmente não entendia como era bizarro se fantasiar de negra? Ela se achava acima das consequências? Ela não podia ser tão ignorante assim. Mas Jules jamais ouviria a voz da razão nesse estado, então Wendy ficou quieta.

— E, se ela tivesse sido sincera sobre ser negra, ninguém ligaria para isso — prosseguiu Jules. — Mas ela mentiu. Para todos nós! Tudo bem ela mentir?

— É! Ela basicamente, tipo, arruinou todo o nosso último ano — completou Charlotte.

— Como assim? — Wendy ficou ofendida. Até então, o último ano tinha sido tudo que elas sonharam. Ela fizera questão de garantir isso em cada detalhe.

Charlotte respondeu, contando nos dedos:

— Jules está suspensa. Os alunos negros nos odeiam. Repórteres estão revelando nossos segredos. E o baile virou um show de horrores. Quer dizer, toda essa mudança e Maddy nem vai ao baile!

Wendy piscou, as palavras pegando-a de surpresa de alguma forma: *Maddy nem vai ao baile.*

E, embora tenha tentado, não conseguiu esquecer as palavras de Kali: *Quer ajudar pessoas negras? Que tal começar a realmente ajudá-las em vez de a si mesma?*

Se Kali conseguia enxergar o real propósito do plano fraco de Wendy, será que Kenny também enxergava? O que seria preciso para fazer parecer que não se tratava dela, mas sim do bem maior?

E, naquele exato momento, Wendy teve a ideia que acabaria por mudar o destino de toda a cidade.

## Retirado de *Massacre de Springville: A lenda de Maddy Washington*, de David Portman (pág. 123):

Surgiram muitas questões depois da noite da carnificina, mas uma se destacava: o que Maddy Washington estava fazendo no baile, para começo de conversa?

De acordo com testemunhos, Maddy era rejeitada entre os colegas e sofria bullying sem descanso durante seus anos na Escola de Ensino Médio de Springville. Ninguém conseguia se lembrar dela indo a qualquer evento extracurricular, jogo de futebol americano, baile de boas-vindas ou bazar de Halloween. Ela entrava na escola segundos antes do sinal e saía na mesma velocidade.

Portanto, a ideia de Maddy ir ao baile com o garoto mais popular da escola parecia quase inimaginável.

Foi quando começaram a apontar dedos. Porque, se eles nunca tivessem atirado aquele lápis, se nunca tivessem postado aquele vídeo na internet, se nunca tivessem decidido juntar os bailes e se o acompanhante dela nunca a tivesse convidado para o baile, metade da cidade ainda estaria viva.

## *20 de maio de 2014*

Estacionados em uma clareira virada na direção da usina e com vista para a reserva, Wendy e Kenny estavam deitados no banco de trás da caminhonete dele, um cobertor felpudo cobrindo seus corpos seminus. Kenny beijou o pescoço dela, os lábios descendo pela clavícula. Ele correu a mão pela perna esquerda dela, apertando o quadril. Wendy olhou o céu noturno através do teto solar. Essa costumava ser sua parte preferida do sexo: a parte em que ele devorava a pele dela, fazendo-a se sentir como a criatura mais linda do planeta. Ela o abraçava firme, tentando se manter no presente, mas a mente ficava voltando a Maddy.

*"Maddy nem vai ao baile."*

Maddy tinha que ir ao baile. Para manter as aparências, precisava parecer que eles eram uma grande família feliz e que ela os havia perdoado. Mas Maddy não podia ir com qualquer um, e com certeza não sozinha. A "nova" garota negra tinha que ir ao baile unificado com um cara negro para reforçar que os jovens negros eram felizes na escola de Springville. Maddy precisava de uma noite de Cinderela.

E Wendy só conseguia pensar em um cara que seria o príncipe perfeito.

Kenny parou, apoiando-se nos cotovelos para olhá-la.

— Você está bem? — arfou ele, desconfiado.

Wendy hesitou antes de responder:

— Sim. Claro.

Ela tentou beijá-lo, mas ele inclinou a cabeça.

— Você parece... distraída.

Wendy mordiscou o lábio inferior. Kenny balançou a cabeça e virou para o lado com o resmungo de um garoto que sabia que não ia transar. Sem seu cobertor humano, a pele dela ficou fria, e Wendy se sentou, abraçando os joelhos. Seu olhar vagou pelo corpo dele, do abdome trincado aos músculos dos ombros — tão perfeito que lhe roubava o ar.

— No que você está pensando? — bufou ele, uma pitada de irritação em seu tom. Ele poderia muito bem ter dito: "O que foi dessa vez?"

Wendy apoiou o queixo no joelho e suspirou. Não queria ter essa conversa ali. Ainda nem havia repassado todos os detalhes. Mas precisava falar disso o quanto antes.

— É só que… preciso que você faça uma coisa para mim. Uma coisa importante.

Kenny deu uma risadinha, se apoiando nos cotovelos.

— Táááááá. Claro. O que foi?

Wendy inspirou fundo.

— Preciso que você… Quero que você… convide a Maddy Washington para ir ao baile.

Kenny a encarou por vários segundos antes de rir alto.

— Essa foi boa, amor — disse ele, balançando a cabeça.

Wendy permaneceu estática, os olhos concentrados no cobertor, tentando não se irritar, esperando ter dado a cartada certa.

Kenny analisou o rosto dela e parou de sorrir.

— Espera, tá falando sério?

— Sim — admitiu ela, encabulada. — É importante.

Ele se sentou.

— Mas… mas por quê?

— Porque quero resolver as coisas. E eu não estava planejando ir ao baile mesmo. E que menina não ia querer ir ao baile com Kenny Scott?

Ele suspirou.

— Isso é por causa da Jules?

Wendy deu de ombros, se encolhendo.

— Mais ou menos.

Kenny balançou a cabeça.

— Wendy… você não jogou os lápis. E não apareceu na escola usando a porra de uma fantasia de pessoa negra. Você não é a Jules!

O queixo de Wendy tremeu. Era para ser um elogio, mas não soou assim. Ela sabia que não era Jules, que jamais poderia ser Jules, que jamais seria perfeita assim. E mesmo assim, lá no fundo, estava escondida a verdade: ela não queria ser Jules. Não queria ser o tipo de pessoa que atormentava os outros.

— Mas eu também não interferi — murmurou ela. — Não impedi Jules de mexer com Maddy. Nenhum de nós impediu. Nós só… ficamos olhando.

Kenny se recostou contra a janela, encarando-a como se tentasse compreendê-la, mas permaneceu embasbacado.

— Mas por que eu? Outra pessoa não pode levar ela?

— Porque vocês dois... tipo, vocês ficariam bem juntos.

Kenny arregalou os olhos.

— Meu Deus, Wendy. — Ele apertou a ponte do nariz, inspirando.

Wendy se aproximou dele, segurando o cobertor contra seu peito nu.

— Será bom para a sua imagem — insistiu, se aconchegando no ombro dele. — O astro do futebol americano, o recruta cinco estrelas leva a rejeitada da cidade para o primeiro baile unificado. Ninguém vai esquecer. Vão falar disso no jornal. E então as pessoas verão que somos... pessoas do bem.

O rosto de Kenny ficou sombrio, e ele se afastou dela.

— Você está tentando provar isso me vendendo para uma garota que eu nem conheço?

Ela arregalou os olhos.

— Não! Não é assim. É...

— E a minha vontade? — devolveu ele. — Já pensou nisso?

Wendy comprimiu os lábios, sentindo uma discussão a caminho, forçando as paredes que eles haviam construído para evitar certos assuntos.

— Pensa bem... só por uma noite, você vai realizar o sonho de uma garota. Não tem sido fácil para ela. E é culpa de muitos de nós. Eu inclusa.

O olhar de Kenny suavizou enquanto ele encarava os nós dos dedos.

— Por favor, Kenny? Por mim.

Eles ficaram em silêncio por um longo momento, o humor mudando. Wendy questionou seu julgamento, pois Kenny raramente recusava algo. Sempre tranquilo e disposto a qualquer coisa. Mas, enquanto ele estava sentado ali, imóvel feito uma estátua, ela se perguntou o que havia do outro lado da confiabilidade dele.

Por fim, ele bufou, vestindo uma camiseta sobre o peito esculpido.

— Vou pensar — murmurou sem olhar para ela, abrindo a porta. Ela soltou o ar, aliviada.

*Ele vai aceitar*, pensou. E não era nada de mais. Era só por uma noite.

# OITO

*21 de maio de 2014*
**SEXTO TEMPO. Inglês.**
O professor Bernstein passou pelas carteiras entregando as resenhas de livros corrigidas. Ele colocou uma folha com nota 8 na mesa de Kenny e a tocou duas vezes.

— Depois da aula, preciso falar com você sobre isso — disse ele.

Cabeças se viraram na direção de Kenny, todas com a mesma expressão de *opa, alguém está ferrado*. Kenny deu um sorrisinho como se não fosse nada de mais, mas gelou por dentro. Será que tinha respondido à pergunta certa? Adicionado as referências? Numerado as notas de rodapé?

Com cuidado, ele espiou a mesa de Jason, a atividade virada para cima. Nota 6, a mesma das últimas duas atividades dele. Então por que ele não tinha que ficar depois da aula?

O sinal soou, e Kenny esperou que a sala esvaziasse antes de se aproximar da mesa do professor de inglês.

— E aí? — perguntou, a voz leve.

O professor Bernstein apontou com o queixo para a atividade.

— Alguém te ajudou com isso?

Kenny entregou a folha para ele.

— Não. Por quê? Fiz algo errado?

— Não, não, está ótimo! Incrivelmente perspicaz.

Kenny franziu a testa para o número 8 da nota. *Então qual é a porra do problema?*, pensou, mas mesmo assim forçou um:

— Obrigado, professor Bernstein.

— Mas... é o terceiro assim que você entrega. Não estou dizendo que seu trabalho não era bom antes, mas essa melhora repentina é um pouco inacreditável, ou poderia ser vista assim por outra pessoa. Sei que você tem muitas responsabilidades. Então de repente… a Wendy te ajudou a escrever? Tudo bem por mim, desde que você seja sincero comigo, filho.

Kenny agarrou a alça da mochila, com cuidado para não cuspir o bolo de carvão em chamas em sua garganta. Tinha ficado acordado de madrugada para terminar a atividade, se esforçado mais do que o necessário, apenas porque o livro o interessara. Ele observou as linhas na palma das mãos, algo que costumava fazer quando precisava recuperar a compostura. Esfregou o dedão pela longa linha da vida que começava perto do indicador e terminava acima do punho. Um lembrete de que tinha uma vida inteira pela frente, com futebol americano, fama e dinheiro. Por que gastar tempo tentando se provar para um babaca que não conseguiria correr nem arremessar uma bola se sua vida dependesse disso?

Então ele deu ao professor de inglês exatamente o que o homem queria.

— Sabe, você tem razão, professor Bernstein — disse Kenny, a mentira queimando em seus lábios. — Pedi a Wendy que lesse o rascunho e ela me ajudou a deixá-lo melhor.

O professor assentiu.

— Foi o que pensei. Não se preocupe, filho. Todo mundo precisa de ajuda de vez em quando. Tenho certeza de que você não terá problemas na faculdade. Eles terão muitas pessoas para te ajudar com as atividades.

Havia um significado implícito nas palavras dele. Ele não quis dizer "te ajudar", e sim "fazer para você".

Kenny deu uma risadinha forçada.

— Você tem razão! Obrigado, professor Bernstein. Agradeço a dica. Até depois!

No corredor, ele amassou o papel com as mãos. Não era a primeira vez que um professor insinuava que Wendy era a chave para a média estelar dele. Um astro do futebol americano que também era inteligente? Bastante improvável. Ele queria muito acreditar que os professores o tratavam diferente por conta de seu estrelato no esporte, mas, quando perguntou aos colegas de time, soube que nenhum deles enfrentava os mesmos questionamentos e alegações ofensivas.

— Oi, Kenny! — cantava um grupo de calouras perto da escada, acenando.

Kenny desviou.

— E aí, e aí, e aí — cantou de volta. Quando saiu da vista, parou de sorrir, respirou fundo e foi para o salão de estudos. O muro de pedra que construíra ao redor de suas emoções estava começando a lascar e desmoronar, um vazamento ameaçando o prestígio que ele lutara tanto para conquistar.

O salão de estudos parecia o único lugar na Escola de Springville onde Kenny podia ter um pouco de privacidade e respirar. Sentado no cantinho da biblioteca perto das estantes, ele podia ler em paz sem se preocupar com o pai o forçando a assistir a vídeos de jogos, com as brincadeiras infantis de Jason ou com Wendy o obrigando a ter pena de Maddy Washington.

Ele sabia o que estava nas entrelinhas: não se tratava da imagem *dele*. Se tratava da imagem de Wendy, de limpar a barra dela. Por que ela não podia pedir a outra pessoa? Além das origens, que eram no mínimo discutíveis, ele não tinha nada em comum com Maddy. Só porque os dois eram negros, deviam ir juntos? Ele duvidava que Maddy fosse aceitar. Provavelmente ela não queria ter nenhum envolvimento com o baile.

Assim como ele.

As têmporas de Kenny latejavam. Bem lá no fundo, mesmo quando não sabia que ela era negra, ele sempre sentiu pena de Maddy. Agora, sabendo que nem ele estava a salvo da ignorância dos amigos, podia apenas imaginar o que Maddy passara nos últimos seis anos. Como levá-la ao baile compensaria tudo aquilo?

Naquele momento, Maddy passou correndo por ele, desaparecendo entre as estantes. Ela sempre andava muito rápido, de cabeça baixa, os braços cheios de livros, suando em um suéter marrom feito de uma lã que parecia dar coceira, por cima de um vestido que parecia saído do armário da avó dele. Kenny suspirou.

*Ela não é problema seu. Deixa pra lá.*

— Que bizarra. — Uma voz riu.

— Pois é, e nem é no bom sentido.

Atrás da prateleira alta de revistas que dava privacidade a Kenny, dois garotos abafavam risadinhas.

— Fiquei sabendo que a Maddy Maluca foi dispensada da educação física e da aula de história dos Estados Unidos — disse o outro, sem se dar ao trabalho de sussurrar. — Ela agora vive na biblioteca que nem uma mendiga.

As vozes pareciam jovens; provavelmente eram calouros. Kenny tentou prestar atenção no livro e ignorar os comentários. Mas, se ele conseguia ouvi-los, Maddy também conseguiria?

*Deixa pra lá. Não é da sua conta*, pensou Kenny, se endireitando na cadeira.

— Como você acha que a mãe dela é? — perguntou o primeiro garoto. — Você acha que ela é bem escura?

— Se fosse, como Maddy teria essa aparência?

— Não sei, mas você viu aquele vídeo do cabelo dela? Cara, nem parecia real.

As risadas dos garotos ficaram mais altas. Kenny agarrou o livro com mais força, rangendo os dentes. Quem eram esses escrotinhos, falando de uma garota que sequer conheciam?

— Dizem que nos registros da escola está escrito que ela é branca — continuou o escrotinho.

— Ah, ela meio que é, né?

— De jeito nenhum. Ela com certeza é bem mais negra que branca.

Kenny fechou o livro com força e se levantou. Os garotos arregalaram os olhos quando ele deu a volta na esquina, parando diante deles.

— Como assim? — exigiu Kenny, cruzando os braços e flexionando os músculos.

Os garotos se recostaram nas cadeiras, pálidos.

— O... o quê? — murmurou um.

— Como assim ela é mais negra que branca? Me explica como se eu tivesse cinco anos. Se ela tem uma mãe negra e um pai branco, o que faz dela mais uma coisa que outra?

Os garotos se entreolharam em pânico, percebendo que não havia resposta certa nem saída fácil.

O primeiro engoliu em seco.

— É, eu não quis dizer... o que eu quis dizer foi...

— Você não quis dizer merda nenhuma. É isso, né? — gritou Kenny.

— Não! É só que...

Kenny empurrou a mesa deles, e os garotos deram um pulo.

— Mete o pé daqui, porra!

Os garotos não hesitaram. Reuniram seus pertences e correram para a saída dos fundos enquanto Kenny voltava às prateleiras. Ele não tinha bem um plano, estava agindo de cabeça quente, o que não era de seu feitio. As pessoas sempre o subestimaram — noções preconcebidas com base na aparência. Agora Maddy estava passando pela mesma coisa, só que pior. E os amigos dele tinham tudo a ver com isso.

"*Nunca é tarde demais para fazer a coisa certa.*"

*Vai ser só por uma noite*, pensou ele. O que de tão ruim poderia acontecer?

Kenny virou no terceiro corredor e viu Maddy na ponta dos pés, tentando pegar um livro na prateleira de cima.

— Oi, Maddy!

Ela deu um pulo, gritando. De uma vez, os livros ao redor dela caíram das prateleiras. Ela se abaixou, cobrindo a cabeça com os braços.

*Merda, como foi que isso aconteceu?*

— Caramba! Foi mal — disse Kenny, se aproximando. — Eu não quis... aqui, me deixa te ajudar.

Maddy caiu de joelhos, se apressando para pegar os livros.

— Hã... hã, não, hã, não.

Kenny viu o título de um dos livros — *Psicocinesia: movendo a matéria com a mente.*

*Deve ser para algum projeto de ciências*, pensou ele, e continuou pegando os livros do chão, colocando-os de volta nas prateleiras. Eles trabalharam rapidamente em silêncio, olhando um para o outro por sobre o ombro. Quando terminaram, uma Maddy despenteada o encarava.

— Hã, oi — disse Kenny, oferecendo um sorriso.

Maddy engoliu em seco e olhou para a parede atrás, e então de volta para Kenny, que bloqueava a única saída. Ela apertou os livros contra o peito.

— Hã, oi — murmurou ela, a voz meiga.

Kenny soltou o ar, nervoso. Por que ele estava nervoso? *É só a Maddy.*

— Então... escuta, eu queria te perguntar uma coisa.

Ela se remexeu.

— Oi?

— Você, hm, provavelmente ouviu falar do lance do baile unificado, né? Então, eu estava pensando, se você ainda não tiver companhia, se não quer ir... comigo. Ao baile.

Maddy travou, seus grandes olhos de coruja se arregalando por trás dos óculos marrons. Houve um silêncio que pareceu durar uma eternidade.

Kenny soltou uma risadinha sem graça.

— Hã... então isso é um sim?

Um choramingo escapou dos lábios dela. Maddy se virou, os olhos febris analisando as prateleiras como se esperasse que algo saltasse e a agarrasse.

— Maddy...? — perguntou Kenny, dando um passo à frente, e ela se encolheu.

— Por favor, não. Para — implorou ela, engolindo o choro.

Atordoado, Kenny deu outro passo.

— O quê? Maddy, não vou te machucar!

— Por favor! — Outro choramingo, os olhos de Maddy tremendo como orbes de vidro, a mão erguida como se para impedi-lo de se aproximar.

Atrás deles, livros começaram a cair da prateleira como se uma lufada forte de ar os tivesse derrubado. Maddy encarou a pilha.

— Só... por favor, me deixa ir embora. Por favor.

Kenny se deu conta de que ela não estava agindo de maneira estranha ou bizarra. Os movimentos dela se pareciam mais com os de um animal encurralado. Aquilo era medo.

*Caramba, o que eles fizeram com ela?*

Solenemente, ele assentiu e deu um passo para o lado.

Maddy se apressou, de cabeça baixa, abraçando a estante, colocando o máximo de espaço possível entre eles enquanto passava.

Então saiu correndo da biblioteca com os livros nas mãos.

Maddy prendeu a respiração e correu pelo corredor vazio — a única forma de impedir que o choro acumulado dentro de si escapasse. Agarrando os livros como se fossem um escudo, ela virou em um corredor correndo freneticamente até a sala de aula da professora Morgan. O local ainda estava interditado por conta dos danos do terremoto, mas ela entrou mesmo assim. Haviam retirado todo o vidro quebrado, colocado tábuas nas janelas e apoiados as mesas esmagadas contra a parede. Ela se agachou no canto, espiando para ver se Kendrick a seguira. Quando a barra pareceu limpa, Maddy deu uma tossida alta. A sala girou. Ela abanou o rosto, tentando inspirar o máximo de ar possível.

*Eles estão tentando me sacanear de novo.*

\* \* \*

Sua primeira lembrança de tortura era do terceiro dia do sétimo ano, depois que o serviço social insistiu que Maddy começasse a frequentar a escola, esperando enturmá-la com outros estudantes, já que a maioria deles estava na mesma sala desde a pré-escola. Maddy passara a semana anterior animada, fazendo bainha em saias, costurando botões em seu suéter e agradecendo a Deus pela nova aventura. Mas Papai enfiara inúmeros avisos em sua cabeça: *Não fale com ninguém. Não chegue perto de ninguém. Fique longe dos pretos; eles são perigosos. Não tome sol. Proteja seu cabelo, custe o que custar. Ninguém pode saber. Ninguém jamais pode saber!*

Pela primeira vez, Maddy se perguntara por que tinha que fingir, por que Papai tinha tão pouca confiança no mundo. Tudo parecia muito irracional e contrário à Bíblia que ele ensinava. Em Provérbios 12:22, está escrito: "O Senhor odeia os lábios mentirosos, mas se deleita com os que falam a verdade." Não estavam mentindo para todos sobre quem ela era? Não era pecado mentir? Cheia de dúvidas, Maddy decidira que faria um amigo na escola, alguém em quem pudesse confiar. Contaria tudo a esse amigo, testando sua teoria... de que Papai poderia estar errado, e encontraria ajuda para salvar a alma dele.

Por isso ela se lembrava do momento tão vividamente: fora num dia ao ar livre na primavera, com jogos preparados para os alunos — equilíbrio de ovos em colheres, dança das cadeiras e corridas de saco. Maddy se sentara em uma mesa de piquenique na sombra, longe do sol brutal, observando os colegas e se perguntando quem seria seu primeiro amigo. No campo de futebol, um garoto chamado Kendrick Scott jogava com os outros. Com a palma das mãos úmida, ela não conseguira parar de encarar. Nunca estivera tão perto de outra pessoa negra. Será que de alguma forma ele conseguia sentir que ela era um deles?

SPLASH!

Um balão de água se abrira como um ovo ao lado dos sapatos Oxford preto e brancos de Maddy. Assustada, ela se levantara, o líquido pintando o concreto. Empurrando os óculos nariz acima, ela vira um grupo de pessoas segurando balões de água de várias cores, como M&M's gigantes.

— Por que você está olhando para o Kenny assim? — gritara uma garota de cabelo ruivo brilhante. — Esquisitona.

SPLASH!

Maddy tocara o cabelo instintivamente, arfando. Ainda estava seco. Água e o cabelo dela… uma combinação letal, mas ela não podia contar a eles o motivo, podia?

*"Ninguém jamais pode saber!"*

— Meu irmão disse que seu Papai costumava dormir com prostitutas negras — dissera um garoto. — Você é negra?

Os pulmões de Maddy haviam se retorcido.

— N-n-não. Sou branca — guinchara ela.

Os jovens riram. Não acreditavam nela?

— Tanto faz, você está fedendo! — gritara outra garota de cabelos castanhos, e o grupo rira. Maddy, a princípio tão orgulhosa de sua saia abaixo do joelho e suéter, agora ouvia que fedia a suor e a gente velha, sua pele pegajosa de protetor solar. Ela não podia tomar muitos banhos; a umidade teria arruinado seu cabelo.

— Ela precisa de um banho! — rira a ruiva.

— Vamos dar um nela! — sugerira alguém.

— VAMOS!

— Hora do banho para a Maddy Maluca!

Com o coração quase saindo pela boca, Maddy olhara para o campo. Kendrick observava, segurando a bola, o rosto impossível de decifrar. Ela pensara em gritar por ajuda, mas as palavras ficaram presas em sua garganta.

*"Fique longe dos pretos!"*

Ela se virara a tempo de ver outro balão vindo em sua direção e saíra correndo.

SPLASH!

— Pega ela! — gritara alguém, e passos dispararam atrás dela.

SPLASH! Outro balão aos pés dela. Em pânico e se virando, ela não conseguira descobrir qual era a porta para entrar na escola. Todas estavam trancadas.

SPLASH!

Ela se virara, as costas na parede enquanto o grupo a rodeava.

— Por favor — choramingara. — Não. Eu…

SPLASH!

Maddy soltara um grito agonizante, as unhas raspando os tijolos, pronta para escalar as paredes.

— Rá! A Maddy Maluca pirou de novo!

Maddy guinchara, se encolhendo em um canto.

— Não, por favor, para. Por favor!

— Wendy, precisamos de uma contagem regressiva!

Uma loira ao lado da ruiva dera uma risadinha:

— Beleza, prontos? Um! Dois! Três!

Os balões haviam chovido diante dela, estalando e estourando, empapando os sapatos e as meias brancas. Com os braços protegendo a cabeça, Maddy implorara que parassem. Aos poucos, a garota loira parara de rir.

Levara uma eternidade para uma monitora do ginásio, que também parecia estar rindo dela, chegar e dispersar a multidão.

— Maddy, é só água. Vai secar.

Uma Maddy inconsolável, chiando em pânico e arfando dolorosamente, caíra nos braços dela com dedos ensanguentados. Naquela noite, Maddy tentara contar a Papai sobre o incidente, mas ele não a confortara.

— Deus não comete erros. Não cabe a você tentar ter seu próprio entendimento. Cabe a você obedecer.

Deus a estava punindo por apenas considerar desobedecer a Papai?

No dia seguinte, Charlotte, como um pedido de desculpas, a convidara para um almoço em um "local secreto"; e então Maddy fora trancada no armário do zelador por uma tarde inteira. Outra garota convidara Maddy para os estudos bíblicos adolescentes; e então Maddy fora trancada em uma sala com uma pilha de imagens pornográficas impressas. Ela encontrara uma declaração de amor em seu armário, e, quando agradecera a Jason por ela, ele a rejeitara em voz alta por dez minutos diante de toda a escola, que ria.

— O fundamental é cruel — dissera a enfermeira. — Vai melhorar no ensino médio.

Mas não tinha melhorado.

No primeiro ano, alguém enchera o armário dela de absorventes. No ano seguinte, alguém roubara os óculos dela e ficara assistindo a ela trombar nas paredes do corredor. No outro, alguém pendurara aromatizantes na mesa dela. Mas Maddy jamais havia reagido da forma como reagira naquele dia dos balões de água. Porque havia se lembrado de outra passagem da Bíblia,

Provérbios 21:23: "O que guarda a sua boca e a sua língua guarda a sua alma das angústias." Talvez Deus tivesse dado Maddy a Papai para ensiná-la discernimento. Talvez os dois não estivessem mentindo, mas se protegendo do mal.

Portanto, Maddy permanecera calada. Se eles a tratavam daquela forma acreditando que ela era branca, quem sabe o que fariam agora que sabiam a verdade?

Agora, encolhida no canto de uma sala de aula escura, Maddy mais uma vez lutou contra um arfar violento, o coração querendo pular do peito.

Ela ouviu o rangido da porta se abrindo e arfou, puxando as pernas para o peito, se encolhendo com força.

*Eles me encontraram!*

— Maddy? — A professora Morgan estava na porta, com a bolsa pendurada no ombro, a luz do corredor a transformando em uma silhueta escura. Mas Maddy reconheceu a voz. — Vi você correndo para cá. Está tudo bem?

Ela não sabia o que dizer. Fazia apenas dois anos que a professora Morgan estava na escola. Como poderia explicar a ela tudo que passara na Springville?

A professora Morgan fechou a porta e se sentou no chão diante dela.

— Aqui é aconchegante — disse ela.

— Desculpa. — Maddy fungou. — Sei que eu não devia estar aqui.

— Não precisa se desculpar. Só me conta o que aconteceu.

Maddy torceu os dedos.

— Você pode se abrir comigo — insistiu a professora Morgan.

Maddy hesitou. A confiança que tinha nas pessoas estava danificada e irreparável, apesar de ela ser a professora mais gentil que já tivera.

— Um… garoto me chamou para o baile. Kendrick Scott.

— Kenny? — A professora Morgan franziu a testa, e então assentiu como se estivesse impressionada. — Nossa. Que… incrível! Está animada?

— Não, não posso ir. Não posso! Eles estão tentando me enganar!

A professora Morgan suspirou.

— Caramba, esse lance do baile arrancou a máscara das pessoas, não foi? Se é ruim assim num baile, imagina no casamento de alguém. — Ela inclinou a cabeça para trás como se estivesse perdida em pensamentos. — Sei que os professores não podem admitir coisas assim, mas vou te contar um segredinho: nós prestamos atenção em vocês. Ouvimos as conversas, vemos as mensagens. Sabemos de todas as fofocas do momento. E sei que isso vai parecer loucura vindo de mim, mas Kenny... ele é diferente. É muito maduro para a idade dele. Tem os pés no chão, é atencioso, focado e humilde, bem diferente dos amigos dele, embora finja ser igual. Sabendo de tudo isso, não consigo imaginar ele, logo ele, tentando te enganar. Então ele provavelmente só está sendo gentil.

Maddy fez que não com força, e a professora Morgan riu.

— Eu sei. Difícil acreditar. Mas e se eu estiver certa? Seria assim tão ruim ir ao baile?

Maddy mordiscou o lábio inferior. Jamais havia pensado no baile. Ouvira falar, mas não tinha intenção de ir. Papai jamais permitiria.

— Sabe o que eu acho? — disse a professora Morgan com um sorrisinho. — Acho que você ir ao baile unificado vai mandar uma mensagem e tanto para todos.

— Você acha?

— Pode apostar! Sabia que, em 1965, quando essa escola foi integrada, eles literalmente cancelaram o baile porque não queriam que as pessoas negras fossem nem dançassem com os brancos? Eles sequer queriam que as pessoas negras tivessem um baile. Tipo, vocês podem se integrar, mas de jeito nenhum vamos permitir que vocês se divirtam.

Maddy a encarou. Era a primeira vez que alguém falava com ela como se ela fosse uma garota negra de verdade. Ela não sabia como responder.

— A luta por igualdade pode ficar bem feia — prosseguiu a professora Morgan, balançando a cabeça. — A segregação terminou em 1964, e mesmo assim essa cidade permanece como se *ainda* fosse 1964. Tratando pessoas negras como cidadãos de segunda classe com quem só querem interagir quando convêm.

— Mas o presidente Kennedy deu a eles direitos civis — contestou Maddy.

A professora Morgan inclinou a cabeça.

— Hã?

Maddy umedeceu os lábios.

— É que... os negros marcharam pacificamente, e em troca nosso trigésimo sexto presidente, Lyndon B. Johnson, honrando o trigésimo quinto presidente, que foi assassinado, John F. Kennedy, assinou a Lei dos Direitos Civis de 1964.

A professora Morgan ficou boquiaberta por vários segundos. O estômago de Maddy se apertou. Será que ela tinha confundido as datas?

— Não sei… se eu errei com você ou se outra pessoa errou. Mas *não* foi isso o que aconteceu! Nem sempre foi pacífico.

— Não tô entendendo.

A professora Morgan suspirou.

— Deixa eu te mostrar uma coisa.

Ela pegou um notebook, ligou e abriu o YouTube. Deu play em um vídeo em preto e branco — um grupo de pessoas negras sentadas em um balcão enquanto pessoas brancas batiam e agarravam as roupas delas com violência, puxando-as dos banquinhos, empurrando-as no chão e chutando, o sangue espirrando.

— Que é isso? — arfou Maddy, horrorizada.

— Isso é o que vocês não têm permissão para ver. O sistema pedagógico tirou do currículo. Houve pais reclamando que é "perturbador demais". Provavelmente preocupados que alguém reconhecesse o rosto da própria mãe ou do próprio avô.

— Por que estão batendo neles assim?

— Esses homens foram chamados de "os quatro de Greensboro". Estavam fazendo um protesto sentados no balcão de um restaurante contra a política de segregação racial.

Maddy franziu a testa.

— Mas por que estavam sentados onde não deviam?

— Porque às vezes você precisa, como John Lewis disse, "se meter em uma boa encrenca, em uma encrenca necessária", para que sua voz seja ouvida.

A professora Morgan clicou em mais dois vídeos: dois adolescentes negros sendo atingidos por uma mangueira de água; um homem com trajes religiosos sendo espancado por uma multidão; uma garota sangrando sendo levada em uma maca; pastores-alemães cravando os dentes afiados em braços e pernas; policiais brandindo os cassetetes como se fossem espadas contra manifestantes desarmados…

— Nem sempre foram hinos religiosos e marchas pacíficas. O movimento pelos direitos civis foi uma batalha na guerra contra o racismo. As pessoas arriscaram a vida lutando por igualdade. Deixa eu te mostrar mais uma coisa.

A professora Morgan abriu uma foto em preto e branco de uma grande multidão cercando uma árvore perto dos trilhos do trem, um homem negro amarrado ao tronco. Maddy semicerrou os olhos e levou alguns instantes para entender a cena familiar. Ela conhecia bem aquele carvalho gigante, que ficava perto da fronteira da zona leste, próximo à casa dela.

Era Springville.

— Dizem que esse homem se apaixonou por uma garota da zona oeste. Ninguém foi indiciado pelo assassinato dele.

Maddy leu a legenda da foto: *A árvore do linchamento.*

A professora abriu mais fotos de Springville: uma placa dizendo *Somente brancos* diante do velho mercado. Pessoas negras colhendo algodão perto da fazenda do sr. Henry. Maddy não conseguia parar de olhar. Todas aquelas fitas que Papai tinha, todas as centenas de filmes em preto e branco e documentários que eles assistiram juntos, a forma como ele adorava dizer que Springville fora um lugar incrível no passado… Como ela não vira nada daquilo?

*Talvez ele tenha visto,* pensou ela, atordoada ao se dar conta daquilo. Ele a fazia fingir para protegê-la?

— Você entende? — prosseguiu a professora Morgan. — Só o ato de você ir ao baile, o primeiro baile unificado da escola, é uma forma de protesto. Sua presença reforça a resistência. É um posicionamento contra o racismo que acontece nesta cidade e em outras.

Ela parou e olhou para Maddy, como se quisesse ter certeza de que suas palavras estavam sendo absorvidas. Jamais um professor havia prestado tanta atenção na garota. A maioria a classificava como um estorvo ou esquecia que ela existia. Mas, perto da professora Morgan, ela não era invisível. A doçura tinha uma característica maternal pouco familiar que fazia Maddy se sentir receosa e esperançosa ao mesmo tempo.

— Vá ao baile, Maddy. Vá ao baile e mostre a todos que você não é uma garota que pode ser provocada ou zoada. Suas ações falam mais alto do que quaisquer palavras. Elas vão mostrar que você é forte, corajosa e poderosa além do imaginável.

Maddy suspirou e observou as mãos.

— Poderosa — murmurou.

Sim. Era exatamente o que ela era.

— Quer ver um filme hoje à noite? Meus pais vão demorar para chegar em casa, então posso ir dormir tarde.

Wendy agarrou a mão de Kenny enquanto eles desciam o corredor. Ele deu de ombros, mostrando um sorriso falso.

— Sim. Parece legal, amor.

Wendy ignorou o pânico cutucando seu cérebro. Não conseguia decifrar o humor dele direito. Eles costumavam ser tão sincronizados, mas, quanto mais se aproximavam da formatura, mais distante ele parecia ficar.

*Talvez ele esteja nervoso com a ideia de irmos para faculdades diferentes*, pensou ela, se perguntando se devia contar a ele sobre sua mudança de planos.

— Olha — começou ela. — Eu... tenho uma coisa para te contar.

— É, o quê?

Mas, bem quando Wendy abriu a boca, a professora Morgan passou correndo, o rosto se iluminando ao vê-los.

— Ah! Os dois idiotas que eu estava procurando!

— Como é? — disse Wendy, percebendo que soava tão arrogante quanto Jules.

A professora Morgan a ignorou, olhando diretamente para Kenny.

— Você convidou a Maddy para o baile?

Ele ficou tenso antes de dar de ombros.

— Sim — murmurou.

Wendy tentou controlar o choque em sua expressão. Ele a convidara e não dissera nada? *Como ele pode esconder algo assim de mim?*

— Por quê? — Quis saber a professora, cruzando os braços.

Kenny abriu a boca, mas se conteve, desviando o olhar cheio de algo que parecia vergonha. Wendy olhou de um para o outro e entrou no modo namorada protetora.

— Isso não é da sua conta — disse ela, curta e grossa.

A professora Morgan bufou e continuou falando com Kenny.

— Depois de tudo que aconteceu nas últimas semanas, você acha mesmo que isso é uma boa ideia?

— Sim — respondeu Wendy, se recusando a ser ignorada. — É exatamente por esse motivo. Depois de tudo que aconteceu, estamos em dívida com a Maddy. Não é, Kenny?

— É — murmurou ele, olhando para o chão. — É isso.

Ele não soava muito convincente. Por que parecia tão derrotado?

— Maddy está numa situação bastante delicada agora — explicou a professora Morgan. — Depois de ser brutalmente excluída e humilhada pelos amigos de vocês, se é que dá para vocês chamarem eles disso, ela agora está no meio de uma jornada de autodescoberta. Então seja lá o que vocês estão tramando...

— Ela não foi excluída por ninguém! Não foi culpa nossa o cabelo dela ter molhado. No fim das contas, a culpa é dela.

A professora Morgan deu uma risada sem humor.

— Nossa, você é um clonezinho perfeito da Jules Marshall, né?

Wendy ficou boquiaberta. Uma professora podia falar com eles assim?

— Então tudo bem por você, Kenny? O cara mais popular da escola levando Maddy Washington ao baile?

Ele ergueu os olhos, que começavam a ficar sombrios. Da mesma forma que ficaram no dia de conscientização LGBTQIA+.

— O que tem de tão errado com a Maddy Washington? — rosnou ele.

— Absolutamente nada — disse a professora Morgan.

— Então por que você está falando comigo assim? — gritou ele. — Como se tivesse algo errado com ela. Como se eu devesse me envergonhar de ser visto com ela!

A expressão da professora Morgan mudou e ela se embaralhou com as palavras.

— Isso não é o que... Eu só quis dizer que...

— É, eu sei o que pessoas como você querem dizer. Estão sempre buscando alguma história triste para poderem se fazer de salvadoras. Você acha que está ajudando tendo pena dela?

Wendy olhou para a mão de Kenny, fechada em punho.

A professora Morgan se recuperou rapidamente.

— Olha, posso dizer o mesmo do golpe que vocês dois estão tentando dar.

Wendy tomou uma atitude para acabar com aquilo.

— Isso não é uma piada. Não estamos tentando dar golpe nenhum nem temos pena dela. Além disso, o baile não tem nada a ver com a escola, então não tem nada a ver com você. Não é, Kenny?

Ele concordou com a cabeça.

— Tenho que ir para a aula — resmungou ele e saiu pisando duro, deixando uma Wendy atordoada para trás.

Dois tempos mais tarde, a raiva dele não havia diminuído. Nas últimas semanas, ela o vira mais irritado do que durante todo o relacionamento deles. Mesmo depois de perder um jogo, ele costumava continuar firme, indiferente e racional.

Mais tarde, quando Wendy perguntou por que ele não disse nada sobre levar Maddy ao baile, ele desconversou e disse que esqueceu.

Wendy percebeu a mentira e tentou encontrar um motivo, mas não teve sucesso.

Maddy estava sentada na cama de pernas cruzadas, encarando o lampião apoiado no parapeito da janela, a vela branca e longa apagada. Eles tinham velas pela casa toda, algumas juntando poeira cinzenta por anos. Papai dissera que muitas delas eram da igreja do pai dele. Ela se perguntava por que eles nunca as haviam usado.

Os quatro livros sobre telecinesia que ela pegara na biblioteca flutuavam ao seu redor, girando como pequenos planetas. Ela esfregou os fios invisíveis entre o dedão e o indicador. Quanto mais rápido esfregava, mais rápido eles giravam. Ela soltou os fios e os livros pararam, pairando a um braço de distância acima de sua cabeça. Respirou fundo e se concentrou no lampião. Todos os livros falavam de focar a energia, mas a prática era essencial. Ela falou com o lampião.

*Mexa-se.*

O lampião tremeu e deslizou pelo quarto, batendo em uma escova de cabelos que flutuava ali perto.

Maddy estivera praticando com objetos menores pela casa. Se por acaso caíssem ou quebrassem, daria para explicar. A cama agora tinha um rangido que não existira antes de Maddy deixá-la cair, e ela encontrou uma pequena rachadura no espelho da penteadeira.

Maddy segurou o lampião, vitoriosa, olhando para os vários itens que orbitavam ao seu redor e se perguntando se outras pessoas ficavam em casa flutuando seus pertences. Sorriu ao pensar nisso. Havia outras pessoas no mundo como ela. Não estava sozinha. Só precisava encontrá-las — algum dia.

Quando o lampião flutuou de volta ao seu lugar de origem, ela pegou um dos livros e se recostou nos travesseiros. O que mais poderia aprender a fazer? As linhas da página borravam em um ponto nebuloso. Ela semicerrou os olhos, tirando os óculos para esfregá-los. Mas, quando tornou a abri-los, a visão tinha um foco perfeito, as palavras nítidas na página. Ela paralisou, examinando os óculos ainda em sua mão. Colocou-os de volta, e as palavras se tornaram uma nuvem embaçada. Ela os retirou, piscando. O quarto escuro pareceu brilhar, uma resplandecência psicodélica de cores, o cabo de prata de sua escova cintilando como uma moeda nova.

— Ah — arfou ela. Usava óculos desde que se entendia por gente. Agora, não mais.

Tornou a olhar para o lampião. A base de ouro brilhava como se pertencesse a um palácio.

— Madison — chamou Papai do andar inferior.

Uma onda de energia atingiu Maddy na espinha. Em um instante, a vela no lampião tremeluziu e uma chama explodiu, ascendendo até o teto. Maddy arfou e os livros caíram no chão. Ela mergulhou para pegar o lampião, o fogo escurecendo o vaso de vidro.

— Meu Deus, meu Deus — gemeu ela, o ponto no teto formando um círculo.

*Foco, foco. Foco.*

— Pare, pare!

A chama dançou em resposta. Maddy tinha que apagá-la antes que queimasse a casa inteira. Ela abriu a janela, enfiou a cabeça para fora para ver a clareira abaixo e estendeu a mão para a base do lampião. Mas, ao segurá-lo, sua mão... seus nervos endureceram. Ela inspirou fundo pelo nariz e expirou pela boca.

*Pare.*

O fogo se apagou tão rápido quanto havia começado.

— Madison? O que você está fazendo?

De coração acelerado, Maddy respirou o ar noturno. Endireitou a postura e ajeitou o cabelo recém-lavado.

— Oi, Papai — grunhiu ela. — Já vou!

Ela correu escada abaixo, a mente em frangalhos. Os livros nunca mencionaram nada sobre fogo. Era um sinal de Deus?

Papai estava de avental, atrás da cadeira da cozinha colocada ao lado do fogão. Uma mão estava apoiada no quadril e a outra segurava o pente de metal.

— Você me deixou esperando — sibilou ele.

Maddy abaixou a cabeça, colocando a capa.

— Desculpe, Papai.

— Rápido — disse ele, se voltando para a boca do fogão.

Maddy se sentou com a postura reta, os olhos à frente. As paredes da cozinha brilhavam, o piso pristino. Ela observou o cômodo, maravilhada, enquanto Papai dividia seu cabelo com raiva.

— Que evento provocou a crise dos mísseis de Cuba?

Maddy segurou um grunhido. Estava cansada das perguntas. Cansada de recitar os mesmos fatos quando havia tanto a aprender. E, se Papai sabia tanto sobre o país deles, então devia saber sobre as pessoas nos vídeos que a professora Morgan mostrara a ela. A dor e a agonia. Por que ele nunca mencionou como a humanidade podia ser cruel?

Mas Maddy inspirou fundo e respondeu à pergunta:

— Aviões norte-americanos descobriram áreas de mísseis nucleares soviéticos sendo construídos em Cuba. Os Estados Unidos tiveram que retaliar para proteger a vida de homens, mulheres e crianças.

— Quem era o vice-presidente quando os Estados Unidos entraram na guerra?

— Lyndon B. Johnson.

Papai deu um tapa na cabeça dela, e Maddy inclinou o corpo para a frente, tentando bloquear outro golpe.

— Você sabe a resposta! — cuspiu ele. — Era Henry Wallace!

— Mas você não disse qual guerra, Papai — chorou ela, afagando a cabeça.

— Sei exatamente o que falei!

Maddy olhou de repente para a boca do fogão, onde o pente chiava. Mordeu o lábio inferior e se endireitou, agarrando as laterais da cadeira para evitar tremer, o calor aquecendo sua bochecha. Se errasse outra vez...

— Que preto radical foi exposto como espião comunista, ameaçando a segurança de nossa nação?

Maddy piscou e, nos segundos em que suas pálpebras fecharam, viu uma imagem do vídeo que a professora Morgan mostrara a ela. A expressão agonizante no rosto de uma mulher ferveu na mente de Maddy.

— Martin Luther King Junior — respondeu ela, a voz rouca, lutando contra as lágrimas.

Papai grunhiu, pegando uma gota de gel.

Foi só uma breve ideia. Sequer percebeu o que estava fazendo até que um fio quente deslizou entre seus dedos e seu olhar disparou para a boca do fogão, para dentro da chama azul.

E, bem quando Papai estendeu a mão para o pente, a chama disparou para cima.

Ele deu um pulo para trás.

— Ai! Meu Deus do céu!

Maddy manteve a cabeça reta e perfeitamente parada... com o menor dos sorrisinhos no rosto.

# NOVE

**FOI A MADDY**
EPISÓDIO 6
"Maddy Maluca"

>Tanya: Então você conhecia bem a Maddy?
>
>Nina Floros: Não muito. Mas eu via ela de vez em quando. A gente tinha o quê, cinco anos de diferença? Então não frequentamos a escola juntas nem tivemos uma conversa de verdade.
>
>Michael [narrando]: Esta é Nina Floros. Ela era vizinha dos Washington antes de ir para a faculdade. Decidimos tentar encontrar alguém que possa ter visto ou conhecido Maddy antes que ela completasse doze anos, para ter uma ideia de como ela era.
>
>Nina: Springville era uma cidadezinha minúscula. Eu sabia que queria dar o fora de lá o quanto antes. Meus pais se mudaram mais ou menos dois anos antes da Noite do Baile, graças a Deus. Desde então, não voltei lá.
>
>Michael: Do que você se lembra sobre a Maddy?
>
>Nina: Depois de tudo o que aconteceu, as coisas que lembro fazem muito mais sentido agora. Sinceramente, eu não sabia que ela existia até que ela tivesse mais ou menos uns cinco anos. Havia boatos na vizinhança de que o sr. Washington tivera uma filha, mas ninguém nunca tinha visto. Ele não a deixava sair. Eu só a vi umas duas vezes pela nossa cerca dos fundos. Geralmente saía e ficava no quintal, olhando para o céu. Ela era… quietinha. O cabelo estava sempre trançado em marias-chiquinhas. Só a notei de verdade quando aconteceu aquela coisa dos pássaros. Ela estava pálida que nem um fantasma.
>
>Michael: Pássaros?

Nina: É. Quando os pássaros, quer dizer, os corvos, atacaram a casa deles. Tipo, centenas de corvos. Maddy saiu correndo da casa, murmurando sem parar que era o fim dos tempos. Você não ficou sabendo disso?

Michael: Não!

Nina: Mas... esse é o motivo de ela ter começado a ir para a escola, para começo de conversa! Eles a chamavam de Maddy Maluca. Dizem que ela enlouqueceu naquele dia.

Michael: Você se lembra de algo do dia dos pássaros? Tipo, como você estava se sentindo?

Nina: Hã... não muito. Depois que a polícia foi embora, eu ia sair com meu namorado, mas... eu não estava me sentindo bem.

Michael: O que você tinha?

Nina: Uma dor de cabeça. Na verdade, é, eu me lembro. Eu estava com uma dor de cabeça doida e também muito enjoada e tonta. Fiquei com medo de estar grávida ou algo assim. Falei para o Ian comprar um teste de farmácia, e o fiz em um banheiro de posto. Graças a Deus deu negativo. Eu terminei com ele logo depois que o ensino médio acabou.

## Springville Metro, agosto de 2008
## "Pássaros fazem ataque misterioso a casa"

Um bando de mais de cem corvos invadiu a casa de Thomas Washington, um comerciante local. Os pássaros quebraram várias janelas, cobrindo o telhado e as árvores próximas antes de despencarem mortos.

A filha de doze anos de Washington foi vista correndo para fora da casa e gritando, com manchas de sangue nas calças. A polícia foi acionada e a menina foi levada ao Hospital de Springville. Depois de ser examinada, constatou-se que ela não se machucou durante o incidente.

A polícia ambiental não conseguiu determinar a causa do estranho comportamento dos pássaros.

## 13 de maio de 2014

Uma mulher branca bem-intencionada dizendo a um homem negro o que fazer sempre passa a impressão errada em algum nível. Principalmente quando essa mulher branca bem-intencionada está meio certa.

O enquadro da professora Morgan deixou Kenny mais determinado que nunca a levar Maddy ao baile. Ele montaria guarda do lado de fora da casa de Maddy por dias, se fosse necessário. Mas primeiro ele decidiu atacar onde ela não poderia fugir.

Estacionado diante da Pizzaria do Sal com o motor ainda ligado, ele olhou pelo retrovisor central para a Bons Velhos Tempos. Não tinha contado para Wendy sobre chamar Maddy para o baile porque a reação de Maddy tinha sido... triste demais? De dar pena? Ele ainda não sabia como descrever. Mas uma emoção havia dominado o momento inteiro: culpa. Os amigos dele eram bullies. Bullies idiotas e racistas, o que o tornava um idiota também.

Ele não queria ser um idiota. E não era tarde demais para fazer a coisa certa.

Alguns alunos da escola estavam sentados no terraço do Sal, outros lá dentro jogando fliperama. Sal limpava o balcão pela décima vez, olhando furtivamente para a porta, esperando que Kenny entrasse. Todos o veriam.

*Vou mesmo fazer isso?*

— Foda-se — resmungou ele, saindo da caminhonete e correndo até o outro lado da rua.

O sino soou quando ele abriu a porta. Nunca tinha entrado na Bons Velhos Tempos. Nunca precisara.

— Ah, oi! Já vou — disse Maddy de algum lugar nos fundos.

Kenny olhou ao redor. O lugar parecia a toca de um colecionador com uma quantidade impressionante de artefatos amontoados.

Em uma prateleira ao lado de uma máquina de escrever empoeirada havia várias bonecas de porcelana. Abaixo delas, uma figura o fez estremecer. Ele examinou a estátua de uma mulher negra corpulenta, com lábios grossos, usando um vestido vermelho com avental e um lenço na cabeça. Ele lera sobre essas imagens de espetáculos de menestréis. Sobre o que pessoas brancas pensavam ser a aparência de todos os negros, comendo melancia em seus alpendres e dançando giga. Jules usara uma roupa similar na escola.

— Que porra é essa? — murmurou ele.

— Kendrick? — Maddy estava no balcão, usando um avental manchado de óleo, boquiaberta. Fazia tanto tempo que Kenny não ouvia seu nome completo que quase se virou para ver com quem ela falava.

Ela correu até ele, espiando pela porta de vidro com olhos febris.

— O que você veio fazer aqui?

Ele agarrou a estátua como faria no futebol americano, prestes a arremessá-la.

— É isso o que você vende aqui? — rosnou.

Maddy olhou para a estátua e então de volta para ele.

— Qual é o problema? Está em ótima condição.

Kenny ficou boquiaberto, dando uma risada rouca. Ela não fazia ideia de como era ofensivo. Como saberia?

— Nenhum problema, eu acho — resmungou ele.

Maddy espiou pela porta outra vez, retorcendo os dedos.

— Meu pai foi ao banco. Ele pode voltar a qualquer momento.

Kenny assentiu. Algo parecia diferente nela, mas ele não conseguiu identificar o quê. Mudou de estratégia.

— Nós não conseguimos terminar nossa conversa aquele dia. Sobre o baile.

Maddy paralisou, arregalando os olhos.

— Eu... eu não posso. Agora, por favor. Será que você pode...

— Você já tem planos?

Ela deu um passo para trás.

— Hã. Não.

— Então qual é o problema?

Ela conferiu a porta e bufou, tão frustrada que lágrimas se acumularam em seus olhos.

— Por que... por que vocês não podem me deixar em paz?

A falha na voz dela o fez hesitar, mas Kenny ainda estava determinado a convencê-la. Observou o suéter de lã dela, e uma pergunta surgiu em sua mente.

— E aquele lance de você ter lúpus? É verdade?

Maddy piscou, surpresa pela mudança de assunto.

— Não.

— Então por que mentir?

Maddy suspirou, deixando os ombros caírem.

— Eu não... queria mentir — murmurou, encarando os próprios pés.

Kenny assentiu, pegando a estátua e colocando de volta no lugar. Talvez eles tivessem, sim, algo em comum, no fim das contas.

— É, meus pais também me obrigam a fazer várias coisas que eu não quero.

Ela parou de tremer, olhando para o rosto dele, e Kenny enfim se deu conta do que estava diferente — ele nunca a vira sem óculos antes. A luz do sol da tarde passando pela porta deixava os olhos castanhos dela amendoados; ela quase parecia outra pessoa.

— Mas por que eu? — perguntou Maddy. — Você namora a Wendy Quinn.

*Então ela presta atenção nas coisas*, pensou ele.

— Wendy não quer ir. E eu meio que sei como é fingir ser uma coisa que você... não é.

Ela engoliu em seco, torcendo as mãos.

— Eu... eu não sei.

— É só uma noite.

Derrotada, Maddy suspirou.

— Se eu aceitar, você vai embora daqui?

Ele deu de ombros.

— Talvez.

Ela fez uma careta, e ele riu.

— Tô brincando! Claro! Mas eu... quero que você aceite porque você quer ir. Não estou tentando te forçar nem nada disso.

Abraçando o próprio corpo, Maddy olhou para fora por um bom tempo, mas não estava conferindo se o pai estava chegando. Parecia estar olhando diretamente para a pizzaria. O pânico sumiu de seu rosto.

— Beleza. Vou com você.

# DEZ

*24 de maio de 2014*

OS PAIS DE Jason estavam fora da cidade, o que significava apenas uma coisa: festa. Metade da escola ocupava cada centímetro da gigantesca casa estilo rancho na mesma divisão em que Jules morava. Um alto-falante berrava na cozinha ao lado de barris de cerveja, salgadinhos e caixas de pizza do Sal. As pessoas brilhavam na piscina lá fora, a fogueira queimando alto. Na sala de estar, Jason dava uma de barista, jogando uma coqueteleira no ar, misturando várias preparações que Kayleigh alegremente experimentava enquanto Chris brincava de arremessar bolinhas de pingue-pongue em copos de cerveja na mesa de jantar. Wendy estava aconchegada no colo de Kenny, bebendo uma cerveja, rindo e ouvindo Charlotte recontar casos das líderes de torcida. Uma leveza retornara ao grupo depois de semanas de tensão. Mas, mesmo assim, as pessoas só queriam falar com eles sobre Maddy.

— Não acredito que vocês dois vão mesmo fazer isso — disse Kayleigh do sofá.

Wendy deu de ombros.

— Bom, eu não ia ao baile mesmo. E, depois de tudo que aconteceu, Kenny só queria fazer a coisa certa.

Essa era a resposta calculada que ela sempre dava. Na verdade, ela estava odiando desistir do baile, mas esperava que seus esforços orquestrados fossem compensar mais à frente, quando ela precisasse. E parecia estar funcionando. Todos a elogiavam por ser uma pessoa altruísta, desistindo do baile pelos menos afortunados. Ela recebera um monte de pedidos de entrevista e esperava poder aproveitar as oportunidades em possíveis estágios durante o verão, onde conseguiria estabelecer ainda mais conexões para ajudar Kenny quando ele entrasse na liga. Kenny dispensava a atenção. Os planos deles para depois do baile não haviam mudado; ainda pretendiam ir para Greenville comemorar com os amigos no hotel Hilton.

— Sabe. Não acho que foi tão ruim assim para a Maddy — disse Jason. — Meu pai me contou umas coisas que ele e os amigos dele costumavam fazer quando estavam na escola e, cara... eles basicamente espantavam pessoas da cidade ou de volta para a zona leste. Nós só rimos do cabelo dela.

Abaixo de Wendy, Kenny ficou tenso. Ela rapidamente tentou mudar de assunto.

— NOSSA, alguém viu *Diários de um vampiro* ontem à noite? Foi muito bom.

— Com que roupa você acha que ela vai? — Charlotte riu, ignorando Wendy. — MEU DEUS! Vocês acham que ela vai usar aquele suéter velho?

Wendy traçou pequenos círculos no ombro de Kenny, esperando acalmá-lo.

— Não faço ideia — disse ela, e trocou de assunto de novo. — Aliás! Você ainda vai me ajudar com as decorações, né?

— Você espera que eu ajude a decorar os *dois* bailes?

— Por favor — choramingou Wendy. — Você prometeu. Faremos o baile unificado primeiro. Vai ser rapidinho.

— Ihhh — disse Chris, encarando a porta da frente e segurando uma bola de pingue-pongue no ar.

Jules entrou usando jeans escuros e apertados, botas e um top curto, com Brady logo atrás. As pessoas se afastaram. Ninguém a tinha visto nem ouvido falar dela fazia dois dias. Haviam começado a se perguntar se o pai dela a tinha mandado para fora da cidade. Jules passou os olhos pela casa até encontrar Wendy. A temperatura na sala aumentou.

Jason olhou de Wendy para Jules e deu uma risadinha.

— É. Tô fora — disse ele, indo para a cozinha, mas Kayleigh agarrou seu braço.

— Nem se atreva — grunhiu ela, olhando para Jules. — Talvez a gente precise da sua ajuda para separar as duas.

Jules caminhou pela sala, de nariz em pé, parando com um sorrisinho cruel a alguns metros de Wendy, que tentou impedir que seu copo vermelho tremesse.

— Então. Ouvi por aí que a Maddy Maluca vai ao baile. Sabe algo sobre isso?

Wendy engoliu em seco, a tensão palpável, mas não fez qualquer movimento para diminuir a distância entre elas.

— Eu… eu ia te contar.

— Quando, exatamente? Depois de contar para todo mundo? — Jules cambaleou, esbarrando no braço do sofá.

A mente de Wendy trabalhou rápido para encontrar uma tática que resolvesse o problema antes que a briga tomasse proporções épicas. Ela não queria enfurecer Jules, odiava a ideia de discutirem na frente da escola toda. Decidiu tentar um elogio para apaziguar os ânimos.

— É só por uma noite — disse com uma risada forçada. — Não é nada de mais. E você ainda vai ao… baile normal. Vai ficar tão linda com seu vestido! Você nem vai ver…

— A questão não é essa! — gritou Jules, silenciando a casa.

Wendy mordeu o lábio inferior. Desta vez, Kenny esfregou as costas dela.

Jules pegou a garrafa de vodca da mesa de centro.

— Você sabe que ela acabou com a minha vida, né? — Ela olhou para Kenny. — E você, o cachorrinho previsível dela, vai embarcar nessa?

— Foi ideia minha — disse Wendy, ficando de pé, as palavras trêmulas. — Deixa ele fora disso.

Jules riu.

— Legal. Praticando para *The Real Housewives of Springville*, né? — As garras de Jules estavam expostas agora.

— Jules, podemos ir conversar a sós e…

— Por que você está ajudando a Maddy? — interrogou Jules. — Não percebeu o que ela fez?

— Ela não fez nada — insistiu Wendy. — Nós é que fizemos algo com ela. Sei que foi uma brincadeira, mas… magoamos ela de verdade.

— E daí? — A voz de Jules se arrastava, os passos cambaleantes. — Sério, por que a gente tem que se importar com a porra da Maddy Washington?

— Porque ela é uma pessoa! — rebateu Kenny. — Se coloca no lugar dela. Quer dizer, se você for capaz disso.

Wendy ficou em um silêncio confuso. Ele não gritava nem no campo. Por que estava defendendo Maddy tão agressivamente?

Jules riu, enojada.

— Ah é? Sério? Me conta, você já tinha falado com a Maddy Washington antes de tudo isso? Já tinha trocado mais que duas palavras com ela? Já foi na casa dela ou sabe pra qual faculdade ela vai?

Kenny paralisou, boquiaberto.

— Foi o que eu pensei. Você nem conhece ela! E, só porque ela é negra agora, você está tentando defender, mas antes estava rindo com a gente. Então não vem me julgar por não ligar nem um pouco pra alguém que eu nem conheço, colocando ela acima dos meus amigos DE VERDADE!

A sala ficou em silêncio, todos os olhares em Wendy. Ela ficou toda vermelha, olhando para Kenny, que encarava o chão.

Wendy suspirou.

— Jules, eu…

— Hipócritas! Vocês dois. É isso que vocês são!

Kenny se levantou da cadeira e se voltou para Wendy.

— Vem. Vamos embora.

— Você vai mesmo deixar *esse* cara mandar em você? — Jules ficou boquiaberta e fechou a cara para Kenny. — Não pense nem por um segundo que você é melhor que qualquer um de nós só porque pode arremessar a porcaria de uma bola. As pessoas estão puxando seu saco há anos, e tô cansada disso.

— Ô, Jules — disse Kenny com um sorrisinho. — Que tal você parar de se preocupar comigo e com a Maddy, e começar a pensar em qual posto de gasolina você vai trabalhar? Já que nenhuma faculdade vai te aceitar agora.

Wendy arfou. Jules ficou paralisada, os olhos cheios de lágrimas.

Kenny deixou a cerveja na mesinha e saiu, a multidão abrindo espaço para que passasse.

— Escroto. Você sabe que ele nem é tão bom assim, né? Provavelmente entrou por cota.

Wendy olhou boquiaberta para Jules, horrorizada. Virou-se em direção à porta e o seguiu.

— Kenny, espera!

— Não terminei de falar! — gritou Jules.

Kenny já estava na calçada. Wendy tremia no ar gelado noturno, evitando as encaradas. Como Jules era capaz de dizer algo tão nojento? Ela não sabia o quanto ele tinha se esforçado?

— Wendy! — Jules agarrou o braço dela, enfiando as unhas vermelhas na carne de Wendy. — Era para você ser minha melhor amiga — gritou ela, a mágoa no olhar.

— Eu *sou* sua melhor amiga — gritou Wendy. — Mas… o que você fez, o que nós fizemos, foi muito ruim.

— Mas ela acabou com a minha vida!

— Eu sei. E… estou tentando consertar tudo.

— Meu Deus, Wendy, ninguém está comprando esse seu teatrinho. Todo mundo sabe que você está fazendo isso para limpar sua barra com o Kenny, para tentar garantir o dinheiro, porque seus pais estão falidos, e isso é patético pra caralho!

As palavras foram como um soco na boca de Wendy. Ela estava acostumada a ouvir Jules cuspindo seu veneno. Mas não nela, nunca nela. Foi a gota d'água.

— Quer saber, Jules? — disse ela com voz trêmula. — Maddy não acabou com nada. Ela não fez nada para você. Você fez isso sozinha. VOCÊ jogou os lápis. VOCÊ foi ao evento fantasiada de negra. A culpa é toda SUA.

Jules perdeu a compostura por uma fração de segundo. Então semicerrou os olhos e balançou a cabeça, bufando.

— Acabou, Wendy. Chega de festa do pijama, chega de pegar minhas roupas, chega de carona pra escola e chega de ser minha melhor amiga!

Wendy cruzou os braços e empinou o nariz.

— Se é assim que você quer, ótimo.

Jules deu uma risadinha e bateu palmas.

— *Rá!* Ótimo. Fica do lado do seu macho. Você vai se arrepender de ter escolhido ele em vez de mim.

Wendy deu meia-volta, andando rápido em direção à caminhonete de Kenny, tentando desesperadamente conter o choro devastador.

Do artigo do *New York Times* de maio de 2014
"Uma sirene com duplo sentido"

Por mais de quarenta anos, a sirene da Usina de Springville soava duas vezes ao dia: uma vez às 16h, para o teste de rotina, e outra às 18h45, informando os moradores não brancos que era hora de voltar para casa. O sr. Herman Merriweather, um mecânico, havia vivido em Springville a vida inteira antes que seus filhos o obrigassem a se mudar para Greenville.

"Springville não era um lugar ruim. Todos convivíamos bem o suficiente. Mas, quando a sirene soava, as pessoas negras sabiam que era melhor atravessarem os trilhos do trem antes do crepúsculo se quisessem ver o dia nascer de novo."

O sr. Merriweather cresceu na zona leste, descendente de uma longa linhagem de meeiros e trabalhadores ferroviários. Ele se lembrava vividamente de quando a Escola de Ensino Médio de Springville (que tem estado na mídia com frequência devido a acontecimentos recentes que provocaram a crescente tensão racial na pequena cidade) foi integrada.

"Eu tinha dezessete anos na época, e, para ser sincero, estávamos bem mantendo as coisas do jeito que eram. Porque nós sabíamos, simplesmente sabíamos, que, se os brancos fossem forçados a fazer algo que não queriam, iam tornar nossas vidas um inferno."

A lei da sirene impediu que ele praticasse esportes ou participasse de certas atividades extracurriculares. O sr. Merriweather se lembra de ter fugido de um carro cheio de jovens brancos perto da hora do pôr do sol.

"Eles me perseguiram até a zona leste e no dia seguinte sentaram ao meu lado na aula de inglês, como se nada tivesse acontecido."

A história e a política de Springville são um segredo cuidadosamente guardado, com a maioria dos registros selados, indisponíveis ou perdidos em uma suposta inundação. Quando questionados sobre a lei da sirene, oficiais colocaram a responsabilidade na usina.

"É só um boato antigo", declarou a prefeita Helen Arnold. "A usina testa o sistema diariamente para nos manter seguros. Nada mais."

Apesar de inúmeros e-mails, a usina não pôde ser contatada para confirmar seus protocolos de teste, mas o sr. Merriweather se lembra de um alarme soando antes que ela fosse construída.

"Antes da construção, era um sino de trem que nos informava que era hora de ir para casa."

De acordo com relatórios, no outono de 2000, a cidade desligou o segundo alarme. Mas ele foi restaurado quando os habitantes votaram a favor disso em "nome da nostalgia".

"As mesmas pessoas no conselho da cidade estavam no conselho da escola e tinham filhos estudando lá. Se eles quisessem que a filha fosse protagonista na peça da escola, ela seria. Se quisessem que o filho fosse orador da turma, ele seria. Quem reclamasse podia ser demitido, ou pior."

Embora ninguém mais siga as regras do pôr do sol, o alarme ainda soa como uma ameaça iminente.

# ONZE

*26 de maio de 2014*

O ÚLTIMO SINAL soou, e, para variar, Maddy não saiu correndo porta afora. Não queria ir para casa ainda. Queria ver mais vídeos do YouTube na biblioteca. Quando encontrou um, não conseguiu parar. Viu dezenas de discursos e minidocumentários da era dos direitos civis. As imagens de revoltas gravadas em seu cérebro passavam de novo e de novo toda vez que ela piscava. Era como uma droga, ela não conseguia se impedir de assistir e, quando se sentia afundando, pensava em Kenny... e na proposta dele.

Os músculos no rosto de Maddy espasmaram. Ela ia mesmo ao baile. Toda vez que lembrava, seu coração disparava, os lábios se curvando em um sorriso açucarado. Ela não havia decidido ir ao baile por causa de Kenny ou pelos argumentos da professora Morgan. Escolhera sozinha, pela possibilidade de, por pelo menos um dia, ser uma garota normal. O dom, os poderes — tinham que ser um sinal de Deus para começar a realmente viver na luz. Chega de se esconder. Nada poderia compensar os anos que ela perdera, desperdiçados fingindo ser algo que não era. Mas um dia normal poderia ser um começo.

Se ela conseguisse encontrar uma forma de pedir a Papai...

— Oi, Maddy.

Ela deu um grito, girando na cadeira.

— Kendrick?

Kenny estava atrás dela. O sorriso dele brilhava ao sol da tarde.

— Te assustei de novo?

Maddy rapidamente fechou o navegador e se levantou.

— Hã, não — guinchou, abaixando a cabeça, sentindo um frio na barriga. *Ele mudou de ideia*, pensou. Sabia que era bom demais para ser verdade. Que besteira ter deixado o coração inchar com sequer um centímetro de esperança.

— Tá ocupada? Quer ir tomar um milk-shake?

Ela piscou, surpresa.

— O... o... o quê?

— Milk-shake? Quer um? Tá um dia bonito lá fora. E pensei que, já que vamos ao baile, devíamos pelo menos nos conhecer um pouquinho.

Maddy deu um passo cuidadoso para trás, olhando ao redor. Era algum tipo de piada? Outro truque?

— Hã, não sei se eu... bem... acho que eu não devia... e-eu... não posso. — Ela não podia entrar sozinha no carro de um garoto. Papai mataria ele *e* ela.

Kenny assentiu, mas a expressão permaneceu igual.

— Te levo para casa em uma hora. Você pode sumir por uma hora, não?

*Não*, ela queria gritar. Mas... tanta coisa estava diferente agora. O poder a tornara diferente, mais forte, mais corajosa.

Talvez só dessa vez.

— Hã, tá bom.

Maddy se sentou em uma mesa redonda de piquenique sob um guarda-sol vermelho-sangue na Dairy Queen, o suor se acumulando no pescoço e entre as pernas. Toda vez que tentava ficar à sombra, o sol parecia se aproximar. Ela agarrou o suéter, dando um pulo a cada carro que passava, aterrorizada com a ideia de um deles ser Papai indo buscá-la.

*Você está aqui. Está fazendo isso. Tudo vai ficar bem.*

Ela viu Kenny fazer o pedido deles no balcão, admirando o queixo anguloso e o sorriso com covinhas, a forma como ele cruzava os braços, fazendo as omoplatas empurrarem a camiseta como asas de anjo. Deus faz criaturas tão maravilhosas.

O Dairy Queen ficava bem na fronteira da cidade, perto da usina e de um daqueles postos de gasolina onde caminhoneiros paravam para tomar banho e reabastecer. Maddy não conseguia se lembrar da última vez que estivera tão longe de casa. Longe o suficiente para que ninguém os visse.

*Porque ele não quer ser visto comigo.*

O pensamento sombrio apareceu de repente. Maddy mordiscou o dedão.

Um grupo de garotas saiu do Dairy Queen, rindo com seus tops curtos e jeans apertados, os cabelos loiros soltos ao vento. Maddy agarrou seu suéter, que a pinicava, encarando as próprias roupas. Tirou o suéter, abriu o botão de cima da camisa, libertou o cabelo do coque e penteou as madeixas com os dedos. Um pequeno passo na direção de algo normal. Algo menos constrangedor. O calor e a umidade certamente fariam seu cabelo armar. Mas ela não tinha mais um segredo a proteger, e o mundo não acabara como Papai a fizera acreditar. Em vez disso, um peso saíra de seus ombros. Mas a liberdade tinha gosto amargo, como o remédio do qual ela sempre precisara, uma cura para algo invisível.

— Aqui — cantou Kenny, se aproximando. — Baunilha para você. Morango para mim.

— Obrigada — murmurou ela, agarrando o potinho gelado para refrescar suas mãos suadas.

Kenny se sentou do outro lado da mesa, percebendo a mudança dela e assentindo em apreciação. Maddy não conseguiu evitar encarar os bíceps enormes dele. Como deviam ser macios ao toque...

Ela agarrou o canudo e sugou até que o pensamento libidinoso passasse, silenciosamente prometendo a Deus quinze minutos a mais de orações antes de dormir.

— Que tal?

Ela só prestou atenção no sabor quando ele perguntou.

— É... bom — admitiu, surpresa. — Nunca tomei milk-shake antes.

Kenny riu.

— O quê? Sério?

Ela suspirou.

— Nunca.

Havia tantos nuncas. Nunca dançara, nunca fora ao cinema ou a um jogo de futebol americano ou ao boliche, nunca estivera em uma cidade grande, nunca dirigira um carro e nunca fora beijada. Uma tristeza terrível preencheu o estômago dela, uma fome dolorosa por uma vida bem vivida.

— Uau. Que loucura.

Maddy havia sonhado com isso — ir a uma sorveteria com um garoto, compartilhar um milk-shake, tudo o que ela vira em *Dias felizes*. Papai amava esse programa, mas ainda achava que era um pouquinho avançado demais para sua Madison.

Eles ficaram sentados à mesa tomando as bebidas geladas, evitando o olhar um do outro. O turbilhão da sirene da tarde da usina preencheu seus ouvidos. Tendo crescido com ela, a maioria não reparava o barulho. Mas Kenny virou o pescoço na direção do som, e então de volta para ela.

— Meu pai trabalha na usina — admitiu, como se estivesse envergonhado.

Os braços dela relaxaram.

— Você é próximo do seu pai?

Os olhos dele ficaram inexpressivos.

— Não.

— Ah.

Kenny tamborilou os dedos e então disse:

— Ah! Quase esqueci, já tenho os ingressos. Eles tentaram me dizer que era tarde e que as mesas estavam todas cheias, mas falei que era melhor eles repensarem, já que eu ia te levar.

Maddy engoliu em seco.

— Ingressos?

— É. Ingressos do baile.

Ingresso do baile? Ela nem tinha pensado nisso. Sabia tão pouco de... tudo.

— Ah. Hã, quanto eu te devo?

Kenny balançou a cabeça.

— Não se preocupa com isso.

Ele estava sendo gentil. Gentil demais. Quanto mais gentil ele parecia, mais digna de pena ela se sentia.

— Você não precisa fazer isso — insistiu ela, tentando soar forte.

— Mas e se eu quiser? — Ele riu.

Ela suspirou. *Seja normal*, lembrou-se. *É normal garotos darem presentes.*

— Então... obrigada.

Eles se encararam, o vento chicoteando o cabelo liberto de Maddy. Kenny arregalou os olhos e pigarreou.

— Mas e aí... qual é a cor do seu vestido?

— Vestido?

— Para o baile. Tenho que garantir que meu colete e o restante combinem. Provavelmente não sobraram muitos, e eu não quero parecer um garçom.

O coração de Maddy disparou.

— Hã. Não sei ainda. Não tive a oportunidade de ir comprar.

— Ah. Beleza.

Maddy olhou para as próprias mãos, esperando que ele acreditasse na mentira. Outra coisa em que ela nunca tinha pensado: precisava de um vestido. Também precisava de sapatos, uma bolsa, talvez maquiagem. Ele provavelmente ia ficar tão lindo com um smoking, pensou ela. Como Gene Kelly em *Cantando na chuva*. Mas então o coração dela bateu forte no peito.

*O que farei com o meu cabelo?*

Na maior parte dos dias, ela usava o cabelo solto ou amarrado em um rabo de cavalo baixo. Mas, para uma ocasião como o baile, ela precisaria de um penteado, talvez com cachos, como Ginger Rogers ou Shirley Temple. Papai a ajudaria? Ele enfim compraria o *babyliss* que ela tanto queria ou a levaria para um salão de verdade?

Eles ficaram sentados em um silêncio desconfortável. Kenny, encarando a palma da mão, balançou a cabeça e deu uma risadinha.

— Você não fala muito, né?

Tão distraída com a preocupação sobre os preparativos para o baile, ela deixou escapulir uma resposta sem se dar conta:

— Ou talvez você fale demais.

Kenny inclinou a cabeça para o lado e riu estrondosamente.

Morta de vergonha, ela arfou, as mãos disparando para cobrir o rosto.

— Ah! Não, não, não. Sinto muito! — O que foi aquilo? A voz era quase irreconhecível.

— Não, tá tranquilo — disse ele, a risada se acalmando. — Só não imaginava que você falaria algo assim. Relaxa, você não precisa se esconder.

Maddy espiou através dos dedos o sorriso branco estonteante dele. Papai sempre dissera que mulheres não deviam ser vistas nem ouvidas, mas Kendrick não parecia se importar. Na verdade, ele gostava. Ela se endireitou, respirando fundo.

— Pronto — disse ele. — Bem melhor.

Os ombros de Maddy estavam tão tensos que chegavam às orelhas. Ela não estava acostumada a falar. Ficava muda na escola. Até em casa, Papai falava para ela, não com ela. Mas ela devia pelo menos tentar. Era o que jovens normais faziam.

— Hã, você sabe onde vai fazer faculdade?

Kenny franziu a testa.

— Tá de brincadeira...?

Maddy repassou a pergunta em sua mente. Tinha dito algo errado?

Ele riu.

— Você perdeu a coletiva de imprensa no ginásio, onde fui escolhido?

— Escolhido?

Kenny esfregou o rosto, prendendo um sorrisinho.

— Enfim. É, eu vou para a Universidade do Alabama.

Ela mordiscou o canudo.

— Ela é boa?

— Se é boa... ah, agora você tá de zoeira comigo! — Ele riu. — Sim. É muito boa. A melhor. Bem, pelo menos para o futebol americano.

Ela pegou o copo.

— Hã, você vai cursar o quê?

— Faz diferença? — Ele bufou.

Ela franziu a testa.

— Mas você é mais que só futebol americano, né?

Kenny a olhou como se a visse pela primeira vez, e uma certa serenidade tomou conta dele.

— Inglês — disse ele, com um sorrisinho. — E você? Onde vai estudar?

Maddy ficou tensa.

— Papai não vai... quer dizer, não quero ir para a faculdade.

Kenny começou a dizer algo, e então rapidamente mudou de ideia. Só a menção ao pai fez as mãos dela tremerem. Maddy olhou para trás, o pescoço ficando vermelho.

— Você está bem?

— Estou bem — disse ela em voz aguda, colocando um sorriso no rosto.

Kenny largou o copo e juntou as mãos.

— Tenho tantas perguntas. Sobre o que você fez. Ou por que fez o que fez. Mas... acho que já tenho as respostas. E não ia me ajudar a te conhecer melhor. Meio esquisito, né?

Ela deu de ombros.

— Um pouco.

Ele inclinou a cabeça de lado, parecendo se divertir com algo.

— Me dá sua mão.

Maddy engoliu em seco, tentando permanecer corajosa, e estendeu o braço sobre a mesa.

— Caramba, você está congelando. — Ele riu. Virou a palma da mão de Maddy para cima, apertando dois dedos no pulso dela. — E seu pulso está acelerado. Ou você está mentindo ou está nervosa.

— Ou com medo.

Kenny ficou boquiaberto, soltando-a.

— Por que você está com medo de mim? — perguntou, soando magoado.

— Hã, não de você, é só que... isso tudo é tão incrível, mas um pouco fora da minha zona de conforto. — Maddy tocou o próprio pulso, onde os dedos dele tinham estado. — Esse truque é interessante.

— Minha mãe é enfermeira. Quando eu era pequeno, ela me convenceu de que era uma sensitiva que lia mãos. Ela sabia tudo que eu estava pensando. Depois... meu pai me contou a verdade. — Kenny suspirou, com um sorriso que não chegava aos olhos.

Maddy desejava tais memórias com a mãe. Ela ia querer que Maddy fosse ao baile com um garoto como Kenny, disse a si mesma. E até a ajudaria a escolher um vestido e arrumar o cabelo. Se ainda estivesse viva.

— Tá, que tal um jogo rápido de vinte perguntas? — sugeriu ele, tamborilando os dedos na mesa. — Eu começo. Qual é o seu livro favorito?

Kenny perguntou tão rápido que Maddy disse a primeira coisa em que pensou.

— A Bíblia.

Ele deu uma risada alta.

— O quê?

Maddy engoliu em seco e deu uma risadinha.

— Tem tantos personagens, heróis e vilões, tudo em um só livro. Deus inspirou muitas histórias.

— Bem, pelo menos, isso te fez rir. Não acho que eu já tenha te ouvido rir. — Ele assentiu. — Beleza, agora você me faz uma pergunta.

— Qualquer coisa?

— É.

Ela pousou o copo na mesa.

— Hã, que hobbies você tem quando não está na escola?

— Hmm... — Ele pensou, encarando a mesa. — Eu ia dizer treinar e correr, mas isso tem tudo a ver com esporte. Acho que eu não tenho nenhum. Além de ler, o que eu não conto para as pessoas.

— Por que você tem vergonha de ler?

Kenny a encarou.

— Eu... não tenho. E é minha vez agora.

Ela assentiu.

— Qual é sua música favorita que te deixa pilhadona?

Maddy presumiu que ele queria dizer "animada" e só podia pensar em uma que Papai gostava de ouvir enquanto mexia no carro.

— "Blue Suede Shoes", do Elvis Presley.

— Puta merda! — Kenny riu, cobrindo o rosto com a mão.

Maddy se encolheu.

— Hã, será que você pode, por favor, não me xingar? Por favor? — Xingamentos tinham um caráter violento que parecia familiar demais.

— Ah! Foi mal. Mas eu não estava te xingando... desculpa.

Ela inspirou fundo.

— Minha vez? Qual foi o local mais distante onde você esteve?

— Fácil. A USC, na Califórnia. Meu pai queria ver o estádio deles, embora eu soubesse que não ia jogar lá.

— É perto de Hollywood? — perguntou Maddy, se inclinando para a frente. — Como foi? Você viu algum ator de cinema?

— Não vi nenhum ator de cinema. Mas foi legal. Tem as palmeiras e praias. Mas lugar nenhum é melhor que nossa casa.

Maddy sorriu, pensando em como todas as mansões deviam ser glamorosas, assim como nos filmes.

— Beleza, minha vez — disse Kenny. — Quando tiver filhos, o que você pretende fazer de diferente dos seus pais?

Maddy soube a resposta logo de cara.

— Eu amarei meus filhos por quem eles são. Não por quem eu quero que eles sejam.

Kenny piscou como se tivesse levado um soco na cara. Ela se perguntou se tinha dito a coisa errada. Ou talvez revelado demais?

— Hã, minha vez? — murmurou ela, torcendo as mãos. — Qual é o seu filme favorito?

— Ah, eu amo filmes de ação. Tipo *Wolverine*, *300*, *Os Vingadores*, mas gosto de clássicos também, tipo *Matrix*. E você?

Maddy mordeu o lábio inferior, tentando se lembrar de todos os títulos para poder pesquisar mais tarde.

— Ah, gosto de tantos, mas *Sabrina*, com a Audrey Hepburn, é um dos meus favoritos.

— Hm. Nunca ouvi falar. Tá na Netflix?

*O que é Netflix?*, ela se perguntou, mas decidiu mudar de assunto.

— Acho que é minha vez, né?

Kenny riu.

— Tá ficando boa nisso.

Maddy sorriu orgulhosamente.

— Como você soube que estava apaixonado pela Wendy?

— Eu não soube... quer dizer, eu não soube de verdade. Às vezes você se ajusta.

Ela assentiu.

— Como ajustar roupas grandes demais.

— Caramba, bem, nunca tinha pensado assim. — Ele riu. — Beleza, depois da formatura, onde você quer morar? Hollywood, talvez?

O coração dela parou por um instante.

— Não sei se algum dia sairei de Springville.

— Não, você não pode pensar assim. — Kenny balançou a cabeça. — Você vai. Vai conhecer algum cara, fugir e se casar. Acontece o tempo todo por aqui. E, quando acontecer, que lugar você vai chamar de casa? Parece que ia gostar da costa oeste.

Maddy pensou em todas as grandes histórias de amor que vira de mulheres fugindo com homens que amavam e sorriu.

— Bem, acho que, seja lá onde ele estiver, esse lugar seria a minha casa. O amor é para ser assim, certo? Você se sente em casa.

Kenny ficou parado, e Maddy temeu ter dito a coisa errada até que ele sorriu.

— É, é isso.

Ela ficou tensa, uma súbita onda de calor atingindo seu peito. Conseguia sentir Kenny sem tocá-lo. Cada emoção, como uma lata de Coca-Cola sacudida e pronta para explodir, zumbia da pele dele como fios saindo das pontas dos dedos dela.

Kenny arfou e arregalou os olhos. Será que ele também a sentia?

Maddy se levantou de uma vez, e os fios se retraíram. Ela não podia perder o controle, não ali, não diante dele. Precisava ser normal, ou jamais iria ao baile.

— E-eu sinto muito. Eu... eu preciso ir para casa.

— Ah, c-claro — gaguejou Kenny, franzindo a testa. — Acho que você pode só me mandar uma mensagem quando souber a cor do seu vestido.

— Eu, hã, não tenho celular — admitiu ela, o rosto ficando vermelho.

— O quê? Por quê?

Maddy deu de ombros, trêmula.

— Não vou a lugar nenhum, então não preciso de um.

Ciente de sua insuficiência, ela começou a entrar em pânico. *Ele vai mudar de ideia sobre o baile. Eu sei. Ele não vai querer ser visto comigo!*

— Hã, tudo bem. Que tal isso? — Kenny rasgou um pedaço de papel da mochila e anotou seus contatos. — Só me liga ou manda um e-mail.

Um sorrisão apareceu nos lábios dela.

— Obrigada.

## FOI A MADDY
EPISÓDIO 7
"Autoconsciente"

> Michael: Em um episódio de 2020 de *Mistérios sem solução: Massacre de Springville*, os produtores entrevistaram a irmã de Kendrick Scott e presidente do Sindicato dos Estudantes Negros da Springville, Kali Scott. Vou reproduzir um clipe para vocês que não fez parte do episódio, mas nos dá uma visão mais ampla da tensão racial relacionada ao baile:

"Se a Escola de Ensino Médio de Springville era racista? Não de forma explícita, mas silenciosa. É assim que as microagressões funcionam. Um ano antes do baile, um dos professores de história passou uma atividade perguntando se os alunos achavam que a escravidão ainda deveria existir. Quase cinquenta por cento dos alunos responderam que sim, porque é claro que o algodão não ia se colher sozinho. Alunos negros ficaram com raiva e tentaram reclamar com os pais, mas a maioria nem ligou. 'Springville é assim mesmo.' Ridículo.

"Nos cansamos desse desrespeito explícito, então criamos o Sindicato dos Estudantes Negros. Precisávamos de uma frente coletiva e unificada para combater algumas das questões que estávamos enfrentando. Respeitavelmente, apresentamos vários dados acionáveis, junto ao contexto, ao conselho da escola. Até trouxemos representantes do VNON para endossar o plano. Eles disseram que iam considerar. No dia seguinte, encontrei uma banana no meu armário.

"Depois do incidente com o cabelo e a aluna fantasiada de negra, fomos DE NOVO ao conselho da escola com nosso plano. Até alguns pais compareceram. Mais uma vez, nos dispensaram. Então, do nada, uma garota branca sugere um baile unificado e o conselho da escola de repente diz: 'Viu? Não precisamos implementar mudanças; o baile vai resolver todos os nossos problemas.' Eles realmente acharam que íamos todos fazer as pazes, nos abraçar e apagar todo o dano que foi feito. Foi um balde de água fria em todos os nossos esforços."

Por insistência de Maddy, Kenny a deixou na esquina, a dois quarteirões de distância de casa. Ele a viu andar rápido na rua, agarrada a uma pilha de livros. Ela não precisara mostrar o caminho; todo mundo na cidade sabia onde Maddy morava, bem na fronteira das zonas leste e oeste, longe das ruas, em uma ladeira de grama meio morta. A infame casa era branca e em estilo colonial com persianas pretas, a pintura e a madeira lascadas onde os pássaros colidiram anos antes, marcando a fachada como cicatrizes de acne.

Kenny balançou a cabeça, sentindo o perfume dela, doce e frutado como maçã do amor. Um cheiro estranhamente reconfortante. Ele pôs a mão onde ela estivera sentada, o assento ainda morno, e inspirou fundo.

*Pare de ser esquisito*, pensou ele, bem quando seu celular vibrou.

— Oi, mãe — atendeu ele, fazendo o retorno.

— Filho. Cadê você? — Ela soava séria.

— Estou… hã, deixando um amigo em casa. Por quê?

Ela suspirou.

— Não está esquecendo de nada?

— Hã… estou?

— A palavra donuts te lembra alguma coisa?

— Donuts? Mãe, do que você… ah! Merda!

Kenny se virou e viu sua camisa pendurada no banco de trás.

— É, parece que sim. — A sra. Scott deu uma risadinha.

Kenny havia se esquecido por completo da aparição que o pai programara para ele na nova loja de donuts que abrira no centro. A mãe dele até passara a camisa para que ele usasse nas fotos. O rosto dele nos anúncios teria sido ótimo para os negócios.

Kenny esfregou a testa.

— Ele está muito chateado?

A sra. Scott riu.

— Muito.

— E você?

— Estou… surpresa, para ser sincera. Você geralmente é bom com esse tipo de coisa. Tá tudo bem?

Kenny olhou pelo retrovisor, vendo o cabelo de Maddy ser soprado pelo vento, e pigarreou.

— Acho que só estou um pouco… esquisito.

— Bem, Mercúrio está retrógrado, então o mundo todo está um pouco esquisito. Mas você vai fazer muitas aparições como essa no futuro, sabe?

Ele reprimiu um grunhido.

— É, eu sei.

Kenny não se deu ao trabalho de ir para casa. Foi direto para a academia correr mais cinco quilômetros e treinar sozinho.

O pai dele o obrigaria a fazer isso de qualquer forma.

— Então você está mesmo de acordo com Kenny levar a porra da Maddy Washington para o baile?

Wendy estava deitada na cama com o celular contra a orelha, rindo.

— Char, pela milésima vez, sim! Me sinto mesmo péssima pelo que aconteceu com ela.

— Eu entendo, mas não sei por que você tem que fazer esse sacrifício. E ainda por cima parar de falar com a Jules? Wendy, ela está muito magoada.

Só o nome dela fez Wendy ranger os dentes.

— Pois é, eu também. Você também vai deixar de ser minha amiga?

— Estamos no quinto ano, por acaso? Claro que não!

Wendy soltou o ar, aliviada; já se sentia esquisita o suficiente nos almoços da escola. Por sorte, o ano letivo estava quase acabando, e depois havia o verão e a faculdade. Ela aguentaria esse tempo sem Jules — elas provavelmente se afastariam de qualquer jeito. Era o que ela dizia a si mesma quando a dor de perder a melhor amiga a deixava com insônia. Ela sentia falta das conversas tarde da noite, das danças e das cantorias horríveis e fora de ritmo no carro.

— Mas, perguntando como sua amiga — começou Charlotte —, você está mesmo me dizendo que está bem com seu namorado levando outra garota para sair?

Wendy revirou os olhos.

— É só um baile. Para de ser tão dramática.

— Não, ele levou ela para sair *sair*.

Wendy deu uma risadinha.

— Do que você está falando?

— Ali Kruger viu Kenny e Maddy no Dairy Queen hoje.

Wendy agarrou o celular com força e se sentou. Sendo a namorada do garoto mais popular da escola (merda, da cidade inteira), ela estava acostumada a receber relatórios não solicitados do paradeiro de Kenny. Geralmente, não era nada que já não soubesse. Não era como se houvesse muitos lugares para ir em Springville, e ela conhecia bem a rotina dele. Em seus anos de ensino médio, ela estudara Kenny Scott da forma como alguém estuda para o vestibular.

Mas essa nova informação a pegou de surpresa. E ela odiava ser pega de surpresa.

*Por que eles estavam no Dairy Queen? E por quanto tempo? E por que ele não me contou?*

Ela se deu conta de que estivera em silêncio por tempo demais e pigarreou. A resposta tinha que ser estratégica. Não podia parecer muito chocada nem muito apática, disparando rumores de que havia problemas no paraíso. Eles estavam bem. Eles sempre estavam bem.

Então o melhor plano de ação era mentir.

— *Rá!* Não era um encontro — zombou ela, fingindo que já sabia.

Mas Charlotte riu como se não acreditasse.

— Kenny e Maddy soa bem — provocou ela. Charlotte adorava confusões.

Wendy se endireitou, agarrando o celular.

— Jura, Char? — disse ela, a voz gelada, a raiva aparecendo. Charlotte provavelmente estava adorando isso.

— Enfim, é melhor você tomar as rédeas do seu namoro se quiser manter o Kenny na linha quando ele for para o Alabama. Vai haver garotas bem mais perigosas que Maddy Washington lá.

Wendy rangeu os dentes.

— Eu... tenho que terminar um trabalho.

Elas se despediram, e Wendy imediatamente conferiu as mensagens. Nem uma palavra de Kenny.

*Desde quando ele começou a fazer coisas sem me contar?*

Ela jogou o celular do outro lado da cama, desejando nunca ter atendido.

Cinco minutos depois, se deu conta do que Charlotte estava falando. Kenny precisava ser domado como um cavalo, como um animal de fazenda, nada mais que gado. Ela se repreendeu por não ter colocado Charlotte em seu lugar bem quando um pensamento traidor apareceu, movendo a caneta dela.

Em cima de suas anotações da aula de inglês, ela escreveu *Kenny + Maddy* e desenhou um coração ao redor.

Os nomes ficavam bem juntos mesmo. Ela arrancou a página do fichário, amassou em uma bola e arremessou na lata de lixo, o que não era difícil, considerando que seu quarto era do tamanho de um armário.

A família de Wendy não tinha uma posição sólida na classe média, como o resto de seus amigos. Seus pais discutiam sobre seu status em uma dança fortemente coordenada e estavam muito ocupados garantindo que a família tivesse um teto para se incomodar com jantares de líderes de torcida, jogos do ensino médio ou se sua única filha namorava um rapaz negro, apesar das fofocas maliciosas.

Desde muito cedo, Wendy criou consciência da precariedade da situação deles, mas nunca reclamou. Em vez disso, jurou a si mesma que não teria o mesmo futuro dos pais de jeito nenhum e fez o que sabia fazer melhor: traçou estratégias, jogando uma longa partida com uma tática ofensiva. Antecipava as necessidades das pessoas, sempre disposta a ser generosa e distribuir elogios. Terminava de ler livros didáticos inteiros antes da aula e se oferecia para fazer o dever de casa para qualquer um que parecesse estar ficando para trás. Praticava saltos e espacates desde muito antes de poder fazer teste para ser líder de torcida, assava biscoitos (massa pré-pronta, nunca do zero) toda segunda-feira e tinha um calendário específico para registrar os aniversários das pessoas, assim podia levar bolinhos para o refeitório ou para a sala de aula. No nono ano, quando o futuro profissional de Kenny começou a ficar nítido, Wendy começou a levar o doce favorito dele para o almoço todos os dias, para que ele não tivesse desculpa para não falar com ela. Ela dizia a si mesma que Kenny não fazia parte de seu plano de mestre — era apenas um bônus, não o objetivo. Mas a ascensão dele ao status de celebridade de sua pequena cidade a fez brilhar um pouco mais sob os olhares dos outros, e isso a agradou.

Ficar um passo à frente das expectativas de todos e se alinhar com os amigos populares certos tornou fácil esconder as rachaduras em sua máscara.

Mas seu último ano estava ameaçando acabar com tudo.

# DOZE

*26 de maio de 2014*

PAPAI ESTAVA SENTADO em sua poltrona, vendo *A família Buscapé*, rindo das palhaçadas enquanto Maddy terminava de preparar o jantar. Ela fizera algo para além de especial, na esperança de amolecê-lo, torná-lo mais maleável para a conversa que planejava de ter: costeletas de porco com cobertura de cranberry, couve-de-bruxelas, purê de batatas e uma estratégica torta de limão como sobremesa.

*Sou poderosa*, pensou ela. *Tenho poderes agora. Ele não pode tirar isso de mim.*

Mas sua boca ficou seca só de pensar.

— O jantar está pronto — anunciou Maddy, acendendo as velas no centro do candelabro.

Papai entrou na sala de jantar, inspecionando a arrumação. Quando se deu por satisfeito, assentiu e se sentou à cabeceira da mesa. Maddy se sentou ao lado. Papai orou em agradecimento pela comida por quase cinco minutos antes de dizer amém. Maddy preparou o prato dele diligentemente.

— Então, Madison — disse ele, cortando a costeleta. — O que você achou de *Intriga internacional*?

Papai sempre perguntava dos filmes como se ela não os tivesse visto antes, como se eles não tivessem assistido vezes o suficiente para não esquecer.

— Foi incrível, Papai.

— Ah, sim. Cary Grant. Ele não é ótimo? Ele tinha feito quatro filmes com Alfred Hitchcock. E Hitchcock era muito seletivo com o elenco. Levava todos ao limite. Dizem que aconteciam vários problemas no set. Mas o que acho…

Maddy cutucou as couves-de-bruxelas, sem apetite. Com o coração acelerado, fingiu estar interessada nas ideias serpenteantes do pai, assentindo nos momentos apropriados. Quando ele parou para dar uma mordida na costeleta, ela respirou fundo para se preparar.

— Papai, fui convidada para uma festa.

O garfo de Papai pairou no ar, bem em sua boca. Ele encarava o assento vazio do outro lado da mesa. Maddy sentiu o ar ficar tenso. Prosseguiu depois de engolir em seco.

— É o baile da escola. O nome dele é Kendrick Scott. Ele joga futebol americano e vai para a faculdade. Uma faculdade muito boa, com uma bolsa de estudos esportiva integral. Ele vai estudar inglês e gosta de ler.

Papai gentilmente pousou o garfo no prato, limpando o canto da boca com o guardanapo de pano. Com um tremor, o coração dela parou por um instante.

— Ele é de uma boa família, e eu...

Aconteceu tão rápido que ela não teve a chance de gritar. A mão de Papai a atingiu, os nós dos dedos duros se chocando contra a maçã do rosto dela. A cadeira de Maddy se inclinou, jogando-a no chão. Ela rolou de lado com um choramingo, sentindo o sangue no lábio.

Papai se inclinou sobre ela, a mão fechada em punho.

— Você está tendo pensamentos libidinosos por um preto.

Maddy se afastou dele, a mão no ar. Como ele sabia que Kendrick era negro?

— Não, Papai, eu...

— De jeito nenhum vou deixar você ir a qualquer lugar com um preto!

*Como ele sabe?*, pensou ela em meio ao pânico, tentando recobrar o controle.

— Papai... podemos, por favor, conversar sobre isso? Por favor!

— Vai para o seu armário.

Trêmula, Maddy balançou a cabeça.

— Não, Papai.

Ele a atingiu de novo, e Maddy gritou.

— Vai para o seu armário agora!

Os olhos dela tremiam. *Não, ainda não. Não. Não. Não.*

Pensamentos sombrios giravam ao redor dela, e o interior de sua palma coçava querendo revidar, mas ela resistiu.

— O armário não, Papai. Por favor. Só me deixe terminar de contar sobre ele. Podemos...

Ele bateu nela de novo.

— Você ousa me desafiar, criança? "Filhos, obedeçam a seus pais no Senhor, pois isso é justo." Efésios 6:1.

Ele se preparou para atingi-la mais uma vez.

Mas uma voz irreconhecível gritou de dentro dela:

— Eu disse NÃO!

A mão dela disparou, parando o braço erguido dele no meio do movimento. As luzes tremeluziram, o rádio chiando alto. As chamas das velas sobre a mesa dispararam em direção ao teto.

— Ai! — gemeu Papai, encarando o próprio braço, paralisado no ar como um galho de árvore. Olhava ao redor arregalado, tentando puxar o braço sem sucesso. Estava boquiaberto. — Pai do céu! Jesus amado!

Maddy se levantou, recuando, a mão ainda erguida, cada respiração intencional, os fios enrolados em seus dedos com tanta força que cortavam a circulação.

Papai ofegou, o suor acumulando na testa, a ficha parecendo cair. Ele se virou para Maddy. As chamas altas transformavam a sala em um forno quente, a pele dos dois brilhando em tons de laranja. Eles se encararam, sem piscar.

— Bruxa — sibilou ele.

— Não sou uma bruxa, Papai — disse ela calmamente. — Posso mover coisas com a mente. Muitas pessoas também conseguem. Li sobre o assunto. É um dom.

Era a primeira vez que Maddy falava a verdade em voz alta. Soltando o peso de seu segredo, ela enfim se sentiu livre. Estava morrendo de vontade de contar a alguém, morrendo de vontade de que alguém a visse em toda a sua glória.

— Bruxa — repetiu ele e tentou puxar o braço, que permaneceu preso em sua forma de L.

Ela engoliu em seco.

— Faz um tempo que tenho esse dom, Papai, e não sabia como controlar. Mas agora acho que sei.

Enquanto falava, ela olhou para as velas, as chamas perigosamente perto do teto, cera chovendo sobre a toalha de renda branca, e percebeu que ainda tinha trabalho a fazer.

— Bruxa. Satanista! — cuspiu Papai, o rosto ficando vermelho.

— Não, Papai. Posso te mostrar. Então você vai...

— Que feitiço você lançou na minha casa? — exigiu saber, a voz cheia de dor.

— Não sou má, Papai, por favor.

— Ore! Entre no armário e ore por perdão agora!

Maddy não conseguia entender como, mesmo em um momento tão milagroso, mesmo com o braço paralisado no ar, ele poderia agir como se ainda estivesse no comando. Então se deu conta do triste fato: nada iria curá-lo de sua paranoia e histeria. Porque a questão nunca foi protegê-la, nunca foi amor. Tratava-se de controle.

— Papai, por favor — implorou ela, lutando contra as lágrimas. — Só quero conversar com você.

Ele disparou, o outro braço tentando atingi-la, mas ela ainda estava muito longe.

— VAI PARA O SEU ARMÁRIO!

— NÃO! Não vou entrar naquela porra de armário de novo! Vou ao baile, e você não vai me impedir. Tente e não terá mais o braço esquerdo!

A voz dela soava tão diferente, como se não pertencesse a ela, vinda de algum lugar profundo e sombrio, a parte mais selvagem da alma dela. As palavras da mãe dela surgiram e a direcionaram com um chacoalhão.

*Esse poder doentio que você carrega sem mãos cedo ou tarde queimará até que não consiga mais escondê-lo.*

Atordoado, Papai bateu os pés no chão, tremendo de indignação.

— Madison. Sou seu pai! — Ele falou como se aquilo devesse significar mais do que significava. O fato era que, não importava o quanto ela pudesse ser incrível, ele sempre a veria como menos do que nada. O vislumbre de esperança que ela tivera não passara de uma miragem no horizonte. Ele nunca mudaria.

Mas ainda era seu pai, a única pessoa leal a ela, mesmo que essa lealdade estivesse embebida em veneno. Maddy caiu com um desespero entorpecente e abaixou a mão. Papai arfou quando seu braço desceu, abraçando-o com força contra o peito, ofegante.

As velas diminuíram para uma pequena chama. Havia fumaça negra na sala.

Maddy assentiu.

— Não vou para o armário, Papai. Mas vou me deitar sem jantar.

Ela se virou e subiu a escada.

No estacionamento da loja principal da Equipamentos Marshall, Jules e Brady estavam sentados no banco de trás do Audi A4 dele, dividindo uma garrafa de vodca roubada do bar dos pais dela. Não que eles fossem perceber o furto. Estavam muito ocupados cancelando a festa de formatura para não ter que explicar a todos os amigos por que Jules não estava indo para a Texas A&M, deixando a história com um tom mais positivo — Jules estava tirando um ano sabático para viajar pela Europa, com o objetivo de se tornar uma aluna mais culta e preparada. Os anos sabáticos estavam na moda em cidades mais sofisticadas, como Nova York e Los Angeles.

— O que estamos fazendo aqui? — Brady perguntou com um sorrisinho, se aproximando, passando os dedos pelo pescoço dela. — Tentando reviver os velhos tempos?

Jules abaixou o quebra-sol, admirando o novo batom vermelho que comprara. Ela tirou a jaqueta de couro cortada dos ombros, revelando seu novo bustiê de renda branca. O tipo de blusa que ela sabia que ia deixar Brady babando. Ela o pegou olhando para seus seios, pintados com glitter corporal, e deu uma piscadela.

— Talvez.

A piscadela era o sinal de que Brady precisava. Ele agarrou o queixo dela e a beijou com vontade, as mãos apertando a cintura.

Jules conheceu Brady na loja durante as férias de verão, pouco antes do segundo ano dele na universidade Georgia State. Ele trabalhava no departamento de pintura, misturando e combinando amostras de cores, o que achou que seria uma excelente experiência para o curso de arquitetura. Brady tinha um corpo alto de nadador, dentes brancos perfeitos, pele bronzeada e cabelo loiro-claro que ele prendia em um coque bonitinho. Ele não estava assustado nem impressionado com o status ou dinheiro de Jules. Sua indiferença a havia intrigado o suficiente para aceitar ser levada em um primeiro encontro.

Claro, os pais dela eram contra a única filha namorando um funcionário, mas também sabiam que Jules se entediava rápido. Na infância, ela costumava pedir dois de cada brinquedo. Um para ela e outro para sua melhor amiga, negligenciada pelos pais idiotas.

*Ex-melhor amiga*, pensou ela amargamente. Depois de tudo que fez por ela.

Brady durou mais que os outros, fazendo a viagem de duas horas para visitar Jules sempre que tinha tempo livre, sacrificando sua vida universitária despreocupada. Embora tivesse o pedigree e uma graduação impressionante, ele era tão inteligente quanto um saco de batatas, e um futuro juntos estava completamente fora de cogitação. Jules esperaria pelo herdeiro de algum magnata do petróleo, um investidor de risco ou talvez até mesmo um jogador de futebol americano.

Kenny teria sido perfeito, se Wendy não tivesse chegado primeiro.

Wendy não via que ele não estava apaixonado por ela? Que o interesse dele oscilava com o vento? Que ele provavelmente terminaria com ela antes da orientação do primeiro ano? Wendy merecia ser adorada, não tolerada — e o fato de Jules pensar assim era outra razão pela qual ela sabia que eles estavam completamente errados sobre ela. Sabia que era uma boa pessoa e se preocupava com seus amigos. Mas, como dizem por aí, atitudes dizem mais que palavras. E ela tinha um plano que deixaria todos cientes de que não deviam mexer com ela.

Jules se afastou do beijo de Brady, o batom agora borrado.

— O quê? O que foi? — perguntou Brady sem ar, ainda a segurando com firmeza.

— Tô a fim de pintar — disse Jules, encarando a loja escurecida.

— Pintar?

— É. Quero pintar uma mensagem bem grande para cada um daqueles babacas. E você vai me ajudar.

Ele olhou da loja para os seios dela e então de volta para a loja.

— O que você precisa que eu faça? — perguntou, pronto e ávido.

Ela revirou os bolsos da jaqueta de couro e procurou a chave-mestra do pai.

— Lembra como desliga o alarme, né?

Jules cresceu na loja de ferramentas, a primeira de dez que seu pai abriu, seguindo-o pelos corredores, observando-o lidar com clientes e comandar sua equipe. Tinha prestado muita atenção. Um dia tudo seria dela, e Jules queria saber como tudo funcionava para poder ensinar outra pessoa a fazer o trabalho por ela. Trabalhe com inteligência, não com afinco.

Então foi fácil para ela entrar no escritório e desligar os monitores de segurança. Fácil saber qual seção do estacionamento não tinha câmeras. Fácil apagar qualquer registro de sua presença ali.

Brady e Jules dispararam pelos corredores com lanternas, o estupor bêbado tornando tudo três vezes mais engraçado do que o normal. Eles viraram à esquerda no corredor sete — o departamento de pintura.

Brady ergueu Jules no balcão ao lado da batedeira, desabotoando a camisa dela, os beijos molhados e os gemidos enchendo o ar. Eles fizeram sexo na loja várias vezes, brincando com todas as fantasias dela enquanto Jules olhava para as prateleiras aparentemente intermináveis de latas de tinta Benjamin Moore e Sherwin-Williams. Mas naquela noite ela não queria sexo. Ansiava por vingança.

— Vamos, Brady, foco — disse ela com uma risadinha, passando os dedos pelo cabelo dele.

— Não consigo me segurar, você está tão gostosa, e é tão genial — murmurou ele nos seios dela.

Jules havia contado o plano no carro, e os olhos dele brilharam. Brady queria vingança tanto quanto ela. Ninguém tinha visto como Jules chorou depois da festa de Jason. Mas Brady vira e dissera que se sentia impotente. Jules sabia que ele faria qualquer coisa por ela.

Brady a ajudou a sair do balcão, depois ligou a batedeira para aquecê-la e tirou a jaqueta. Jules ficou diante de uma exibição de arco-íris de tiras de tinta, iluminando todas as opções.

— Qual cor você quer? — perguntou ele atrás dela, mordiscando sua orelha. — Temos azul-safira-vidro, laranja-material-de-construção, amarelo-manteiga, verde-piquenique-no-parque...

Atordoada pela variedade, Jules se perguntou qual cor expressaria mais, gritaria mais alto.

E, bem quando começou a se decidir, olhou para baixo e sorriu.

— Quero aquela.

Brady franziu a testa e se inclinou para ver melhor.

— Esta? Tem certeza?

Jules umedeceu os lábios.

— Sim. É perfeita!

Brady coçou a cabeça.

— Hã, está bem, amor.

Ela deu um tapinha no peito dele.

— Precisamos de duas latas.

Então ela se virou, caminhou pelo corredor e pegou o maior balde de plástico que encontrou.

# TREZE

*27 de maio de 2014*

WENDY ESTAVA AO lado do armário de Kenny, um shake proteico na mão suada, o fichário cheio dos deveres de casa na outra. Estava usando o vestido vermelho favorito dele, o que tinha o comprimento adequado para a escola, parando logo acima do joelho (outro que herdara de Jules), e passara trinta minutos alisando o cabelo. Por meio segundo, ela considerou adicionar extensões para deixá-lo mais cheio.

*Cheio como o de Maddy*, pensou, mas empurrou essa comparação ridícula para longe.

Entre o baile, o desentendimento com Jules e a escola terminando, Wendy estava à flor da pele, os nervos em frangalhos. Ela tentou manter isso em mente antes de decidir confrontar o rapaz com quem namorava havia três anos.

Kenny virou no corredor e a viu ao lado do armário. Ela não podia ter certeza, mas jurou ter visto um breve lampejo de irritação nos olhos dele. Só imaginação, disse a si mesma. Não tinha dormido bem na noite anterior. A mente estava cheia de cafeína e a boca, de perguntas.

— Oi. E aí? — suspirou ele, dando um beijinho na bochecha dela. Wendy sorriu, se inclinando para os lábios dele, e esperou por uma explicação. Ele tinha que ter estado ansioso com a falta de mensagens e a ligação de boa noite. Ela não estava com raiva, mas vê-lo tirar os livros da mochila como se não se importasse com nada a fez semicerrar os olhos, a boca formando uma linha tensa.

Incapaz de se segurar por mais tempo, ela disse:

— Você foi a um encontro com a Maddy?

Kenny congelou, inclinando a cabeça de lado com uma sobrancelha erguida, como se perguntasse se ela estava falando sério.

— Eu não chamaria de encontro. — Ele riu. Uma risada desconfortável. Cheia de culpa. — Só tomamos milk-shakes depois da escola.

Wendy permaneceu calada. Ela fazia isso quando não queria expressar que algo a estava incomodando, preferindo esperar que ele descobrisse sozinho. Deixava Kenny irritado. Não que ele já tivesse dito, mas ela notava as caretas e o revirar dos olhos.

Kenny percebeu o silêncio dela e apertou os lábios em uma linha fina.

— O que foi? Você não espera que eu leve uma garota que nem conheço ao baile sem sequer conversar com ela antes, né?

Só que todos já conheciam Maddy. Desde o dia em que ela chegou no sétimo ano, com aqueles óculos grossos, as meias até o tornozelo com babados, a saia abaixo do joelho e o mesmo suéter marrom que usava até hoje.

Algo indomado ameaçou escapar. Wendy engoliu em seco e fingiu um sorriso. Tinha que permanecer no controle. Não podia deixar as últimas semanas destruírem tudo que havia trabalhado para conquistar.

— Não. Claro que não — disse ela, a voz aguda. — Fiz um shake de proteína para você.

— Ah, legal. — Ele sorriu. — Obrigado, amor.

Wendy riu de si mesma. Não conseguia acreditar que havia alimentado aquele pensamento delirante. Claro que ele não estava interessado em Maddy! Era *ela* que ele amava. Faria qualquer coisa que ela pedisse, incluindo levar uma garota aleatória ao baile. Além disso, os dois tinham planos — um futuro. E ela não ia perdê-lo para a porra da Maddy Washington.

## FOI A MADDY
EPISÓDIO 7, CONT.

>Tanya: Quando a energia foi desligada, a usina estava em perigo de fusão nuclear?
>
>Dr. Ron Englert: Bem, sob circunstâncias normais, não.
>
>Michael [narrando]: Este é o dr. Ron Englert, um físico na indústria de energia nuclear. Ele fazia parte da Comissão de Springville, investigando incidentes ocorridos na usina durante a Noite do Baile, que foi encerrada antes que concluíssemos a investigação.
>
>Dr. Englert: A perda de poder não foi necessariamente um problema, já que há procedimentos nos quais os reatores vão desligar

automaticamente. Mas esta é a questão: reatores nucleares modernos não podem se alimentar sozinhos. Eles precisam de rede elétrica. Portanto, toda usina nuclear tem geradores reserva a diesel. No caso de uma interrupção, eles mantêm o combustível resfriado e o combustível irradiado coberto com água por um determinado número de horas até que a energia possa ser restaurada. Por alguma razão inexplicável, nessa situação, os geradores reserva falharam e o sistema se recusou a reconhecer o comando de desligamento automático. Assim, com rejeição de carga, falta de desligamento e insuficiência de geradores reserva, o sistema de resfriamento começou a se dissolver e o reator passou a ter vontade própria. Quando isso aconteceu, os supervisores foram alertados e todos estavam prontos.

Tanya: Parece grave. Por que não evacuaram a cidade?

Dr. Englert: A indústria de energia nuclear define as emergências de acordo com quatro níveis de gravidade: evento incomum, alerta, emergência local e emergência geral. Eles alertaram as autoridades locais, que estavam, naquele momento, sitiadas no baile. Tocaram a sirene de emergência e usaram o rádio e as redes sociais para orientar todos a se abrigarem, tentando reduzir qualquer possível exposição à radiação. Mas, a essa altura, a maioria dos cidadãos de Springville estava nas ruas observando os incêndios, esperando o retorno de seus filhos ou na comoção do acidente.

Tanya: Então como isso se relaciona com a Maddy?

Dr. Englert: Quero falar em termos gerais aqui porque, bem, não sei como descrever o que aconteceu. Mas, com base em minhas descobertas, parece que os reatores foram atraídos para alguma coisa… como por algum tipo de ímã, fazendo com que o núcleo superaquecesse, resultando em níveis progressivamente perigosos. Quando, mais tarde, pudemos montar uma linha do tempo com todos os eventos que ocorreram durante a noite, notamos que esses níveis crescentes coincidiram diretamente com a localização de Maddy. Quanto mais perto ela chegava da usina, mais a usina queria estar perto dela. Verifiquei os registros, e os únicos outros incidentes da história, em escala bem menor, claro, foram em 23 de junho de 1996 e em 7 de agosto de 2008.

Michael [narrando]: Essas datas coincidem com o dia em que Maddy nasceu e o dia do "incidente dos pássaros".

Dr. Englert: A comissão se recusou a reconhecer essas descobertas, pois ia contra a imagem que eles estavam tentando construir. Olha, sou um homem da ciência e estou nesta indústria há mais de trinta anos. Então, assim como você, Tanya, fui cético em relação a carros voadores e garotas com poderes. Mas digo tudo isso porque acredito que, se Maddy tivesse sobrevivido e chegado a menos de um quilômetro daquela fábrica… não haveria uma alma viva num raio de oitenta quilômetros para contar a história.

*27 de maio de 2014*

Kenny foi para casa coberto de suor e exausto até os ossos. O pai havia deixado um treino para ele na academia, com um personal trainer — em preparação para a primeira temporada no Alabama e para o resto de sua vida. Wendy tinha se sentado no canto da sala dos pesos, dando apoio moral. O grude dela era sufocante às vezes, mas ele também se sentia um babaca completo por pensar assim. Qualquer cara daria tudo para ter uma namorada como ela.

Então por que ele não conseguia parar de pensar em Maddy?

Desde o dia do Dairy Queen, a mente de Kenny estivera repetindo sem parar a conversa que tiveram. Ele gostou de saber que a língua da garota podia ser afiada e da forma como ela o repreendeu por xingar, sem tentar dar as respostas que pensava que ele queria ouvir. Por fora, ela parecia bastante assustada, insegura e terrivelmente desatualizada. Mas Kenny também reconhecia algo enterrado bem fundo — uma fagulha, um anseio. Ela não precisava ser salva nem mudar, podia lidar com o mundo sozinha. Ele se sentiu por dentro do segredinho dela. E em uma cidade como a deles, ele geralmente não podia se dar ao luxo de ter segredos. Não com todos observando cada um de seus passos.

Uma carreira no futebol americano significava se resignar a interagir com uma quantidade infinita de gente puxa-saco, falsa e sanguessuga. Mas o que Kenny não havia percebido, até tomar aquele milk-shake, era quanto desejava uma conexão com alguém com quem pudesse ser ele mesmo por completo. Alguém que não soubesse nada sobre ele antes de se conhecerem. Alguém exatamente como ele, separado da própria raça, forçado a fingir. Alguém como Maddy.

*Por que ela não ligou ainda?*

Toda vez que o celular tocava, Kenny dava um pulo, atendendo a números desconhecidos, esperando ouvir a voz dela do outro lado da linha. Ele conferiu o e-mail várias vezes e pensou em mudar a rota para passar pelo armário dela. Mas teria sido demais.

Kenny entrou no quarto e viu um exemplar de *Autobiografia de Malcolm X* escapando sob o travesseiro. Ver o livro fez suas narinas inflarem.

Ele saiu pisando duro pelo corredor e bateu na porta de Kali.

— Entra!

Ela estava sentada na cama, os livros espalhados ao redor. Os quartos dos dois eram drasticamente diferentes — o dela, um santuário cheio de cor, arte, música suave, incenso e velas; o dele, um simples santuário bege para o futebol americano.

— Aqui — disse Kenny, jogando o livro na cama. — Vi que você dobrou as páginas com o Malcolm namorando uma garota branca. Legal. Muito sutil.

Ela deu de ombros.

— Só estou te dando exemplos históricos para ficar de olho.

— A Wendy não é assim. Caramba, por que você é tão cruel com ela? Ela cuida de mim. Me apoia! O que ela fez para você?

Kali fechou o livro com força, o encarando com uma curiosidade divertida.

— Você ama a Wendy mais do que ama o futebol americano?

Ele inclinou a cabeça para trás como se tivesse levado um chute na garganta. Agitado, hesitou antes de se apoiar na porta. A irmã mais nova dele sempre sabia como formular perguntas que o faziam reconsiderar todas as escolhas de sua vida. E era por isso que ele nunca mentia para ela.

— Não sei como responder isso — admitiu ele. Não porque ele não amava Wendy, mas porque o futebol americano parecia tão importante quanto ela, senão seu mundo inteiro. Se ele fosse sincero consigo mesmo, poderia também admitir que, abaixo da superfície, apodrecendo entre o piso, havia ressentimento pela responsabilidade de amar os dois mais do que amava a si mesmo.

Mas o que o assustava mais? Quando parava para pensar em como seria sua vida dali uns anos, nunca via Wendy ao seu lado.

Kali franziu os lábios.

— Tanto faz. Parece que você já seguiu em frente mesmo.

— Como assim? — Ele fez uma pausa. — Pera, tá falando da Maddy?

Kali revirou os olhos e voltou para o livro, virando a página sem olhar para ele outra vez.

— *Rá!* — bufou Kenny, virando-se para ir embora, mas reconsiderou. — Tá, quero saber — disse, fechando a porta. — O que tem de errado com a Maddy?

— *Pfff.* Tudo.

— Tudo o quê?

— Você sabe o quê — devolveu ela.

Kenny revirou os olhos, irritado com o joguinho.

— Sou um atleta burro. Me explique.

Kali fechou o livro com força.

— Então você vai simplesmente ignorar o fato de que, todo esse tempo, ela fingiu ser branca, já que ser negra é claramente um problema.

— Fala sério, ela não é assim.

— Claro. — Kali riu. — Porque você conhece ela tãããão bem.

Kenny cruzou os braços.

— Kali, seja sincera: se você soubesse que ela era negra, teria prestado atenção nela? Teria aceitado ela, tentado ser amiga dela ou pelo menos falado com ela?

Kali ergueu a sobrancelha.

— Eu a teria aceitado se ela reconhecesse seu privilégio de ter a pele clara.

— Privilégio? Jogaram lápis no cabelo dela! Como isso é uma vitória?

— Você não entende — retrucou ela. — A Maddy não tem que lutar contra o mundo inteiro desde que nasceu. Ela terá coisas que eu nunca terei, poderá entrar em lugares com os quais não posso nem sonhar, tudo por conta da aparência. Ela já é considerada mais suave, delicada e sensível. Veja como você mesmo está defendendo ela agora! Ela agiu como se ser negra fosse a pior coisa que já lhe aconteceu e nem percebeu o privilégio que tem.

— Então ela devia ser deixada desprotegida? É você quem sempre diz que devemos nos apoiar. União e essas merdas. Não sou eu quem trata ela diferente por ter a pele clara. É você!

— Quando foi que você apoiou alguém que se parece com você? Nunca te vi na reunião do Sindicato dos Estudantes Negros.

— Ah, então você está com raiva porque eu nunca apareci no seu clubinho negro?

— É mais que isso! E que bom que existimos, ou a escola estaria nos tratando de qualquer jeito.

— Mas como isso ajuda a Maddy?

— Quem liga para a Maddy? Ela vai ficar bem.

Kenny balançou a cabeça.

— Só admite, Kali. Você teria ignorado a Maddy Washington de qualquer forma. Porque por mais que ela seja negra, não é negra o suficiente para você. Assim como eu não sou negro o suficiente para você, e isso é ridículo!

Kali ficou boquiaberta, e então bufou.

— Isso não é verdade.

— É, sim. Não finja que você valoriza a negritude de todos por igual.

Ela se levantou.

— Talvez sim! Isso me faria muito diferente de qualquer outra pessoa no mundo? Kenny, você não acha que jogaram coisas no meu cabelo? Ou que fui alvo de piadas? Ou que me disseram como sou muito articulada ou muito bonita para uma garota de pele escura? Ou acusada de ser muito agressiva por simplesmente expressar uma opinião? Você sabe quantas vezes fui mandada para a sala do diretor desde o jardim de infância, apenas por fazer uma pergunta? Já sofri mil microagressões para cada uma que a Maddy sofreu, mas todo mundo correu para mimá-la. Ela pode ficar chateada e chorar, mas EU? Eu tenho que me controlar e ser forte, mas não forte demais, senão vou, como você diz, "deixar as pessoas sem graça". Deve ser bom poder apenas existir. Então, sim, não estou preocupada com a Maddy porque ela não se preocupou com a *gente*. Além disso, quando ela teve que escolher, escolheu ser branca. Quando perguntaram se ela era negra, a Maddy negou de cara, porque sabe muito bem como os negros são tratados e não quer isso para si.

E ela teve o privilégio de fazer isso enquanto o resto de nós não teve. Não podemos remover nossa pele à noite como se fosse uma fantasia ou alisar nossos cabelos para nos misturarmos. Se pudéssemos, milhares de nós ainda estariam vivos hoje!

O peito de Kali subia e descia, os olhos cheios de fúria. A boca de Kenny estava escancarada. Ele não conseguia acreditar. Por que ela não contara a ele? Estavam zombando dela e ele não sabia? Ou soubera e escolhera ignorar todos os comentariozinhos, e não só os sobre sua irmã, que faziam seu pulso acelerar? Que tipo de irmão não protegeria a irmã mais nova? Ele pensou que jamais teria que se preocupar com Kali. Ela sempre parecera tão forte, durona até. Mas foi aí que ele falhou, presumindo que ela não precisava de ninguém.

Todo mundo precisa de alguém.

Ele se sentou na beirada da cama dela, segurando o livro, pensando em Maddy e no pai dela. A forma como ela ficou tensa só de mencioná-lo. Kenny entendia, mais do que gostaria de admitir, as verdadeiras motivações de Maddy.

— Você está certa — murmurou ele. — Mas... não acho que ela teve escolha em nada disso.

— Todos temos escolhas — cuspiu Kali.

Ele olhou para ela.

— Sério? Você acha que eu escolhi algo nessa casa?

A carranca de Kali suavizou. Ela abriu a boca, mas parou. Os dois trocaram um olhar de irmãos que compadeciam sob o mesmo teto.

— A Maddy escolheu sobreviver — disse Kenny. — Todos fazemos coisas para sobreviver, por apenas mais um dia. Nos calamos e fazemos o que nos mandam fazer, porque é melhor que qualquer outra opção. Você sempre fala sobre querer mudar o mundo. Que tal aceitar a diferença dentro de nosso próprio povo?

Kali balançou a cabeça.

— Kenny, ela... nos traiu com sua negação. Você espera que eu deixe isso pra lá?

— Não. Mas, em vez de ignorá-la, que tal ajudá-la, ensiná-la? Exatamente como você está tentando me ensinar. Sei que não é seu trabalho e que você não é obrigada, mas você é boa em... liderar. Quer dizer, você me fez querer ser melhor.

Kali revirou os olhos quando ele se levantou, puxando-a para um abraço. Ela resistiu no início, mas cedeu. Eles ficaram ali por um tempo, até Kali começar a chorar baixinho no ombro dele. Um choro que parecia estar preso em algum lugar profundo, enterrado sob uma montanha.

— Sinto muito, Kali — disse ele no ouvido dela, apertando-a com mais força. — Sinto muito mesmo.

Maddy estava de joelhos no armário, as mãos juntas em oração. Ela pensou que orar, em um ambiente familiar, a ajudaria a lutar contra a amargura, a escuridão dentro de seu peito e as vozes pouco familiares gritando em sua cabeça.

Mas, quanto mais orava, mais suas orações pareciam ocas e vazias. Que consolo Deus já lhe trouxera? Quando Ele a salvara da ira de Papai, do inferno na escola? Por que Ele não salvara todas aquelas pessoas protestando ou sendo enforcadas em árvores, sequestradas em navios negreiros? Onde estava a salvação que Ele prometera? Onde Ele estava?

*Ele nunca esteve aqui*, sibilou uma voz dentro dela, vibrando como o toque de um sino de igreja. Os tentáculos desses pensamentos sombrios envolveram cada canto da casa enquanto a cruz pendurada acima dela caía no chão. Com um gemido, ela abriu os olhos. Olhou para a colagem de fotos de mulheres que Papai queria que ela fosse, as bordas desgastadas. Ela se levantou e puxou o canto de uma foto, expondo a madeira escura por baixo com uma estranha marca de queimadura. Continuou puxando, expondo todo o alcance das marcas, e recuou. Havia símbolos esculpidos na parede — círculos com estrelas de cinco pontas, uma cabeça de bode, letras desenhadas ao contrário, linhas e cruzes bifurcadas.

Ela levou vários segundos para compreender.

*Mamãe era satanista?*

— Não — arfou Maddy, devolvendo as fotos à parede, tentando endireitá-las com as costas das mãos e apagá-las da mente. Ela saiu cambaleando do armário, batendo a porta atrás de si.

Não podia acreditar. Não ia acreditar. O poder dela era um dom, não algo maligno. A mãe dela era linda, pura e a amava. Era o que dizia no diário que deixara. Bem, de forma indireta. Ela pegou o diário de novo e se sentou na cama.

*A escuridão dentro do seu sangue vai torcê-la até secar. Mas as lições são aprendidas na dificuldade.*

Ler os pensamentos de sua mãe era como nadar no melaço em direção a memórias profundamente implantadas. Maddy se perguntou se sua mãe teria murmurado essas palavras enquanto ela flutuava em seu útero.

*Você nasceu em uma cúspide, o sorriso das estrelas. Isso lhe dá grande poder. Você é mais do que simplesmente canceriana, mais do que só geminiana. Você é uma força combinada, feita com o tipo de magia que ninguém poderia roubar, mesmo que tentasse. Você, minha filha da lua, brilha mais forte na escuridão. Ria das débeis tentativas deles de apagar a sua luz. Deixe sua lua aproximar os oceanos para que eles possam se curvar a você.*

Mas o que tudo isso significava? Canceriana? Geminiana? Luas? Oceanos? Os pensamentos dela explodiam, colidiam e se entrelaçavam conforme ela virava cada página, tentando entender os enigmas. Eram as palavras de uma louca? Uma satanista? Teria Maddy herdado a loucura de sua mãe? Era aquela loucura que a fazia se apaixonar por um garoto que jamais poderia ter? Não parecia loucura; parecia sagrado e inevitável. Mas o que Kenny acharia do dom dela? Ela não aguentava imaginar.

Enquanto se aproximava do fim do diário, Maddy não se sentia mais próxima da mãe, apenas mais confusa. Será que a mãe dela sabia de todos aqueles protestos violentos? Tinha participado de algum?

*Por que ela não matou todos eles?*, sibilou a voz. *Devia ter matado todos eles!*

— Não diga isso — choramingou Maddy e virou uma página.

*As estrelas dentro de você a guiarão, sustentarão e nutrirão. Há poder em se conhecer. 7:38. 23/6.*

Maddy endireitou a postura. Vinte e três de junho... seu aniversário.

*Quando você sentir que precisa correr sem parar, estarei onde a terra baixa encontra o mar. Até lá, voarei até você, sempre que puder.*

Como a mãe poderia ter escrito o aniversário de Maddy em um diário amarrado aos pés de sua cama se ela morreu ao dar à luz?

A menos que a mãe dela não tivesse realmente morrido. Mas, se não estava morta, o que tinha acontecido com ela? Onde estava?

Maddy fechou o diário, atordoada. Desceu as escadas e encarou a porta do escritório de Papai.

Tudo que ela achava que sabia não fazia mais sentido, mas tinha uma certeza inabalável de que sua mãe nunca a teria abandonado; teria lutado por ela. Se sua mãe estivesse viva e ainda por perto... A vida de Maddy teria sido muito diferente. Ela teria sido protegida de Papai, dos alunos da escola, não ficaria tão sozinha, teria conhecido o amor verdadeiro. A ideia da existência potencial que ela havia perdido, um sonho adiado... a fez perder o fôlego. Algo devia ter acontecido com a mãe dela. Mas o quê?

Maddy encontrou Papai ajoelhado na sala de estar, entre as fitas, os pôsteres de filmes e as velas, rezando. Fazia dias que Papai não falava com Maddy. Nem tinha olhado para ela. O almoço que ela preparara, salada de ovos com pão de forma e uma garrafa térmica de sopa de tomate Campbell — a favorita dele —, permanecera intacto.

Ela não queria contar a ele sobre o diário. Ainda não. Mas tinha perguntas que somente ele poderia responder.

— Papai, preciso que você fale comigo.

Papai murmurava suas orações para o teto, uma imagem de Jesus o encarando.

— Não sou má. E não estou tentando te machucar ao ir ao baile. Quero obedecer. Mas... também quero começar a ter uma vida normal.

Ele cantarolava, se balançando para a frente e para trás.

— É só que, Papai, todo mundo sabe sobre mim agora. Então não temos mais que nos esconder. Podemos ser pessoas normais. Eu quero ser uma pessoa normal. Temos que começar a tentar ser como todo mundo.

Papai parou de murmurar e a encarou.

— Por que eu ia querer ser como todo mundo? — cuspiu ele.

Ao menos uma vez, ela quase apreciou a atitude dele. Quase.

— Saia da minha casa, bruxa — sibilou ele, raivoso.

— Papai — arfou ela.

Ele grunhiu, se levantando, os joelhos estalando, e ela se deu conta de quão velho ele parecia. Como se os últimos dias o tivessem envelhecido.

— Você não é minha filha! — gritou ele, cuspe voando de sua boca. — A minha era boa e pura, e você não pertence a esse lugar! Se não sair, vou te arrastar pra fora!

Maddy o encarou, de coração partido. Para onde iria se Papai a expulsasse? Para onde poderia ir? Ela não tinha família nem amigos. Aquela casa era o único mundo que conhecia. Ela não havia mudado tanto assim e ainda era a filha dele.

Mas então pensou no diário da mãe e percebeu que... Papai mentira para ela. Sobre tudo. Ele dissera que a mãe morrera ao dar à luz, que Maddy a matara ao sair do útero dela. A culpa devorara seu senso de autopreservação, tornando-a ansiosa por agradá-lo, fazendo-a implorar por seu amor. E ela o odiava por isso.

Com as unhas cravadas nas palmas das mãos, ela suspirou.

— Isso não vai acontecer — disse, a voz afiada e calma. — Sou sua filha. Eu poderia dizer muito a seu respeito se você me expulsasse. É isso o que você quer?

Papai apenas a encarava, sem piscar.

— Diga alguma coisa.

Ele semicerrou os olhos, como se avaliasse a ameaça.

— Papai, diga alguma coisa! — gritou ela, as lágrimas descendo pelo rosto.

Nada.

Maddy ergueu o queixo para encará-lo, o sangue fervendo. O relógio parou de funcionar. Ela ergueu a mão e estalou os dedos. Todas as velas da casa se acenderam, as chamas disparando alto. Papai arregalou os olhos com a cena, boquiaberto. As velas da igreja do pai dele derreteram no tapete verde. Ele deu um passo cambaleante para trás, balançando a cabeça, murmurando orações.

Maddy estalou os dedos novamente e as chamas se apagaram.

Fumaça girava na sala. Com a respiração pesada, Papai lutou para encontrar a voz.

Maddy assentiu, satisfeita consigo mesma, e entrou na cozinha. Ela colocou o pente, o gel e as presilhas sobre a mesa e acendeu o fogo sem tocar no fogão.

Era hora de arrumar o cabelo.

# **CATORZE**

*28 de maio de 2014*
CHRIS DEU UM salto no ar e pegou a bola com as mãos.
— Caramba! O cara é bom — gritou Kenny, batendo palmas.
Chris riu, correndo de volta para o meio do campo.
Os caras queriam um jogo amistoso depois da escola, mas Kenny tinha ordens estritas de não se envolver em nada que pudesse causar uma lesão antes do treinamento. Então eles se contentaram em jogar a bola de um lado para o outro, recrutando alguns outros companheiros de time para se juntar a eles. Kenny tirou um momento para apreciar o fato de que seria a última vez que eles dividiriam um campo e, para ser sincero, ele sentia falta da simplicidade de jogar com seus manos. Eles estiveram juntos nas últimas quatro temporadas.
Chris jogou a bola para um Jason emburrado.
— Ainda não entendi por que não podemos jogar um amistoso — disse Jason, a voz dura.
Kenny deu de ombros, sorrindo.
— O treinador disse que não posso. Você sabe como é.
Jason semicerrou os olhos. Ele não sabia como era. Provavelmente ia ficar sentado a primeira temporada inteira.
— Tanto faz — murmurou, jogando a bola para Kenny.
Kenny a agarrou, semicerrando os olhos de volta. *Qual o problema dele?*
Sempre mediador, Chris olhou de um para o outro.
— Hãāā... mas e aí, vocês já alugaram seus smokings?
Kenny tirou os olhos de Jason e jogou a bola para Chris.
— Hã... não. Eu estava esperando que a Maddy me dissesse qual vai ser a cor do vestido dela, mas acho que devia reservar logo um todo preto.

— Você comprou um corsage pra ela? Minha mãe surtou quando falei que não fiz isso. Tipo, como vou saber de todas essas regras idiotas?

— Pois é. — Kenny riu. — Minha mãe vai encomendar o corsage e um daqueles trecos com flor que você prende na lapela.

— Não é a garota que tem que comprar isso? — perguntou Chris.

— Sim, mas minha mãe disse que ela provavelmente não vai saber disso por causa do pai dela, e bem… acho que não quero que ela gaste dinheiro comigo.

Maddy *ainda* não tinha enviado um e-mail ou ligado. Ela não estava interessada em conhecê-lo também? Algumas garotas dariam tudo pela chance de ficar a sós com ele. *Mas Maddy não é como as outras garotas*, pensou ele. Ela era diferente.

Ele gostava de coisas diferentes.

— Ah, isso é bem legal, mano — disse Chris. — Ih, você está prestes a proporcionar a melhor noite da vida dela!

Kenny sorriu. Por que a ideia de fazê-la feliz o deixava se sentindo tão… bem?

— Mano, você não acha que tá exagerando?

Os garotos se voltaram para Jason.

— O quê? — gritou Kenny.

Jason jogou a bola.

— A gente entende, tá? Você é a merda do menino de ouro da cidade. Agora está levando a menina rejeitada ao baile. É um pouco demais, não acha?

Kenny revirou os olhos.

— Tanto faz, cara. Presta atenção no seu jogo e pare de se preocupar com o meu. — Ele jogou a bola de volta para Jason com toda a força, sabendo que ia machucar as mãos dele.

Jason o encarou e então deu uma risadinha, jogando a bola de volta.

— Ah, entendi agora — disse ele, sorrindo. — É como aqueles caras que aceitam ir a encontros por pena, como levar débeis mentais para o baile, daí eles parecem um herói e tal. Garotas adoram essa merda! Boceta garantida.

Kenny deixou a bola escapar da mão, passou por cima dela e marchou pelo campo em direção a Jason.

— Que porra foi essa que você falou?

— Ah, cacete — disse Chris, correndo para ficar entre eles. — Gente? Pera aí!

Jason riu.

— Relaxa, mano. Tô só brincando.

Kenny correu até ele para encará-lo de perto.

— Não chama ela disso.

Jason se afastou com um olhar incrédulo.

— Tá falando sério? Foi só uma piada!

— Não importa, porra. Não chama ela assim — disse ele, o tom sério.

Chris balançou a cabeça.

— É, cara, não foi legal.

Jason semicerrou os olhos e jogou as mãos para o ar.

— Quer saber? Tô cansado dessa merda — cuspiu, apontando para Kenny. — Desde que você entrou na Alabama, está de nariz em pé, se achando melhor que todo mundo. Agora tá usando a Maddy pra aparecer. Que monte de merda. Ela nem merece ir ao baile.

Kenny bufou.

— Cara, o que a Maddy fez pra você?

— O que ela fez? Ela fez a Jules ser expulsa da escola e da faculdade!

— Foi a própria Jules quem se expulsou da escola — devolveu Kenny.

— E ela ferrou o baile completamente.

— A Jules ferrou o baile com aquele lápis! A Maddy não teve nada a ver com essa merda!

Exasperado, Jason olhou para o céu com um grunhido.

— Mano, por que de repente você está defendendo ela? — Então se deu conta, e sorriu. — Ah, entendi. Agora que sabemos que a Maddy é negra, você está tentando...

Uma faísca surgiu nos olhos de Kenny. Ele deu outro passo ameaçador à frente.

— Tentando o quê? Hein? Fala!

Jason ficou de boca fechada, mas seus olhos riam. Riam dele.

— Gente, relaxa! — gritou Chris, ficando entre eles. — O Jason tá só brincando. Né, Jason?

Kenny retesou a mandíbula, o coração disparado. Os dois estavam imóveis, se encarando.

— Né, Jason? — repetiu Chris.

Jason inclinou a cabeça de lado e sorriu.

— É. Isso aí.

Chris se virou para ele.

— Viu? Tá tudo bem.

Kenny recuou vários metros, avaliando seus amigos.

Aqueles que ele achava que conhecia, que eram seus irmãos. E agora não queria nada com eles.

Kenny balançou a cabeça e acenou para eles com desdém.

— Tanto faz, cara.

Jason revirou os olhos enquanto Chris tentava ir atrás de Kenny.

— Mano! Kenny, espera!

Mas ele já tinha ido embora, disparando de volta para a escola, pelos corredores quase vazios. Todo mundo já tinha sido liberado. Parou perto dos armários dos calouros, ofegante. Não sem fôlego, mas com raiva. Com o peito arfando, ele andava de um lado para o outro, estalando os nós dos dedos, pronto para acertar qualquer coisa que se movesse.

*Maddy.*

Kenny se endireitou. O nome surgiu em sua cabeça e atingiu um nervo, provocando questionamentos — ela está bem? Onde ela está? Eles estão mexendo com ela de novo? Ele engoliu em seco e caminhou pelo corredor.

*Maddy.*

Fechou os olhos com força, tentando afastar seus pensamentos dela. Mas talvez... Talvez ele pudesse passar na loja ou na casa dela só para ter certeza de que estava bem. Não havia mal nisso. Ele caminhou mais rápido, determinado a entrar no carro para procurá-la.

*Maddy.*

O ar ficou mais denso. Ele quase podia sentir o cheiro dela, sentir a mão fria dela em sua palma. Virou num corredor no final da biblioteca, movendo-se com urgência.

E lá estava Maddy, sentada em um dos computadores, de costas para a porta. As pernas dele congelaram. Vê-la foi como mergulhar em uma poça de água gelada. Ela não estava em perigo. Estava bem, assistindo a alguns vídeos no YouTube, filmagens em preto e branco do movimento pelos direitos civis, mangueiras de água sendo direcionadas para os manifestantes.

*O que ela está fazendo?*

Maddy se endireitou na cadeira e girou, olhando diretamente para Kenny. Ele pulou, se afastando da porta.

— Merda — murmurou.

Maddy andou até o corredor.

— Kendrick?

— E aí? — disse ele, tentando soar despreocupado, como se não a estivesse espiando como um maluco.

Ela o observou de testa franzida.

— O que aconteceu? — perguntou, abraçando o próprio corpo.

— O que te faz pensar que aconteceu algo? — perguntou ele, forçando uma risada.

Ela se contorceu.

— Só… uma sensação.

E ele achando que estava disfarçando bem. Com um suspiro profundo, ele se apoiou em um armário.

— Sabe, ninguém além de você me chama de Kendrick — admitiu com um sorrisinho.

— Ah — balbuciou ela. — Desculpa.

— Não, é legal! Gosto do meu nome. Sempre gostei.

— Então por que Kenny?

Ele deu de ombros.

— Acho que é mais fácil falar.

— Mais fácil para quem? — perguntou ela, mas algo em sua expressão deixou claro que já sabia a resposta, e ele gostou que eles já estivessem lendo a mente um do outro.

Maddy parecia diferente. Ainda com uma saia longa azul-marinho, mas sem suéter, seus braços magros expostos em uma camiseta branca masculina, larga em seu corpo ossudo. Ele não conseguia se lembrar dela se vestindo assim, tão… casual.

Kenny olhou para o corredor, aliviado por ninguém tê-lo seguido e por estarem sozinhos. Não queria estar perto de seus amigos ou mesmo na escola que o reverenciava. Ele se voltou para Maddy.

— E aí, quer meter o pé daqui?

\* \* \*

Kenny acelerou pela Old Millings Road, uma estrada de pista única a quilômetros de distância da cidade. Sua passageira olhava pela janela, observando a rota cênica — as exuberantes montanhas cobertas de árvores, arbustos verdejantes, pontes de cabos e desfiladeiros estreitos pelos quais passaram. Ele aumentou o volume da música e baixou as janelas. O ar que entrava cheirava a primavera, madressilva e novidade. O cabelo de Maddy esvoaçava, mas ela não se esforçou para domá-lo. Apenas recostou-se e aconchegou-se no assento com um suspiro satisfeito. Kenny observou seus fios dançarem ao vento como se estivessem se movendo em câmera lenta e achou difícil se concentrar na estrada. Ela se virou, encontrou o olhar dele com intensidade e deu a ele um sorriso que parecia ter o calor de mil sóis. A tensão aliviou nos ombros dele enquanto sorria de volta, fascinado por como apenas estar perto dela o acalmava e o excitava.

Atrás deles, uma velha caminhonete azul acelerou na curva, ganhando velocidade. Kenny ficou tenso quando um caminhão passou por eles à esquerda, sua enorme bandeira confederada balançando ao vento, um cervo de olhos arregalados na caçamba, a boca aberta de horror. Não era temporada de caça. Os três passageiros com óculos escuros combinando acenaram para ele. Kenny endireitou-se, colocou as mãos no volante e acenou de volta. Em qualquer outro dia, ele não prestaria atenção neles. Já tinha visto muitas dessas bandeiras da Klan antes, até mesmo nos carros dos pais de seus amigos. Mas dessa vez, por alguma razão inexplicável, seu peito apertou. Não era só ele no carro. Estava com Maddy. E precisava... Não, *queria* mantê-la segura. Ele desacelerou, colocando o máximo de distância possível entre eles. Maddy não pareceu notar. Estava apenas curtindo o passeio.

Depois de mais três quilômetros, Kenny fez uma curva fechada à direita na floresta. Dirigiu por uma estrada não pavimentada e parou em uma clareira que servia de estacionamento.

— Chegamos — disse ele, descendo da caminhonete e dando a volta para abrir a porta dela.

— Trilha? — perguntou Maddy com uma expressão curiosa, acenando para a placa.

— É bem reta — disse ele, reparando nas sapatilhas pretas de balé dela e pegando um colete laranja de caçador no banco de trás. — Vamos. Quero te mostrar uma coisa. Confia em mim, vai valer a pena. Mas, aqui, veste isto primeiro.

Maddy encarou o colete, de sobrancelhas franzidas.

— Por quê? Diz que é proibido caçar.

Ele pensou no caminhão que passou, na bandeira confederada e na vítima na caçamba.

— É só que... melhor prevenir.

O que Kenny realmente queria dizer era: somos negros e eles vão usar qualquer desculpa. Mas não tinha certeza de como ela entenderia isso ou quais regras não ditas ela conhecia.

Maddy ergueu uma sobrancelha, pensando, então lentamente descruzou os braços e pegou o colete, vestindo-o. Kenny pegou sua mochila e trancou o carro.

*Isso não é traição*, ele disse a si mesmo enquanto a levava para a trilha. Estava apenas conhecendo seu par do baile de formatura. Aquele de quem todos o acusaram de se aproveitar, de alguma forma. Aquela era apenas outra maneira de se conhecer sem que todos estivessem olhando. Nada de errado nisso.

Maddy tropeçou desajeitadamente na trilha, guinchando um pedido de desculpas toda vez que ele a segurava pelo braço. Kenny apenas ria. Não que estivesse rindo dela. Ele achou muito adorável.

Eles caminharam em silêncio, o que por algum motivo era confortável. Ele não deveria dizer algo? Fazer mais perguntas a ela? Mas ele sinceramente não sentia a necessidade. Na verdade, se sentia em paz.

A trilha sonora da mata substituiu a música dele. Pássaros cantavam e insetos coaxavam ao redor deles, a trilha sombreada por altas sempre-vivas, os pés dos dois triturando folhas e galhos caídos. Maddy movia a cabeça de um lado a outro, olhando para cima e para baixo. Ela parecia fascinada por todos os aspectos da natureza. Ele se perguntou se ela já havia feito trilha antes ou mesmo estado na floresta. *Não pode ser a primeira vez*, pensou. Mas ele não conseguia se lembrar dela em uma única viagem escolar ou acampamento de verão.

O som da água ficou mais alto. Maddy olhou para ele, incerta.

Kenny deu um sorriso tranquilizador.

— Fica ali na frente.

Eles chegaram a uma clareira na trilha, onde o caminho descia para uma estreita ponte suspensa sobre um riacho barulhento, cercada por rochas cobertas de musgo, juncos, arbustos exuberantes e flores silvestres.

Maddy parou, boquiaberta.

— Uau.

Kenny sorriu e caminhou na frente.

— O pai do Jason nos trouxe para acampar aqui quando estávamos no ensino fundamental. Sempre me lembro de ter passado aqui.

Ele deu um passo na ponte, e ela tremeu, os cabos rangendo. Maddy deu um pulo para trás, respirando rapidamente.

— Não, tá tudo bem — disse ele, estendendo a mão para ela.

De olhos arregalados, ela mordiscava o dedão, balançando a cabeça.

— Confia em mim — disse ele, oferecendo a mão. — A vista é melhor de lá.

Maddy examinou o cabo, prendeu o cabelo atrás da orelha e olhou para o caminho de onde vieram.

*Por favor, não esteja com medo de mim*, pensou Kenny, com o coração apertado.

Ela encontrou o olhar dele e deu um passo cauteloso para a frente antes de segurar sua mão. Ele sorriu internamente enquanto enlaçava seus dedos, sentindo um formigamento na palma da mão, e a conduziu para a ponte, o metal chacoalhando. Caminharam um atrás do outro até o meio, onde ele parou e colocou a mão dela no corrimão.

— Viu?

A água escorria sobre as rochas, acumulando-se sob a ponte, a superfície escura e lisa. Maddy respirou fundo, relaxando o corpo, e viu um par de borboletas passar voando.

— Me lembra uma pintura de Norman Rockwell — sussurrou ela. — As pessoas pescam aqui? Como o Huckleberry Finn?

— Hã, provavelmente. É água de nascente, vem das montanhas.

— Hmm. A água é algo tão lindo.

Kenny ficou ao lado dela, desejando tocar a mão dela de novo.

— Venho aqui quando quero pensar. Limpar minha mente. Me concentrar no objetivo. — Ele olhou para ela. — Orar.

Maddy se concentrou na água, os lábios se entreabrindo. Kenny imediatamente se sentiu ridículo por ter feito o comentário sobre a oração. Nem sabia por que tinha dito isso. Talvez para impressioná-la, mas por que estava tão preocupado em impressioná-la?

— Meu pai construiu um armário de oração para mim — disse ela, soando um pouco distante. — Acho que é lá que eu penso.

— Parece legal.

Ela suspirou.

— Isto… é mais legal.

Ele avaliou o humor dela e entrelaçou os dedos nos dela.

— Vem.

Kenny a conduziu pela ponte até algumas rochas planas à beira da água. Sentaram-se lado a lado em silêncio. Se Maddy percebeu que ele a encarava, não demonstrou. Ela parecia mais hipnotizada pelo som tranquilo da água corrente e da brisa sussurrando por entre as árvores. Parecia que eles eram os únicos dois seres restantes em um planeta totalmente diferente. A enormidade de estar tão sozinho com ela de repente o atingiu. Constrangido e nervoso, Kenny começou a se questionar.

*O que caralhos eu estou fazendo? Isso é loucura. Eu nunca trouxe Wendy aqui!*

— Eu… hã, li sobre futebol americano — murmurou ela, encarando os próprios dedos. — É um jogo muito complicado. Violento.

Ele deu uma risadinha.

— É, às vezes é, mesmo.

— Você não tem medo de se machucar?

— O tempo todo.

— Então… por que joga?

— Porque amo! A adrenalina, a complicação, a violência, meu time. Só odeio todo o resto que vem com isso.

Maddy inclinou a cabeça de lado.

— Tipo o quê?

— Bem, tipo não ter minha própria vida. Não pertencer a mim mesmo. Toda conversa é sempre sobre futebol americano e sempre tem alguém puxando meu saco em relação ao futebol americano. Nem posso comer um pedaço de pizza sem ter algo a ver com o jogo. Sinto falta de quando era só eu e os caras passando a bola por diversão. Amo o jogo, quero jogar pelo resto da minha vida, mas não pedi por toda essa merda!

Kenny estremeceu ao perceber que havia falado demais e teve medo de olhar para ela. Mas Maddy encontrou seu olhar, encarando-o com uma estranha ternura. Não pediu que explicasse melhor nem o julgou como ingrato. Ele poderia ser totalmente sincero com ela. Isso fez com que a tensão em seus ombros relaxasse.

— Tá com fome? Tenho um sanduíche aqui.

— Sim, obrigada — disse ela com um sorriso de agradecimento.

Ele pegou o sanduíche que Wendy tinha feito para seu treino na academia, que ele planejava faltar, e torceu para que ela não tivesse acrescentado aquelas pimentas estranhas como da última vez. Não sabia se Maddy gostava de comida picante. Além de milk-shakes, não sabia que tipo de comida ela gostava. Mas poderia aprender. Queria aprender.

Maddy deu uma mordida cautelosa, como um coelho.

— Presunto e queijo — observou ela. — É seu favorito?

— Não. — Kenny riu. — Meu favorito é pasta de amendoim e geleia. Posso comer uns cinco sem problema nenhum.

Ela corou, evitando o olhar dele.

— É o meu favorito também.

— Sério? Tá, geleia de uva ou morango?

— Só temos uva lá em casa.

— O quê? Não, você tem que provar de morango! Vai mudar sua vida.

— Um sanduíche que muda vidas? Acho que vou ter que provar. — Maddy soltou uma risada que soava como um sino, quebrando o clima de desconforto.

— Posso te perguntar uma coisa? — disse ele, pegando um cabinho de grama ao seu lado.

— Outra além dessa?

Kenny se recostou, assoviando.

— Uau! Maddy Washington, cheia das piadas!

Maddy cobriu o rosto, o pescoço vermelho como um tomate.

— Desculpa! É uma coisa boba que ouvi num programa uma vez.

Kenny estendeu a mão, empurrando gentilmente o braço dela para que pudesse ver seus olhos. Eram olhos muito bonitos. Maddy o encarou, procurando alguma coisa em sua expressão, suas risadas morrendo em silêncio.

— Hã, você ia me perguntar algo — incentivou ela.

Ele piscou e pigarreou.

— Ah, é. Hã, você ia contar para alguém que é negra algum dia?

O sorriso dela desapareceu.

— Não.

— Por que não? Quer dizer, te perguntaram e você mentiu.

— Não teria mudado nada. Ainda não mudou.

Ele deu de ombros.

— Então, como é que é isso? Fingir ser alguém diferente?

Ela ergueu a sobrancelha.

— Eu é que te pergunto.

Em pouco tempo, Kenny vira vários lados de Maddy que não imaginava que existiam.

E então, como uma reação tardia às próprias palavras, Maddy arfou, boquiaberta.

— Desculpa. Ah! Isso foi… quer dizer, eu não quis… ah, eu…

— Não. Diga o que pensa. — Ele tentou manter o tom leve, mas havia uma dureza por trás de cada sílaba.

Maddy se encolheu por dentro, mordendo o lábio.

— Quero que você diga — insistiu ele. — Não guarde para você. Por favor. Já tem gente demais medindo as palavras comigo.

Ela hesitou, torcendo a bainha da saia.

— Bem, é que você não se parece com os outros. E é só que… deve ser tão exaustivo tentar ser como tantas pessoas para tantas pessoas.

Kenny ficou boquiaberto. Como é que ela sabia disso?

— Desculpa. — Ela se encolheu. — Acho que sou péssima tentando ser normal.

Ele bufou.

— Normal é chato.

— É muito fácil para você dizer.

Ele notou uma irritação na voz dela, a atitude defensiva e a falta de humor surpreendentes.

— Acho que o que quero dizer é que… todo mundo que você acha que é normal na verdade não é. Nunca se sabe o que acontece por trás de portas fechadas. — Ele riu. — Não parece, mas sei como é sentir que não pertencemos. Pisar em ovos o dia todo fica chato… né? Mas, como minha tia costumava dizer, "aonde quer que você vá, lá está você"; não dá para fugir de si mesmo.

Um choque de reconhecimento invadiu o rosto dela.

— A verdade é que... você tem razão — admitiu Kenny, encarando a água. — É exaustivo. Porque, não importa o que faça, não dá para fugir do fato de que é diferente dos outros. E depois de um tempo começa a doer, tipo no peito, se forçar a ser uma coisa que não é. Quanto mais velho você fica e mais descobre quanto realmente é diferente, vai se cansando de tentar se misturar. Fica sozinho, mesmo quando está cercado de pessoas, e acaba querendo estar com alguém que seja... como você.

Kenny soltou o ar e se virou para Maddy, olhando para o rosto dela por inteiro.

*Merda, o que eu digo agora?*

Ela guardou o resto do sanduíche.

— Eu... hã, preciso ir para casa daqui a pouco. Preciso começar a preparar o jantar.

Ele sorriu.

— Pera, você cozinha?

— Sim — respondeu ela, tímida.

— Sério? O que você mais gosta de preparar?

E assim, na caminhada de volta para o carro, Maddy contou a ele sobre todos os pratos que adorava cozinhar. Ele escutou, extasiado com o som de sua voz, a mão gentilmente guiando o cotovelo dela enquanto a conversa deslizava pelo espaço entre suas costelas, preenchendo-o.

Wendy estava na escada perto da entrada principal do Celeiro, dando os retoques finais no cartaz impresso que servia de pano de fundo. Ela testou a iluminação, satisfeita com o resultado.

Quando os convidados do baile chegassem, eles caminhariam por um tapete vermelho sob um teto de luzes brancas cintilantes até uma cabine de fotos, depois tirariam uma foto oficial antes de entrar no salão do banquete, onde receberiam cidra espumante e os números de suas mesas. Ela queria que as pessoas se sentissem como estrelas de cinema quando chegassem.

Era como ela ia querer se sentir.

— Perfeito — murmurou Wendy, entrando no salão com a prancheta. Até então, ela tinha feito tudo da lista de tarefas principal, estava apenas esperando que mais alguns pedidos chegassem. As cadeiras do Celeiro, que geralmente ficavam de frente para o palco, estavam empilhadas no canto, deixando o espaço livre para as dezenas de mesas que ficariam ao redor da pista de dança de mármore branco, encomendada a uma empresa local de casamentos.

A mesma que Wendy queria usar no próprio casamento. Um dia.

Os voluntários estavam pendurando diversas peças decorativas confeccionadas pelo clube de arte e montando os centros de mesa. Do outro lado da sala, Kayleigh pintava frases sobre a cabine do DJ e Charlotte enrolava laços de tule azul-marinho e prata nas costas das cadeiras de bambu falso.

— Obrigada de novo por me ajudar com a decoração — disse Wendy, talvez pela décima vez.

Charlotte revirou os olhos.

— Prometi que ajudaria, então aqui estou!

Alguém mexeu na iluminação e as paredes brilharam em azul, luzes dispersas cintilando na pista de dança. Eles estiveram trabalhando para criar o ambiente perfeito, buscando acentuar o tema dinâmico da festa, votado por ambos os comitês do baile.

— Acho que vai ficar lindo — suspirou Wendy.

Charlotte parou para observar a amiga, que estava maravilhada.

— Provavelmente o Celeiro nunca esteve mais bonito — disse Wendy, endireitando um arranjo de mesa. — Sabe, já que dessa vez mais pessoas compraram ingressos e tivemos um orçamento maior. O baile negro nunca teve uma pista de dança antes. Acredita?

— O que eles fariam sem você? — brincou Charlotte. — E, para mostrar todo o meu apoio, Chris e eu viremos a este baile... primeiro.

Wendy sorriu, jogando os braços ao redor dela.

— Sério? Ah, Char, isso é tão bom! Você pode ficar de olho nas coisas, já que eu não posso vir. Obrigada, obrigada, obrigada!

— Tá, tá, tá — murmurou Charlotte, se afastando dela.

Wendy sorriu, e então sua mente vagou para outro lugar.

— Você tem falado com a Jules?

Charlotte hesitou, fingindo focar a tarefa.

— Hã, sim. Tenho, sim.

— Como ela está? — Wendy tentou não soar tão ansiosa por informações sobre sua ex-melhor amiga. Principalmente porque Jules a bloqueara de todas as redes sociais.

Charlotte não a olhou.

— É a Jules, sabe. Mas... ela está muito animada para o baile.

— Você acha que vai ser... esquisito... com todos nós juntos na festa pós-baile?

Charlotte riu alto.

— Claro que vai ser esquisito! Por mil motivos. Você escolheu um belo momento para dar uma de nobre.

Wendy se aproximou.

— Você acha que eu não devia ir, né?

Charlotte suspirou.

— Wendy... vamos ver como a noite vai se desenrolar. Além disso, talvez Jules fique bêbada o bastante para esquecer tudo.

— Ei, Wendy — chamou Kayleigh do outro lado da sala, segurando uma grande caixa prateada. — Onde quer que eu coloque a urna?

— Pode colocar ali na mesa de salgadinhos!

Kayleigh assentiu. Mesmo que não fosse ao baile unificado — Jason havia deixado claro que não era uma opção —, Kayleigh ainda se ofereceu para ajudar a montá-lo. Wendy ficou surpresa por suas amigas estarem sendo tão gentis e atenciosas.

*Viu? Não somos monstros*, ela pensou, e tirou uma foto para o Instagram para que todos pudessem testemunhar a gentileza de seus esforços.

— Ah, caramba. Quase esqueci — disse Charlotte, largando o tule. Ela mexeu na bolsa e acenou com uma pilha de papéis azul-claros, divididos em quatro partes. — Papéis para a votação do rei e da rainha do baile e canetinhas, como prometi.

— Aaaah! Deixa eu ver — cantarolou Wendy, pegando a pilha.

### Vote para Rei & Rainha do Baile
Regina Ray e Vernon Spencer Jr.
Rose Harris e Tom Taylor
Madison Washington e Kendrick Scott
Emily Grey e Pete Smith
Jada Lewis e Will Alexander

Wendy quase não reconheceu o nome, tão acostumada a chamá-lo de Kenny que "Kendrick" não soava familiar de imediato. Mas, quando se deu conta, foi como um soco na cara.

— Hã... Maddy está aqui — disse ela, como se fosse um erro.

Charlotte franziu a testa.

— Bem, sim. Por causa do Kenny.

Wendy piscou, totalmente confusa. Agarrou a pilha com mais força, os nomes parecendo queimar a ponta de seus dedos.

*Kenny + Maddy.*

Ela ergueu o olhar e viu que Charlotte a encarava, esperando.

— Ah. Eu... sim. É, claro — murmurou ela, devolvendo a pilha, irritada por um simples nome ter provocado sentimentos tão profundos. Afinal de contas, era o plano dela, e Maddy ser nomeada apenas o fortalecia. Era para ser uma história de deixar o coração quentinho. Não significava nada. Além disso, ninguém jamais votaria em Maddy.

Charlotte deu um sorrisinho.

— Então, onde você quer que eu coloque?

Wendy girou, ocupando-se com outra mesa enquanto tentava recuperar o controle de sua expressão.

— Hã... acho que você pode colocar em cada mesa.

— Ei, Wendy!

As garotas se voltaram para a porta.

Rashad apontava para a saída.

— As cadeiras do rei e da rainha chegaram.

— Você encomendou tronos? — Charlotte estava boquiaberta.

Wendy a ignorou.

— Pode colocar lá no palco. Marquei o local.

# QUINZE

**FOI A MADDY**
EPISÓDIO 8
"Outra Teoria"

>Caleb Adler: Ouvi dizer que vocês conversaram com o Keating.
>
>Michael: *rindo* É. O cara é uma figura.
>
>Caleb: Sabia que o nome de verdade dele é Bob Smith?
>
>Michael: Sério? Que hilário!
>
>Michael [narrando]: Este é o sr. Caleb Adler, e este é o sr. Kit Bernaski, os principais especialistas da área de telecinesia. Porque, sejamos sinceros, nosso último especialista não nos deu muito material, e eu não podia continuar sem informações com base em fatos.
>
>Caleb: Basicamente todos sabemos a essência do que é telecinesia. Quer dizer, quem não ia querer atrair para si um controle remoto que está do outro lado da sala? Mas, na verdade, telecinesia é bastante espiritual. Todos nascemos com essa habilidade, mas vários fatores, como a natureza ou a criação, podem atrapalhar. Para fazer qualquer objeto se mexer, você precisa ter fé nas suas habilidades de usar esses poderes.
>
>Tanya: Então você está sugerindo que o cristianismo é a chave para a telecinesia? Acreditar no invisível?
>
>Caleb: Jesus disse que podemos mover uma montanha com a fé de uma semente de mostarda.
>
>Tanya: Acho difícil acreditar que Deus, se é que ela existe, daria superpoderes a todo ser humano já criado.
>
>Kit: Ah! Uma cética! Bem, vamos falar cientificamente. Todos os objetos são feitos de átomos. Portanto, mover objetos envolve manipular esses átomos através das quatro forças da natureza: a força forte, a

força fraca, o eletromagnetismo e a gravidade. E todas essas forças são alimentadas pela mente.

Tanya: Então, se isso é algo que todo mundo tem, por que não pode ser provado? A falta de repetitividade impede as pesquisas.

Kit: A telecinesia é uma capacidade humana, e nós, por essência, somos criaturas falhas, sempre em mutação. O mesmo sangue nos meus dedos da mão hoje pode estar nos meus dedos do pé daqui a vinte minutos.

Michael: Então como Maddy conseguia fazer?

Kit: Considerando o que você nos contou, tirando a influência religiosa do pai, a mente dela era uma tela em branco. Ela não interagiu com outras pessoas ou mídias até ter doze anos, portanto não foi exposta ao ceticismo ou aculturação que a forçaria a aderir às normas da sociedade. São condições perfeitas para aprimorar o poder de alguém. Outras qualidades ajudariam, como coordenação muscular, nutrição adequada e ter ferro suficiente em seu corpo, já que ele ajuda com a habilidade de invocar os átomos.

Michael: Espera, ferro? Maddy tinha anemia! O médico prescreveu suplementação de ferro a ela três meses antes do baile.

Kit: Isso explicaria a súbita descoberta, o que tornaria a primeira menstruação dela o catalisador original de seus poderes.

Michael: Uau!

Caleb: Mas... eu gostaria de oferecer uma teoria alternativa.

Michael: Por favor. Sou todo ouvidos!

Caleb: Não tenho certeza de que estamos lidando só com uma garota normal abraçando seus poderes. Veja bem, nós na comunidade de telecinesia entendemos que nossas habilidades podem ser limitadas. Quer dizer, no fim das contas, somos humanos. Mas também sabemos que é quase impossível para um ser humano ter todos os traços macro e micro de psicocinesia conhecidos pelo homem. Então é de se questionar se ela sequer era humana.

Tanya: Ótimo, agora ela é uma alienígena?

Caleb: Não. Mas esse tipo de poder não estaria em uma garota normal. Mais em uma... sobrenatural.

Michael: Sobrenatural?

Kit: O que estávamos dizendo é… considerando tudo que sabemos e ouvimos, Maddy Washington parece ter todas as características de uma bruxa.

Tanya: Ah, para!

Kit: Pensa só, a habilidade de invocar poderes, controlar fogo, dobrar metal, os pássaros… tudo indica.

Michael: Eu estou… estou… nem sei dizer o que estou. Vocês acham que ela sabia?

Kit: Acho que ela tinha a sensação de que havia "alguma coisa". Por isso estudava telecinesia. Mas, se ela era uma bruxa, a intensidade de seus poderes pode ter se manifestado apenas em um cenário de extrema coação e necessidade de se proteger.

Michael: Como o baile. Caralho!

Caleb: Pensa só. Uma garota com tanto poder bruto, inexplorado e indomável, pensando inocentemente que estava apenas aprendendo sobre telecinesia. Mas isso era o equivalente a estudar um livro de matemática para um exame de francês. A concentração errada abriu uma caixa de Pandora para a qual ela não estava preparada.

Kit: E há também aquele som de alta frequência que os alunos só ouviam quando ela usava seus poderes. Um disse que era como o guincho de um microfone, não foi? Ela poderia estar, sem saber, se comunicando via telepatia. Mas, sem orientação, ela era como um microfone perto demais de um alto-falante. Isso também explicaria os pássaros. Em 2011, mil pássaros pretos foram encontrados mortos em Arkansas devido a uma onda sônica silenciosa que distorceu os sentidos deles.

Michael: Uau. Simplesmente… Uau. Tanya, diga alguma coisa!

Tanya: Nem sei por onde começar. Como é que se prova algo assim?

Caleb: Um poder assim nasce com a pessoa. Definitivamente, é um traço herdado. Eu sugeriria traçar a linhagem dela.

Michael: Bem, com certeza não veio da família paterna. Eles eram protestantes devotos.

Kit: E a mãe dela?

Michael: Amostras de DNA dos registros médicos traçam as origens dela a Haiti e Gana. Então talvez a gente deva começar por aí?

\*\*\*

*29 de maio de 2014*

Maddy havia esperado até o último momento possível para comprar um vestido, temendo que Kenny mudasse de ideia e ela desperdiçasse suas poucas economias em algo que jamais usaria. Mas agora só faltavam dois dias para o baile, e os pensamentos ininterruptos sobre Kenny pulsavam em sua corrente sanguínea. Ela estava diante da Loja de Consignação de Able, ao lado da farmácia. Antes, havia uma fonte ao lado do prédio, com uma placa de *Apenas brancos* pendurada acima. Ela se lembrava bem.

Maddy nunca comprara roupas antes. Tudo que ela usava fora comprado por Papai, ou ela reformara do velho guarda-roupa de sua avó. Incluindo seu suéter.

*Estou usando as roupas da mãe morta dele*, pensou com amargura.

Maddy considerou costurar um vestido usando as cortinas, como Scarlett O'Hara fizera em *E o vento levou*. Mas não era uma costureira muito habilidosa. Era melhor na cozinha. Então ela levou suas parcas economias de quinze dólares, juntadas ao longo de anos, até a loja, esperando encontrar algo digno. Algo bonito. Algo que Kenny gostasse e que lhe desse orgulho de vê-la. Pensar em ir ao baile com ele a fez sorrir. Ela os imaginou girando na pista de dança, como Ginger Rogers e Fred Astaire em *A alegre divorciada*.

Ela olhou para o manequim na vitrine, usando um vestido rosa de cetim com alcinha fina. Era lindo. Mas será que Kenny ia gostar?

— Maddy?

À esquerda dela, uma garota negra estava do lado de fora da farmácia, segurando cartazes em branco. Maddy não a conhecia, mas a garota a reconheceu da escola.

— Meu nome é Kali. Sou irmã do Kenny.

— Ah — disse ela, corando.

— Você tá bem? — perguntou Kali, olhando para o manequim.

— Tô.

Elas ficaram ali por um momento, desconfortáveis, com Maddy lançando olhares para a vitrine. Algo pareceu estranho em Kali. Maddy não conseguiu saber o que, mas também não queria sentir. Queria continuar a saborear a sensação de Kenny em suas veias.

— Fiquei sabendo que ele vai te levar ao baile.

— É verdade — disse ela, com um sorriso crescente. Estava realmente feliz. Eufórica. Animada. Emoções tão desconhecidas que lhe causavam arrepios. Ela se virou para a irmã dele. — Sabe qual a cor favorita do seu irmão?

Kali franziu a testa.

— Vermelho. Por quê?

— Preciso comprar um vestido — admitiu Maddy. — Para o baile.

— Ah. Ahhhh. Bem, você devia comprar um vestido que goste! O baile não é sobre ele e aquela cabeçona dele, sabe? Você devia comprar o vestido dos seus sonhos.

Maddy mordeu o lábio. Nunca tinha se imaginado em um vestido de baile. E se Kenny não gostasse do que ela gostava?

Kali leu os pensamentos dela.

— Parece que você passou a vida satisfazendo a vontade dos outros. Mas e as suas vontades? Você vai ao baile porque quer, então compre o vestido que quer usar. Pelo menos uma vez na vida, seja você mesma.

Maddy engoliu em seco.

— Eu... ainda não sei quem sou.

Kali assentiu e então suspirou.

— Vamos. Vou te ajudar a escolher.

*Será que é uma pegadinha? Por que ela me ajudaria?*

Maddy hesitou, sentindo-se culpada por pensar o pior de qualquer pessoa com quem interagisse.

— Hã. Está bem.

Um sininho soou quando elas entraram na loja. A mulher sentada atrás do balcão, mais velha e de pele branca, deixou seu jornal de lado e sorriu. A loja cheirava como a do pai de Maddy, mas havia música saindo dos alto-falantes sem fio e o local era todo iluminado, as paredes pintadas de rosa-claro.

Maddy andava pela loja enquanto Kali revirava a arara de vestidos mais próxima.

— Hm... tá, que tal este? Ah, não, esquece, o tom de verde é feio. Que tal este?

Maddy sentiu um murmúrio de energia invadir o local pequeno e parado, os fios puxando seus dedos. Ela parou e olhou para Kali.

— Desculpa.

Kali se virou, franzindo a testa.

— Pelo quê?

O sorriso dela estremeceu.

— Por não saber... como ser negra.

Kali riu nervosamente, lançando um olhar para a vendedora.

— Tá. E daí? Muita gente não sabe. Você espera que eu te ensine ou algo assim?

— Não. Só não quero que você pense que não entendo porque não quero entender.

Kali hesitou, o rosto inexpressivo.

— É preciso engatinhar antes de andar, acho. Mas é melhor você começar a engatinhar rápido. Chega de desculpas.

Maddy assentiu.

Kali tirou três vestidos da arara.

— Estou fazendo isso pelo Kenny.

De certa forma, Maddy também.

Ela seguiu Kali até o provador e, bem quando chegou ao balcão, viu um vestido pendurado perto da registradora.

— Aquele ali... está à venda? — perguntou ela.

A vendedora deu a volta no balcão.

— Ah, sim. Esse chegou ontem. Nem coloquei o preço ainda. Tem um rasgadinho, então posso dar um desconto.

Maddy o pegou da arara, sentindo o tecido, passando um dedo no colarinho. Ela sorriu. Seu vestido dos sonhos também era o vestido de um de seus filmes favoritos.

## TWITTER @TEXASAM

Na quarta, após um vídeo e uma foto racistas se espalharem pelas redes sociais, o departamento atlético da Texas A&M decidiu não permitir que a estudante em questão se juntasse ao programa de liderança. Ela também não frequentará a universidade no próximo outono.

Ao entrar em casa, lendo outra vez o anúncio do Twitter em seu celular, Kali sorriu para sua façanha. Fora ela que enviara a foto para a mídia. Também fora ela a postar as fotos de Jules em uma conta anônima no Twitter, alertando a Texas A&M e o VNON. Sozinha, começara a fazer a bola de neve que acabaria arruinando a vida de Jules.

A vingança é mais doce que mel.

Ela nunca contara a Kenny como Jules e os amigos dela a trataram. Eles nunca fizeram nada explícito ou infernizaram sua vida. Fizeram muito pior. Fizeram Kali se sentir pequena e insignificante. Como se não tivesse importância. Como se o Sindicato dos Estudantes Negros não tivesse sentido, já que os pais deles tinham o conselho escolar na palma da mão.

Jules havia postado uma declaração na mídia em resposta à decisão da Texas A&M.

"Só para constar, minha decisão mal-informada de pintar meu rosto de preto não teve nada a ver com racismo ou discriminação."

— Aham, sei — murmurou Kali, subindo a escada.

No caminho até o quarto, ela notou que Kenny estava deitado na cama, as mãos atrás da cabeça, encarando o teto, com um olhar sonhador como se estivesse pensando em algo agradável.

Ou em alguém.

Ela parou na soleira da porta e pigarreou.

— Oi.

Kenny se apoiou nos cotovelos.

— Oi. E aí?

— Você tá bem?

— Tô. — Ele sorriu. — Acho que eu não costumo ficar assim, só relaxando. Até que é bom.

Por mais diferentes que as infâncias deles tivessem sido, Kali entendia como a pressão do pai havia obrigado Kenny a ser o melhor. Como ela havia guiado cada movimento do irmão. A expectativa do pai era um peso que ele carregava em silêncio. Um peso que o fazia escolher a sobrevivência em vez da cultura. E, mesmo assim, ela o amava, apesar das transgressões cegas e ignorantes dele. Será que Kali podia, da mesma forma, fazer as pazes com uma garota que fingia ser branca?

Ela respirou fundo.

— Preto.

Ele franziu a testa.

— Hã?

— O vestido dela. Da Maddy. É preto.

E com isso, Kali fechou a porta.

Andando em círculos, Wendy digitou o número de Kenny pela terceira vez. *Ele provavelmente adormeceu*, pensou ela. Então por que não conseguia se livrar da sensação de estar sendo ignorada? Largou o celular e abriu um documento em sua nuvem chamado *Plano D*. Nele, uma lista de bolsas de estudo que estivera reunindo desde o sétimo ano. Ela desistira da Brown, mas havia garantido dinheiro suficiente para durar pelo menos dois anos na Alabama. Kenny a ajudaria com o resto. Mas, se não ajudasse, ela recorreria ao plano D.

Wendy entrou na cozinha, abriu a geladeira e pegou uma garrafa de água. Deu grandes goladas, tentando ao máximo ignorar os arredores.

No meio da sala de estar, os pais dela estavam sentados em cadeiras de jardim de plástico verde, comendo pipoca de micro-ondas e vendo mais um episódio de *Grey's Anatomy* na Netflix. Fazia mais de seis meses que haviam cancelado a TV a cabo, deixando apenas a internet, por insistência de Wendy. A maior parte dos móveis fora vendida para compradores de cidades vizinhas; o pai dela fazia as entregas de madrugada. Eles mantinham as cortinas e persianas fechadas, deixando a casa em perpétua escuridão.

Dinheiro e status importavam em uma cidade como Springville, e eles não conseguiam mais manter as aparências. Planejavam colocar a casa à venda assim que Wendy se formasse, esperando conseguir um comprador rápido, e já haviam pagado o depósito caução de um apartamento de um quarto na Flórida. Um recomeço, dissera o pai dela. Estivera ansioso por um desde que fora demitido da usina. Quando a casa fosse vendida, Wendy estaria por conta própria. Ela não estava tão surpresa assim. Eles não estavam nem um pouco preocupados com o futuro dela. Nem perguntaram em qual universidade ela planejava estudar no outono. Mas... alguma coisa em perder a casa, sua única segurança concreta, o chão no qual tentava se equilibrar e sobre o qual fazia seus planos, fazia a ansiedade a agarrar pela garganta, estrangulando-a diariamente.

Ela poderia visitar a cidade e ficar na casa de Jules; praticamente morava lá nos finais de semana mesmo. Mas talvez elas jamais voltassem a ser amigas.

Então, se as coisas não acontecessem como planejado com Kenny, ela jamais voltaria a Springville. Jamais tornaria a ver os amigos que ainda tinha, e não teria nenhum lugar para realmente chamar de lar.

\* \* \*

A ideia veio a Jules em um sonho. Uma ideia tão perversamente perfeita que ela não conseguia parar de rir. Toda vez que se lembrava de que seus planos para o futuro haviam sido esmagados como um inseto, ela pensava no sonho e ficava animada.

— Dá pra ver do chão? — sussurrou Brady, da viga do palco.

— Não — sussurrou Jules, direcionando a luz da lanterna para cima. — As estrelas e o cartaz bloqueiam.

Entrar no Celeiro foi mais fácil do que eles haviam imaginado. As portas dos fundos estavam destrancadas, e não havia câmeras com as quais se preocupar. Eles levaram os materiais para dentro rapidamente e começaram a trabalhar.

Como Jules não podia ir à escola e odiava ficar presa em casa, de vez em quando acompanhava o pai no campo de golfe, praticando seus movimentos. Um dia, o pai de Jason se juntou a eles, e os homens passaram dezoito buracos relembrando todas as peças que pregaram nos jovens da zona leste. Isso os mantinha na linha, reforçando regras tácitas que remontavam a gerações. Ela não deu importância às pegadinhas infantis da velha guarda, mas, naquela mesma noite, teve o sonho.

Algumas gotas de tinta escorreram do balde para o palco.

— Cuidado — alertou Jules, limpando-as.

— Relaxa, amor. Sei o que estou fazendo.

Jules duvidava disso.

Brady prendeu o balde no cano das luzes do placo com uma corda preta e grossa que se disfarçava entre as cortinas, garantindo que o balde permanecesse no lugar, bem na extremidade da luz. Depois, terminou de encher o balde com a tinta que Jules escolhera. Duas latas: ela queria o máximo de carnificina.

Jules passou o facho da lanterna pelo ambiente, a decoração prateada brilhando para ela. As mesas cercavam a pista de dança em forma de U e árvores de luzes estelares estavam dispostas em cada canto. Mesmo no escuro, a decoração era primorosa. Nem parecia o Celeiro.

— Uau — murmurou Jules, tocando um dos arranjos de mesa, o guardanapo dobrado em forma de leque. Tinha visto Wendy praticar aquilo com guardanapos do McDonald's. Sua ex-melhor amiga tinha mãos mágicas para esse tipo de coisa. A srta. Perfeccionista era capaz de transformar merda em ouro.

Ela contraiu a mandíbula, lutando contra as lágrimas furiosas. Como Wendy tivera coragem de abandoná-la quando mais precisava? Jules estivera ao lado dela desde o segundo ano. Wendy não considerava a amizade delas mais importante do que ajudar uma garota idiota ou impressionar aquele namorado de merda? Jules tinha feito mais por Wendy ao longo dos anos do que ele. Ele nem era um namorado tão bom assim.

— Amor, preciso de luz aqui.

Jules fungou, desfazendo a dobra do guardanapo com um puxão, e se voltou para o palco.

— Está acabando?

— Quase — murmurou ele, dando um puxão final na corda e então direcionando a luz para o palco. — Marque aquele ponto.

Jules partiu dois pedaços de fita branca onde a luz indicava e fez um X.

Brady desceu e se juntou a Jules na pista de dança, olhando para o palco.

— Quando for a hora, quero estar lá, Brady. Quero ver tudo.

— Está bem, amor. Mas... como você vai saber que ela vai estar lá em cima?

Jules não conseguia parar de olhar para os tronos. Ela umedeceu os lábios, imaginando a cena, como o caos ia se desenrolar. Deu uma risadinha. Brady franziu a testa, como se temesse que ela tivesse enlouquecido.

— Não se preocupe — murmurou ela. — Tenho amigos influentes.

# PARTE TRÊS

# DEZESSEIS

**FOI A MADDY**
EPISÓDIO 9
"Wendy: Parte 1"
    Michael: Obrigado por concordar em falar conosco.
    Wendy Quinn: Você falou algo sobre ter evidências novas e inéditas ou alguma coisa assim?
    Michael [narrando]: Fora Maddy e o pai dela, outra personagem-chave nos eventos que levaram à Noite do Baile foi Wendy Quinn.
    Com o passar dos anos, tentei contato múltiplas vezes, mas ela sempre trocava de endereço, número de telefone e e-mails, citando ameaças de morte. Atualmente, Wendy mora em local desconhecido fora do país e atende por outro nome. Foi necessário um belo trabalho de convencimento, e basicamente implorar, para que ela se juntasse ao programa.
    Michael: Sim! Mas, primeiro, tenho algumas perguntas, caso você não se importe.
    Wendy: O que quer saber?
    Michael: Bem, adoraríamos se você pudesse nos contar o que estava fazendo na Noite do Baile. Várias testemunhas disseram que você estava lá, no Celeiro, mas não deveria estar.
    Wendy: Pela milésima vez, fui até lá para encontrar meu namorado, Kenny Scott. Íamos a uma festa pós-baile, e cheguei um pouco mais cedo para buscá-lo. Não era nenhum crime. Próxima pergunta.
    Michael: Acho que vou direto ao ponto. Você sabe onde está Maddy Washington?
    Wendy: Tá de brincadeira? Todo mundo sabe que ela morreu no incêndio.
    Michael: Mas não sabemos. Nunca encontraram o corpo dela.

Wendy: Eles não encontraram muitos corpos. Você não é lá muito bom como jornalista, né?

Michael: Tudo bem. O que você fez depois que tudo aconteceu?

Wendy: Quer dizer, depois da explosão? Fui para casa.

Michael: Casa?

Wendy: Foi o que eu disse.

Michael: Wendy. O motivo de termos insistido tanto em entrevistá-la... Bem. Certo, recentemente localizamos algumas imagens de circuito interno de TV que mostram você num posto de gasolina a um quilômetro e meio de Greenville. Lembra o que estava fazendo lá?

Wendy: Ah. É. Eu dei uma carona para uma amiga até o Hilton em Greenville. É onde a festa pós-baile ia acontecer. O pessoal queria dar o fora.

Michael: Foi a Maddy?

Wendy: Rá! Não. Nessa hora, a Maddy estava ocupada queimando a cidade inteira.

## *30 de maio de 2014*

As pernas de Wendy eram como uma concha, apertando a cintura de Kenny enquanto ele se deitava entre elas. Os lábios dela eram finos. Rachados. A boca dela nunca se abria o suficiente para ele beijá-la esfomeadamente como queria. Ele se sentia fingindo estar satisfeito... assim como na escola.

Sempre havia sido assim?

Wendy insistiu que eles passassem um tempo sozinhos, o que parecia exagero. Ele já não a via na escola o suficiente? Eles não iam para a festa pós--baile juntos? Kenny não estava a fim, mas cedeu. O que mais poderia fazer? Ele não queria ser *aquele* cara.

Enquanto ouvia os gemidos e reações exageradas dela, seus pensamentos continuaram a girar...

*Os lábios dela sempre foram secos assim? Os quadris dela sempre foram tão duros? Será que...*

*Maddy, Maddy, Maddy.*

Kenny deu um pulo, batendo a cabeça no teto da caminhonete com um "ai!".

— O que foi? — arfou Wendy, rapidamente se cobrindo.

Kenny ofegou.

— Eu… eu pensei ter visto alguma coisa.

Wendy olhou para a floresta escura e riu.

— Não é nada — disse, tentando puxá-lo de volta para perto. Mas ele resistiu, seu corpo indiferente ao toque dela. Não estava a fim de sexo. A adrenalina do susto o dominou.

— Acho que só estou cansado. Exagerei na academia hoje.

— Você foi à academia? Não me contou isso.

Kenny revirou os olhos, tentando controlar a impaciência com a forma com que ela rastreava cada passo seu. A verdade é que ele fora para casa, lera um livro e comera um sanduíche. Queria ficar sozinho e pensar, pelo menos uma vez na vida. A mesma coisa que queria naquele exato momento.

— Tá… tá ficando tarde — disse ele. — Vamos. Vou te levar para casa.

Uma expressão magoada tomou conta do rosto de Wendy, mas ela logo disfarçou.

— Hm. Tudo bem — murmurou ela, pegando o sutiã.

Do lado de fora da casa de Wendy, ela o beijou com vontade, acariciando-lhe o rosto, mas para ele pareceu sem graça e sem sentido.

— Boa sorte amanhã — disse ela com um sorriso, saindo da caminhonete. Pousou a mão na moldura da janela, buscando no rosto dele o mais breve vislumbre de conforto.

Ele mal conseguiu sorrir de volta, mas assentiu e acelerou sem ao menos esperar que ela entrasse. Em vez de virar à direita no quarteirão em direção à sua casa, virou à esquerda, no sentido da Mills Road. Precisava de um pouco de ar. Precisava de uma longa viagem e uma brisa fresca para clarear a cabeça. Abriu o teto solar e colocou a música no máximo.

Fazia algum tempo que estava tendo dúvidas com relação a Wendy, mas os acontecimentos das últimas semanas pareceram aglutiná-las. Será que Kenny conseguiria ficar com ela para sempre? Da forma como ela sempre falara? Ele não tinha mais tanta certeza. Havia algo a mais para ele lá fora? Ele se contentaria com o que conhecia sem dar uma chance ao mundo?

*Termine com ela*, disse uma voz dentro dele. *Se você se sente assim, termine com ela, não a magoe.* Seria uma libertação catártica.

As intermináveis estradas escuras foram misericordiosas com a pressão crescente em suas têmporas. Ele dirigia em círculos, deixando a estrada levá-lo aonde quisesse.

*Maddy. Maddy. Maddy.*

O nome de Maddy pulsava em sua cabeça. Duas semanas antes, ele mal havia pronunciado o nome dela. Agora, ela era tudo em que pensava. Tudo que queria. Ele virou em uma rua residencial, depois em outra, serpenteando pela cidade.

*Maddy, Maddy, Maddy.*

O nome afogou seus pensamentos e retardou seus reflexos, como se tivesse bebido cerveja demais. Sua visão ficou turva e a caminhonete oscilou na pista. Ele arfou e diminuiu a velocidade, parando para recuperar o fôlego, o coração disparado. Olhou para a esquerda e se viu na frente da casa de Maddy, estacionado em frente à garagem dela.

— Merda — murmurou, desligando o motor.

Maddy deu um passo para trás no balcão da cozinha para admirar sua arte. O bolo inglês quentinho era de um marrom profundo e dourado, e estava em um suporte verde-claro. Ela pegou outra panela do forno sem usar luva. Nada mais a queimava.

A casa estava silenciosa. Papai havia se trancado no escritório, mantendo distância, murmurando orações. Ele voltou do trabalho e jantou no andar de cima em vez de se sentar à mesa com Maddy. Ela não se importava, contanto que ele comesse. Estava começando a parecer magro, como se definhasse. Apesar de todas as mentiras, ela ainda se importava com ele.

*Kendrick está lá fora.*

O pensamento flutuou e pousou em seu lobo frontal como uma borboleta. Maddy ficou tensa, olhando para trás. Sabia que ele estava ali sem que ninguém lhe contasse, sem sequer olhar para fora. Ela se deu conta de quão incrível havia se tornado em apenas algumas semanas. Seus lábios se curvaram em um sorrisinho.

Então ela pegou um guardanapo de pano xadrez vermelho do armário e o colocou sobre a mesa.

Kenny se recostou na porta do carro, olhando para a casa dos Washington como se a analisasse e se perguntando qual janela pertencia a Maddy. A casa parecia prestes a desabar a qualquer momento, e ele odiou pensar que ela estava lá dentro. Ele não fazia ideia de como havia chegado lá e não tinha intenção de persegui-la. Mesmo assim, não queria ir embora. Havia milhares de lugares onde ele poderia estar, mas esperar do lado de fora da casa dela parecia a melhor opção.

Mais cinco minutos, ele se prometeu, e então iria para casa. De repente, o mundo ficou quieto, como se os insetos e corujas tivessem ficado mudos. Um silêncio perturbador.

Então a porta da frente se abriu com um rangido.

— Merda — murmurou ele, se endireitando. Com dificuldade, ligou o motor, apertou botões e estava preparado para sair a toda velocidade quando viu Maddy se aproximando, segurando algo.

Assim que Maddy entrou na caminhonete, Kenny foi imediatamente envolvido pelo perfume dela, que dissipou sua inquietação. Um alívio incompreensível. Ela era tudo de que ele precisava?

— Oi — disse ela em uma voz impossivelmente baixa.

— Olá — arfou ele.

Com o cabelo preso em um rabo de cavalo baixo, ela usava uma camiseta branca masculina com saia xadrez, mais curta que as outras, permitindo que Kenny tivesse um vislumbre de seus joelhos nus. Ele agarrou o volante. Era errado, ele sabia que era errado, mas, naquele momento, não se importou. Estava tão feliz por estar sozinho com ela outra vez que nada mais importava.

— O que você tá fazendo aqui? — perguntou Maddy.

Kenny hesitou, sem conseguir arranjar um motivo convincente.

— Não sei. Eu só... me vi diante da sua casa.

Maddy ergueu uma sobrancelha, boquiaberta.

Kenny tentou se explicar.

— Eu sei, parece loucura. Mas eu saí dirigindo e, bem, aqui estou.

— Você faz muito isso? Sai por aí dirigindo?

Ele deu de ombros.

— Às vezes. Acho que tenho muita coisa pra pensar.

Ela inclinou a cabeça para o lado.

— Como o quê?

Ele suspirou.

— A escola. A vida. O baile.

Maddy olhou para o colo.

— Você não precisa me levar se não quiser. Ainda pode ir com a Wendy.

— Não! — gritou ele, e rapidamente ajustou o volume da voz. — Não, quero ir com você. Vai ser divertido.

Ela deu uma risadinha.

— Não sou tão divertida assim.

— Eu me divirto quando estou com você.

Ela olhou para ele, ou através dele; Kenny não tinha certeza.

E era verdade. Ele podia imaginá-los rindo, sorrindo, não apenas no baile, mas no cinema, em viagens para acampar, no banco de trás da caminhonete dele ou na Pizzaria do Sal. Kenny se perguntou se ela era o tipo de garota que iria aos jogos dele. Ela o ajudaria a malhar? Ele nunca a vira na academia ou na pista de corrida. Mas então seus pensamentos mudaram. Ele não queria uma companheira de academia. Queria alguém com quem pudesse apenas existir em noites como aquela.

— Aconteceu alguma coisa? — perguntou Maddy.

— Não. Por quê?

Ela mordeu o lábio, olhando de canto de olho.

— Hã, você tá... me encarando.

*Cara, para de ser esquisito!*

— Ai, mer... droga, foi mal — disse ele, contendo uma risada. — Aliás, como você sabia que eu estava aqui fora?

— Eu, hã, só... sabia. — Ela arregalou os olhos. — Ah! E vi seu carro da minha janela.

Ele fez uma careta.

— Ah. É, tá.

Ela sorriu.

— Olha, eu te trouxe uma coisa.

Maddy estendeu o guardanapo xadrez vermelho nas mãos grandes dele.

— O que é isto? — perguntou Kenny, abrindo. — Ah, legal, bolo!

— Acabei de fazer.

— Sério? — Ele partiu um pedaço e mordeu. — Uau.

O pedaço amanteigado derreteu em sua língua. Quente, úmido, saboroso e doce... o melhor bolo que ele já havia comido na vida.

— Uau — repetiu ele. — Caramba, está muito bom. Você não estava brincando quando disse que sabia cozinhar.

Ela sorriu, orgulhosa.

— Quer um copo de leite? Posso pegar para você.

A mão dela se estendeu em direção a porta e ele disparou para contê-la.

— Não! Não vá. Quer dizer, você não pode ficar mais um pouquinho?

Ela olhou para a casa, então assentiu e soltou a maçaneta. Kenny terminou o bolo, resistindo à vontade de lamber os dedos. Maddy provavelmente faria um bolo incrível para ele em seu aniversário ou Natal ou quando ele quisesse. Ele apoiou a cabeça no encosto, sonhando acordado com a ideia.

— Você está muito quietinho — observou ela com um sorriso.

Kenny riu.

— Tô só... na verdade, posso te falar uma coisa? Quer dizer, além do que já estou falando.

Ela deu uma risadinha.

— Pode.

— Gosto de ficar quietinho. Todo mundo quer que eu fale, que faça piadas e brincadeiras, e eu só... acho que tudo bem não dizer nada. Às vezes quero só relaxar. Como agora.

Ele tinha toda a atenção dela.

— Ah.

Maddy se recostou, olhando para o teto solar, encarando a lua gorda no céu escuro e aveludado. Ficaram sentados ali por um longo tempo, em um silêncio confortável e nada distante, enquanto os grilos cricrilavam, competindo com o rádio.

— Tá vendo aquilo? — perguntou ela, apontando para cima, desenhando uma forma no ar. — É Áries.

— Ah, então você entende de signos?

Ela deu de ombros.

— Um pouco. Li sobre o assunto dia desses.

— Minha mãe gosta muito dessa parada. Ela sempre lê meu horóscopo. Você acredita nessas coisas?

Ela pensou por um momento.

— Acho que seria... estranho Deus ter colocado pessoas que podem ler estrelas nesta terra, caso elas não signifiquem nada. Deus não comete erros. Então talvez esse seja o objetivo das estrelas. Contar às pessoas as histórias escritas acima delas.

Kenny deu uma risadinha.

— Bom, nós moramos em uma rocha flutuante no meio do universo com tipo um bilhão de estrelas e outras rochas flutuando por perto. Meio que faz sentido essas coisas serem reais e Deus ser o mestre de marionetes.

Maddy deu uma risadinha, um som adoravelmente doce.

— Qual é o seu signo?

— Leão. E o seu?

— Câncer — respondeu ela, orgulhosa.

— Ah, certo. O tipo sensível.

— Nasci na cúspide — disse ela, torcendo os dedos. — Sou feita de magia.

Ele sorriu.

— Quem te disse isso?

Ela ergueu o queixo, suspirando e olhando para o céu.

— Minha mãe.

Kenny notou o anseio na voz de Maddy e desejou nada mais do que acabar com sua dor. Mas então inclinou a cabeça e semicerrou os olhos.

— O que aconteceu aqui? — perguntou ele, roçando um dedo frio contra a pele queimada na nuca dela, que nunca reparara antes.

Maddy passou a mão pela cicatriz, de olhos arregalados. Arrancou o elástico para soltar o cabelo.

— Eu, hã... foi um acidente.

— Ah. É, minha irmã costumava se queimar com a prancha o tempo todo. Na época em que ainda alisava o cabelo.

Maddy se encolheu, estremecendo. A mão dele ainda estava em seu ombro. A sensação era agradável. A visão era agradável.

— Relaxa — disse Kenny, se aproximando. — Tá tudo bem. Acidentes acontecem. Você não precisa esconder essas coisas de mim.

Eles se encararam, e embora ele tentasse confortá-la, também percebeu que não precisava se esconder dela. Naquele momento, algo não dito se passou entre os dois. Algo que estivera pairando no ar desde o dia em que compraram milk-shakes. O coração dele martelava com força contra as costelas, o olhar pousando nos lábios dela — reparando como pareciam cheios e delicados —, e um estranho desejo febril pulsou em suas veias, a necessidade dominando a razão. A parte branca dos olhos dela brilhou conforme ele se aproximava mais e mais. E, bem quando os lábios deles estavam prestes a se tocar, o motor rugiu, o rádio guinchou e os limpadores de para-brisa ganharam vida. Maddy se afastou com um grito, a cabeça batendo na janela do passageiro.

— D… desculpe — disse ela, se atrapalhando com a porta. Pulou fora do carro e saiu correndo até a casa.

Kenny agarrou o peito, tossindo e arfando.

*Caralho. Quase beijei Maddy Washington!*

## Retirado de *Massacre de Springville: A lenda de Maddy Washington*, de David Portman (pág. 220):

No deserto do norte do México, existe uma área chamada Zona do Silêncio. É considerado o Triângulo das Bermudas do país, onde os sinais de rádio falham e as bússolas giram descontroladas, levando as pessoas a acreditarem que foi o local onde um OVNI caiu. Pesquisadores teorizaram que, séculos atrás, um meteoro maciço com um teor de ferro excepcionalmente alto caiu na área, causando estranhas anomalias magnéticas.

Depois da Noite do Baile, o povo de Springville se perguntou por que seus celulares continuavam a funcionar mal, o contato por rádio era quase impossível e os dispositivos GPS não conseguiam localizar sinal de satélite. Os pesquisadores argumentaram que poderia ter havido uma variação magnética natural, semelhante à Zona de Silêncio, que pode ter sido ignorada, mas testes refutaram essa teoria. Além disso, nenhuma agência construiria uma usina de energia dentro de quilômetros de tal vazio eletromagnético potencial.

Durante minhas várias viagens de pesquisa a Springville, visitei o local onde costumava funcionar o country club e coloquei uma bússola no memorial de pedra. Ela girou em ambas as direções. Até hoje, não há explicação oficial para o fenômeno.

## *30 de maio de 2014*

Kenny não conseguia tirar o sorrisinho do rosto enquanto entrava em casa, perto da meia-noite. Levou trinta minutos para dirigir da casa de Maddy até ali.

Ele quase beijou Maddy Washington. Queria beijá-la, mais do que jamais quis beijar alguém. Era uma sensação que ele não sabia que sentia falta, uma adrenalina de algo a mais. A vertigem passou por seu sangue como uma droga. Esperançoso, ele flutuou até o quarto.

Talvez pudesse convencê-la a ir ao Alabama. Conversaria com seus treinadores — provavelmente conseguiriam arranjar uma bolsa de estudos para ela. Afinal de contas, ele era o aluno mais requisitado, a futura estrela quarterback. Eles iam querer deixá-lo feliz. Ele dirigiria de volta a Springville para buscá-la depois do treino, ajudá-la a se mudar para o dormitório, comprar tudo do que ela precisasse, garantir que ela tivesse os suéteres mais quentes para que nunca sentisse frio. Ele ensinaria futebol americano, música e história negra a ela.

*Ela provavelmente vai querer casar antes de transar*, pensou Kenny. E ele não se importaria. Esperaria por ela. Eles teriam uma cerimônia pequena, só o casal e a família, pouco antes da escalação. Então ela seria dele de verdade. Uma Maddy virgem. Ele seria o primeiro dela em tudo — beijo, namorado, sexo. Ele compraria uma casa com a maior cozinha que pudesse encontrar. Ou talvez mandasse construir uma, perto da água. Construiria até um lago inteiro se fosse preciso.

Kenny tinha um plano. E, conforme o plano se firmava em sua mente como tijolo, ele entrou no quarto e viu que seu pai olhava para a mesa.

— O que é isto? — disse o sr. Scott, segurando livros.

— Tá fazendo o que no meu quarto? — gritou Kenny.

— Esta é a droga da minha casa! — bradou ele. — Agora responda.

Kenny rangeu os dentes, calado.

O sr. Scott jogou um livro na cara dele.

— Garoto, sua irmã pode perder tempo lendo essa porcaria afrocêntrica, mas você... eu esperava mais. Devia estar estudando as gravações dos jogos, não essa merda. Onde você está com a cabeça, filho? Você devia estar concentrado no objetivo! Depois de tudo que nós fizemos para que chegasse até aqui.

— Nós? — Kenny bufou, furioso.

— Sim, nós! Quem fez horas extras na fábrica para pagar por treinamentos particulares, clínicas e nutricionistas? Quem te levou a todos os jogos, sacrificou horas de sono e colocou até mesmo os desejos de sua única filha em segundo plano? Esta não é apenas a sua vitória. É uma vitória da família. O sacrifício da família pelo seu sonho.

Kenny arregalou os olhos.

— Meu sonho? Esse nunca foi o meu sonho. Eu só queria jogar futebol americano. Não queria que o futebol americano fosse a minha vida toda. E eu queria ter uma vida!

— Você tem uma vida! — devolveu o sr. Scott. — Uma vida boa. Melhor que a da maioria das pessoas. Sabe quantos garotos dariam tudo para estar no seu lugar?

Kenny abriu a boca, mas tornou a fechá-la. De que adiantaria? O pai dele só ouvia o que queria.

O sr. Scott semicerrou os olhos.

— Garoto, o que deu em você? É por causa do baile? É aquela garota Washington te distraindo?

Kenny atravessou o quarto em três passadas rápidas, indo para cima do pai. Fazia alguns anos que eles tinham a mesma altura, mas Kenny tinha uns sólidos quinze quilos de músculos a mais que ele.

— Deixa ela fora disso — grunhiu, as mãos flexionando. Nunca havia pensado em bater no pai, mas sabia que um soco o mandaria direto para o hospital.

O sr. Scott inclinou a cabeça de lado e riu.

— Ah. Então é por causa dela. Bem, é como dizem, quem uma preta prova, nunca atrás volta.

— O que isso quer dizer? — cuspiu ele, furioso por não entender a piada.

O sr. Scott balançou a cabeça.

— Aquela Wendy... ela vai parecer melhor do seu lado, te levará mais longe que a garota Washington jamais conseguirá. Não importa quão branca ela pareça. Ninguém vai se importar. É melhor se lembrar disso.

Então o sr. Scott enfiou os livros debaixo do braço e saiu do quarto.

# Transcrição do ESPN College Football LIVE, 3 de junho de 2014

Anfitrião: Notícias de última hora da Georgia hoje. Segundo relatos, o recruta da faculdade, Kendrick Scott, é uma das várias vítimas em uma explosão ocorrida em 31 de maio, perto de um baile de formatura do ensino médio que tirou a vida de mais de cem pessoas. A família relatou seu desaparecimento e seus restos mortais ainda não foram identificados. Jogador Nacional do Ano da Gatorade e três vezes selecionado para representar seu estado, Scott levou sua escola a três campeonatos estaduais e provavelmente teria sido o primeiro verdadeiro calouro a começar como quarterback do Crimson Tide desde 1984.

A Alabama divulgou um comunicado hoje: "Estamos devastados pela perda de um atleta tão fenomenal e enviamos condolências à sua família…"

# DEZESSETE

*31 de maio de 2014*

O VESTIDO DE cetim preto ombro a ombro tinha decote coração, cintura marcada e mangas curtas de malha fina. Maddy tinha feito a bainha, acrescentando embaixo camadas de tule que pinicava para deixá-lo mais cheio. O broche de diamante preso de lado era da loja, guardado na vitrine de vidro que raramente chamava atenção. Ele brilhou na penumbra do quarto enquanto ela tentava aplicar uma segunda camada de rímel com as mãos trêmulas. O vídeo do YouTube que ela assistiu na escola dizia que três camadas seriam suficientes para destacar os olhos, mas ela não conseguia ficar parada. Respirou fundo.

Só estava nervosa. Tudo ficaria bem.

Seu cabelo pendia comprido em clássicas ondas hollywoodianas, avolumado com várias escovadas e mantido no lugar com spray de cabelo barato. Com os lábios manchados de vermelho escuro, ela parecia Bette Davis em *A Malvada*.

*"Apertem os cintos. Vai ser uma noite turbulenta."*

— Não — sussurrou ela.

Não ia ser uma noite turbulenta. Ia ser perfeita. E Kendrick logo chegaria para buscá-la. Ela calçou os sapatos pretos de salto baixo com recortes nas laterais e laços de veludo em cima. Havia costurado um xale fino com sobras de tecido de um vestido branco para cobrir os ombros nus e esconder as queimaduras no pescoço. Kendrick notaria? Ele tinha visto uma, mas não todas. Será que ficaria preocupado?

— Preto. É claro — exclamou Papai atrás dela. — Apenas uma Jezabel usaria essa cor. Uma meretriz. A cor da escuridão da qual você veio.

O estômago dela revirou, mas Maddy decidiu não responder.

Papai estava à porta, fervendo.

— Como você se atreve a se vestir como uma vadia na minha casa?

Maddy não conseguia entender do que ele estava falando. O vestido parecia saído de qualquer filme que eles haviam assistido juntos — modesto, clássico e sofisticado. Como ele conseguia achar defeitos?

Papai se aproximou.

— Madison, tenho vergonha de você.

Ela suspirou.

— Eu sei, Papai. Sempre soube disso.

As sobrancelhas de Papai franziram antes de ele deixar cair os ombros, a raiva parecendo lhe escapar. Seu rosto suavizou, o lábio inferior tremendo.

— Madison — disse ele em voz mansa. — Filha. Por favor, estou implorando. Não faça isso. Fique aqui. Fique comigo.

A voz falhada dele a fez hesitar. Mas Maddy ergueu o queixo e enfiou um batom na bolsa de mão.

— Papai, por favor. Preciso terminar de me arrumar. Ele vai chegar a qualquer momento.

Papai deu um passo à frente com um sorriso trêmulo, os olhos anuviados.

— Comprei sorvete. Seu favorito, baunilha. Podemos ver *Grease*. Você sempre disse que queria ver, não é? Não seria bom? Madison?

Na frente do espelho, Maddy alisou a raiz do cabelo com a mão.

— Talvez amanhã, Papai. Hoje, vou ao baile.

Até mesmo dizer as palavras parecia surreal e onírico. Ela, de todas as pessoas, estava indo a uma festa. Não apenas qualquer festa, o baile de formatura! Ela quase caiu na gargalhada, o corpo transbordando de alegria.

Mas então Papai disparou pelo quarto, segurando seus ombros.

— Papai, me solte, por favor!

— Tire esse vestido imundo — disse ele, chacoalhando-a. — Podemos rezar juntos por redenção. Livre-se de seus pecados enquanto ainda há tempo.

— Não pequei, Papai! Só vou a um baile. Todo mundo vai a bailes, até nos filmes, e fica tudo bem. Não é pecado!

— Você não entende, criança. Você não entende como aquelas pessoas são.

Maddy encarou os olhos petrificados dele e tentou se afastar.

— Pare, Papai!

— Você não entende? Todo esse tempo, eu só tentei te proteger! — chorou ele com voz rouca. — Porque eu sei... eu sei que eles vão te machucar. — A mistura de raiva e dor de Papai a assustava, mas Maddy não conseguia escapar do toque dele. — Minha filha querida, aquelas pessoas não são boas. Você não vê? Elas não são boas com a sua raça.

— Minha raça? — Maddy estava estupefata.

— Sim! Sim, criança. Sua raça. Negros e brancos jamais devem fornicar, mas eu sucumbi aos poderes daquela mulher...

— Papai, não, pare — choramingou Maddy.

— Eles não sabem o que fazer com alguém como você. Sei disso. Sei que eles veem você apenas como uma abominação. Que você não pertence... a lugar nenhum.

O pescoço dela se contraiu. Não podia ficar na casa por mais um minuto. Ar. Ela precisava de ar.

Maddy o empurrou e pegou a bolsa, correndo escada abaixo. Papai a seguiu.

— É por isso que te mantive por perto — disse ele, cambaleando atrás dela. — É por isso que eu não queria que eles soubessem sobre você. Eles iam punir você, não a mim. Pelo que fiz... com aquela mulher. Eu não queria ver você se machucar, criança.

Maddy sentiu um tremor na pálpebra. Abanando o rosto e o pescoço com a mão, ela tentou manter a respiração estável.

— Papai, por favor. Você vai me fazer suar, e meu cabelo...

— Eles vão te machucar. Eles sempre machucam o seu tipo!

— Só vou ao baile — disse ela, com uma voz deliberadamente calma. — Kendrick vai me levar. Eu estava tentando te dizer que ele é um jovem muito inteligente e eu...

— Desde o começo dos tempos, eles sempre machucam o seu tipo!

— Papai, PARE!

O rádio guinchou. Papai disparou no ar, bateu no teto e caiu de barriga para baixo com um estrondo alto. A sala tremeu, velas caindo no chão ao redor deles.

Papai gemeu e cuspiu um dente quebrado, a bochecha se enchendo de sangue. Em pânico, ele estendeu a mão para o sapato de Maddy, apenas a um metro do rosto dele, mas seu braço congelou. Maddy o prendia. O estômago dele revirou, ácido fervendo em suas entranhas, cozinhando suas tripas, a boca colada impedindo que gritasse.

Ela inspirou fundo e engoliu as lágrimas, querendo ajudá-lo e matá-lo ao mesmo tempo.

— Papai, fiz seu prato favorito — disse ela em uma vozinha diminuta e trêmula. — Bolo de carne, purê de batatas e feijão-de-corda. Tem bolo na geladeira.

Os globos oculares dele se moviam freneticamente nas órbitas, a única parte de seu corpo que ainda lhe pertencia. O resto estava sob o controle de Maddy. Ela agarrou os fios invisíveis com mais força, e ele gemeu.

— Eu sei que você está... com medo. Também estou. Mas há pessoas realmente gentis no mundo, Papai, e precisamos começar a acreditar nisso. Voltarei às onze. E depois desta noite, você verá que tudo vai ficar bem. Não precisamos mais ficar com medo de as pessoas descobrirem sobre mim. Podemos começar a viver como todo mundo.

Papai deu um pulo, querendo se libertar.

— Prometo que ninguém vai me machucar.

Papai gemeu, tentando balançar a cabeça. Maddy suspirou e passou por ele. Não havia sentido em tentar fazê-lo mudar de ideia. Ela se aproximou do alpendre bem quando Kenny subia as escadas. Ele ficou boquiaberto, e ela rapidamente fechou a porta atrás de si, esperando que ele não tivesse visto Papai caído no chão. Ela piscou, ligando a TV lá dentro para disfarçar os gemidos do pai.

Kenny parou, se afastando com um assobio.

— Uau — murmurou, impressionado.

Ele usava um smoking preto impecável com sapatos pretos brilhantes, a gravata-borboleta de cetim combinando com as lapelas. O cheiro de sua colônia fez o coração dela acelerar. Ele parecia saído de um filme de Cary Grant. Arrancado de seus sonhos e entregue bem em sua porta.

Eles observaram um ao outro com doce alívio, satisfazendo a necessidade desesperada de estar juntos outra vez. Quando o coração acalmou, ela notou uma caixa de plástico na mão dele.

Kenny seguiu o olhar dela.

— Ah! Hã, isto é para você.

Com dedos macios, ele pegou um corsage de rosas brancas e flor mosquitinho com uma faixa dourada.

— Obrigada — disse Maddy, um sorriso enorme tomando conta de seu rosto. Kenny prendeu as flores no pulso dela, arriscando um toque na palma. Deu um passo para trás para admirá-la de novo, sorrindo.

— Hã, devo cumprimentar seu pai ou...

— Não — disse Maddy, correndo para ele. — Podemos ir logo.

Kenny franziu a testa, olhando para a porta fechada como se estivesse decidindo seu próximo passo. Ela rangeu os dentes, segurando os fios que amarravam Papai ao chão com mais força, rezando para que Kenny não pedisse para entrar.

Ele estalou a língua.

— Bom, então tá.

Maddy sorriu e relaxou. Podia ouvir Papai tossir, arfando.

Kenny ofereceu a mão para ajudá-la a descer os degraus, segurando-a até chegar à caminhonete, e abriu a porta.

— Devia ter arranjado uma limusine — disse enquanto dava partida, lançando outro olhar para ela.

Maddy esfregou a pétala aveludada da rosa entre os dedos.

— Acho que seu carro é muito bom — disse ela, com um sorriso tímido.

— É, mas você merece... mais.

Maddy corou, se encolhendo sob o olhar dele, e então olhou para a casa. *Tudo vai ficar bem*, ela pensou. Provaria ao Papai que o mundo era seguro para uma garota como ela. Que eles não precisavam mais se esconder nem mentir. Que ele poderia deixá-la ir para a faculdade e construir uma vida para si mesma. Tudo ficaria bem. A noite seria perfeita, e então ele veria que estava errado sobre todo mundo.

**Retirado de *Massacre de Springville: A lenda de Maddy Washington*, de David Portman (pág. 220):**

Era tradição que os veteranos da Escola de Ensino Médio de Springville convergissem para uma caravana no centro a caminho de seus respectivos bailes. Os habitantes da cidade se alinhavam na rota do desfile da Rua Principal em cadeiras de jardim para ver os alunos com seus vestidos finos e smokings. Os jovens tocavam música alta, acenando de carros e limusines alugadas, parando para tirar dezenas de fotos que inundavam os feeds das redes sociais.

Ninguém sabia que seria a última vez que a maioria deles seria vista com vida, e eles não faziam ideia de que estavam participando do próprio cortejo fúnebre enquanto iam para o baile.

# DEZOITO

**FOI A MADDY**
EPISÓDIO 10
"O Baile"

Michael: É a Noite do Baile, então me deixe descrever: você tem dois bailes — o branco e o unificado — acontecendo simultaneamente a metros um do outro, separados pelos trilhos do trem.

O Sindicato dos Estudantes Negros está alinhado diante do country club, protestando contra as práticas racistas. A professora Morgan, conselheira deles, está de prontidão, apoiando os direitos constitucionais dos alunos. Ela é a única professora presente no baile, já que as festas normalmente não têm supervisão de adultos.

Quatro unidades da polícia estão no local, bloqueando os portões do clube para "manter a paz", deixando um único policial na delegacia, localizada na Rua Principal.

Duas equipes de filmagem estão estacionadas perto do clube.

Dois bombeiros voluntários dormem em seus beliches.

Há aproximadamente quarenta alunos no baile branco, e a maioria é veterana. A festa está acontecendo dentro do salão na parte de trás do clube.

No Celeiro, há aproximadamente oitenta pessoas, entre alunos do último ano e seus acompanhantes.

O excesso de veículos no estacionamento do Celeiro ocupa a maior parte do gramado da frente, estendendo-se quase até os trilhos do trem, a quarenta e cinco metros da porta.

A área circundante consiste em bosques densos e pântanos. Dias antes, fortes chuvas haviam deixado o solo lamacento.

A oitocentos metros ao sul dos bailes, fica a estação de transformadores de Springville. A oito quilômetros ao norte, fica a Usina Elétrica de Springville. Dá para ver as luzes dos reatores do estacionamento.

Naquela noite, quando os alunos chegam ao baile, ninguém na cidade tem ideia do que está prestes a acontecer.

## *31 de maio de 2014*

Kenny estacionou na última vaga livre no estacionamento lotado do Celeiro, o prédio iluminado por holofotes. Ele desligou o motor, deixando-os no silêncio. Seu estômago revirou, aquele pavor dolorido familiar que ele sentia quase todas as manhãs antes de entrar na escola.

Maddy estava quieta e pensativa. Ele tomou um último gole de ar fresco, preparando-se para mais uma performance, e segurou a maçaneta.

— Kendrick — chamou Maddy, tocando o braço dele. — Podemos esperar um minuto? Por favor.

Os olhos dela brilhavam ao luar. Ele daria a Maddy quase tudo o que quisesse se ela o olhasse daquele jeito pelo resto de suas vidas.

— Claro. — Ele suspirou, relaxando no assento com um sorrisinho. — Podemos esperar quanto você quiser.

Ela assentiu e olhou pela janela. Eles observaram os jovens usando roupas formais caminharem pelo tapete vermelho até a entrada principal do Celeiro. Enquanto a porta tinha a atenção de Maddy, ela tinha a de Kenny. Ele hesitou antes de estender a mão, prendendo atrás da orelha dela uma mecha de cabelo que cobria o rosto, roçando com o dedo mindinho a cicatriz na nuca.

— Você está linda — sussurrou ele, ciente de que soava como um cachorrinho apaixonado, mas não conseguia evitar.

— Obrigada — murmurou ela, sem desviar o olhar do Celeiro. Ela mexeu na bolsa, abrindo e fechando várias vezes, e mordiscou o polegar.

*Ela faz isso quando está nervosa*, pensou Kenny, e gostou de saber disso a respeito dela, gostou de estar sintonizado com as emoções dela. Ele odiava vê-la tão arisca e tímida, regredindo à antiga Maddy quando enfim tinha começado a ficar à vontade com ele.

*E se eu simplesmente desse a partida no carro? Para ir a algum lugar em que pudéssemos ficar sozinhos.* Quem é que se importava com aquele baile idiota? Com certeza, ele não. Importava-se apenas com Maddy. Olhando para a porta do Celeiro, ele agarrou o volante, um dedo pairando sob o botão de ignição.

— Você já viu *Madame Bovary*, com a Jennifer Jones? — perguntou ela. Olhava pela janela com uma saudade estranha no olhar. A luz suave do Celeiro refletia em sua pele clara, como se ela brilhasse na escuridão.

— Não — admitiu ele. — Tem na Netflix?

Ela suspirou, inclinando a cabeça contra a janela.

— É um filme muito antigo. Jones interpreta uma garota chamada Emma, que mora com o pai em uma fazenda no interior, ansiando por uma vida perfeita com um homem que a ame. Ela se casa com um médico local, mas não está satisfeita com seu modesto salário. Quer viver uma vida de luxo, desesperada para estar na alta sociedade. Há uma cena em que o médico enfim é convidado para um baile, e Emma está usando um lindo vestido de tule branco com brilhos no cabelo. Todos os homens competem por sua atenção. A valsa começa e um aristocrata arrojado pega na mão dela, levando-a para a pista de dança. Ele a gira e gira, e ela fica tonta, mas não liga porque está se divertindo muito. É tudo com que sempre sonhou. Desde que vi essa cena… sempre quis ir a um baile.

Kenny olhou para a porta por vários instantes, ainda hesitando antes de soltar o volante, e por fim assentiu.

— Então vamos.

Ela agarrou o vestido com ambas as mãos.

— Eu… estou com medo — choramingou.

A voz dela arrancou o coração palpitante dele do peito. Kenny se inclinou sobre o painel do carro, resistindo ao impulso de tomá-la nos braços, procurando as palavras certas para confortá-la.

— Pode olhar para mim por um instante?

Maddy desviou os olhos do movimento na entrada e encontrou os dele, seus rostos tão próximos que bastaria se mover um mero centímetro para beijar os lábios dela. E caramba, como ele queria. A necessidade arrancou todo o ar dele.

Ela o encarou, esperando com uma imobilidade enervante.

— Olha, sei que provavelmente foi bem difícil para você vir aqui esta noite — começou ele. — Então, não importa o que aconteça, apenas saiba que você conseguiu. Você veio, mesmo não querendo. Mesmo depois de eu implorar.

Ela sorriu.

— Eu não chamaria de implorar.

— Cara, eu praticamente tive que te perseguir. — Ele riu. — Mas sério, você é corajosa. Poucos dos supostos jovens normais seriam corajosos como você está sendo agora.

Maddy assentiu, as lágrimas se acumulando.

— Não vou deixar nada te acontecer. Só confia em mim, tá bem?

Ela assentiu novamente, e naquele momento a missão dele ficou clara: protegê-la a todo custo. A determinação fez com que todas as peças bagunçadas, as perguntas que doíam dentro dele, se acomodassem em sua alma.

— Legal. Vamos lá!

Com a mão encaixada no braço de Kenny, Maddy desceu os degraus do Celeiro, seguindo o tapete vermelho até um corredor com espelhos do chão ao teto.

Lá dentro, havia bétulas brancas enfeitadas com luzes arqueadas acima, e o teto brilhava em um azul profundo. *Wendy fez um trabalho e tanto*, pensou Kenny, a culpa o devorando, e olhou para Maddy. Impressionada, ela olhava para as luzes e estrelas cintilantes, o mais breve sorriso em seus lábios. Enquanto seguiam pela entrada, ela se viu de relance no espelho e paralisou, parecendo impressionada com seu reflexo pouco familiar. Seu olhar percorreu cada detalhe — os lábios pintados, os cachos soltos descendo pelos ombros, os sapatos de cetim com laços e um vestido único que nenhuma outra garota na escola teria. Ela parecia uma daquelas estrelas da antiga Hollywood. Uma versão melhorada da Maddy que Kenny sempre conhecera. Ele deu tapinhas na mão fria dela e lhe lançou um sorriso tranquilizador.

— Te falei. Está linda — disse ele. — Então, quantas músicas você acha que podemos dançar esta noite?

Ela corou, colocando uma mecha do cabelo atrás da orelha.

— Hã, eu não danço.

— Ah, esta noite você vai dançar. Não pode me deixar sozinho na pista de dança!

Ela sorriu enquanto ele a puxava à frente. Os dois tiraram a foto de entrada, Maddy se encolhendo com os flashes intensos, e receberam taças de champanhe ao entrar no salão. Todos os presentes pararam de supetão ao vê-los. Maddy parou de sorrir, observando a maioria dos rostos. Kenny franziu a testa, pela primeira vez vendo o mundo pelo ponto de vista dela. As bocas abertas e os olhos encarando, como se ela fosse um show de horrores, a droga de um espetáculo de circo. Ele fechou as mãos em punho.

Maddy deu um passo trêmulo para trás com um choramingo baixo que só Kenny podia ouvir. Ele segurou o braço dela, puxando-a para mais perto de si. Não ia privá-la do momento com o qual ela tanto sonhara, mesmo que significasse entrar na cova dos leões.

*Proteja-a a qualquer custo.*

— Está tudo bem — sussurrou ele, massageando os nós dos dedos dela. — Ninguém vai mexer com você.

*Eles não ousariam, porra.*

— Tá todo mundo encarando — sussurrou ela, a voz cheia de terror.

— Bem, isso é porque você está incrível — disse ele, sorrindo enquanto entravam lentamente.

Ela parou de olhar para a multidão e o encarou, respirando fundo, os passos mais relaxados. O elogio pareceu aliviar o pânico dela.

— E você está... igual.

— Igual? — Kenny riu. — Caramba, garota, escovei meus dentes e tudo.

Ela deu uma risadinha e parou de uma vez, olhando para a lua que girava no meio da sala como uma bola de discoteca gigante.

Estrelas e planetas estavam pendurados no teto, uma galáxia de constelações cercando a faixa que anunciava o tema: *Sob a Noite Estrelada.*

Eles se entreolharam por um momento silencioso, e então caíram na gargalhada. Na mesa deles, perto da extremidade da pista de dança, Kenny puxou a cadeira para ela, um gesto que vira em filmes, e eles passaram os vinte minutos seguintes apontando diferentes signos astrológicos brilhando acima de suas cabeças. De alguma forma, tudo parecia completamente normal, como se eles estivessem juntos havia anos e fosse só mais uma noite.

Durante o jantar, um prato simples de frango e arroz, Kenny ficou lançando olhares para Maddy enquanto ela discorria sobre filmes dos quais ele nunca tinha ouvido falar. Ela parecia feliz e relaxada, e estava linda. Depois do jantar, as luzes diminuíram e uma música lenta começou. Casais foram para a pista de dança. Kenny ficou de pé e estendeu a mão.

Maddy engoliu em seco.

— Eu... hã, não temos que fazer isso.

— Vamos lá. — Ele deu uma risadinha.

— Não — protestou Maddy, mas Kenny conseguiu tirá-la do assento. Ele segurou a mão dela, passando pelos outros casais na pista e parando bem embaixo da lua.

Pousou uma das mãos dela em seu ombro, estendeu a outra e começou a balançar o corpo devagar.

— Você dança bem — observou ele, surpreso com quanto ela parecia confortável com a música.

— Eu, hã, vi muitos filmes com danças — murmurou ela, parecendo distraída. — Em *O rei e eu*, Deborah Kerr ensina o rei a dançar os três passos.

— Eu gostaria de ver um desses filmes dos quais você sempre fala.

Maddy deu um sorriso tímido, a cabeça virando de um lado a outro.

— E aí? Não é tão ruim, né? — perguntou ele.

— É... hm — murmurou ela, reparando nos casais aleatórios que os encaravam, seu corpo ficando paralisado.

Kenny lançou a todos um olhar assassino e segurou o queixo dela.

— Olhe para mim.

A luz brilhava no olhar dela, os olhos do futuro dele.

*Como eu não reparei nesses olhos antes? É como se ela tivesse estado bem debaixo do meu nariz todo esse tempo.*

— Sou só eu — sussurrou ele, tocando a bochecha dela. — Não há ninguém além de nós.

Ela engoliu em seco e assentiu, concordando.

Kenny deslizou as mãos dela por seu ombro, ficando livre para segurar a cintura dela, puxando-a para mais perto. Maddy estremeceu sob o toque dele, a pele se arrepiando.

— Hã, tudo bem? — perguntou ele, percebendo que podia ter passado dos limites.

— Mmm-hmm — guinchou ela. — Isso também estava no filme.

— Você está tremendo.

— Estou nervosa.

— Eu também — admitiu ele.

— Sério? — Maddy franziu a testa, erguendo a sobrancelha. — Me dê a mão.

Kenny sorriu, estendendo o braço. Ela enlaçou o pulso dele com seus dedos gelados e piscou, em choque.

— Seu pulso está acelerado.

— Te falei.

— Está nervoso com o quê?

Ele deu de ombros, inocentemente.

— Você.

— Eu?

— Sim. É que… quero que a gente se divirta.

— Mas por quê? — perguntou Maddy, com algum desespero, de certa forma implorando.

Kenny hesitou, sem querer mentir, temendo que a verdade a assustasse. Mas, sob outra noite estrelada, ele não queria que houvesse segredos entre eles, e podia ser a última chance de ser sincero.

— Quero que você se divirta porque fui um filho da pu… Quer dizer, um idiota todos esses anos. Você não merece a maneira como foi tratada por todos.

— Ah. — Ela tossiu. — Bem, não foi culpa sua.

Ele balançou a cabeça.

— É, mas eu meio que não fiz nada.

O lábio dela tremia, o olhar preso no chão.

— Eu… entendo por que as pessoas acham que sou estranha. Eu poderia ter evitado… e então talvez… as coisas fossem diferentes para mim.

— Acho que tudo aconteceu como deveria. Quer dizer, se você não fosse "esquisita", não sei se estaríamos aqui… assim.

O olhar dela suavizou.

— Assim?

Kenny a puxou para mais perto, apoiando a testa na dela e fechando os olhos.

— Assim — repetiu ele, as palavras afirmando tudo que eles já sabiam: que não poderiam ficar um sem o outro depois que a noite acabasse.

Maddy ofegou, mas não se afastou. Em vez disso, apoiou-se no peito dele e suspirou. O cabelo dela tinha cheiro de maçãs, e ele pousou o queixo na cabeça dela, inspirando, relaxando, saboreando o cheiro. Ela se sentiu bem ao toque dele. Kenny sabia que estavam sendo observados, sabia que iam contar para Wendy, mas não sabia que era possível se sentir como estava se sentindo, e não estava disposto a abrir mão disso. Por ninguém.

A música mudou para uma canção alegre, e os jovens encheram a pista de dança. Maddy arregalou os olhos.

— Acho que você não gosta do Pitbull, né? — Kenny riu, levando-a para fora da pista.

— E aí, Kenny!

Kenny se virou, ficando na frente de Maddy, sem nunca soltar a mão dela. Chris e Charlotte emergiram da multidão e se aproximaram deles, sorrindo.

— Cara, te procurei a noite toda — disse Chris. — Tá bonitão!

— E aí — respondeu Kenny, a voz gelada, puxando Maddy para mais perto. Não confiava neles. E não ia deixar ninguém machucá-la de novo.

Charlotte reparou nos dedos entrelaçados deles e sorriu.

— Oi, Kenny — disse ela naquele tom provocante e anasalado. — Você tá ótimo! Maddy, amei o vestido. — A falsidade escorria pela boca dela.

— Hã, obrigada — murmurou Maddy, a voz afetada pelo medo. Kenny odiou aquilo. Odiou que ela sentisse a necessidade de se encolher perto dos amigos dele.

*Eles a aterrorizam. Faz anos que a aterrorizam.*

— Achei que vocês fossem para o baile branco — disse Kenny, olhando ao redor. Quem mais estava com eles?

Charlotte mostrou um sorriso triste.

— Nós vamos. Mas eu *estava* no comitê do baile e prometi para a Wendy que tudo correria bem por aqui. Sabe, a Wendy? Sua namorada?

Kenny podia sentir o batimento cardíaco acelerado de Maddy contra suas costas como um segundo coração em seu peito. Ele precisava afastá-la deles.

Chris deu um tapa no ombro dele.

— Ô, cara, relaxa!

— O quê? — gritou Kenny.

— Tá com a cara que você faz nos jogos. — Chris riu. — Só vi essa cara no campo. Que foi? Algo errado?

Kenny prestou atenção — a adrenalina correndo em suas veias, os punhos cerrados, a tensão nas pernas. Estava *mesmo* focado. Mas ninguém ousaria mexer com Maddy, não com ele bem ali. Além disso, Chris não era como os outros.

Kenny pigarreou e tentou sorrir.

— Não é nada, só... tomei ponche demais.

Charlotte ergueu a sobrancelha para Chris e sorriu.

— Então, estamos pensando em passar no Sal antes de ir para o Hilton. Quer vir? Pode trazer a Maddy.

— Hã... — Kenny olhou para trás e encontrou Maddy com olhos arregalados, parecendo uma bonequinha frágil, e pensou no que Kali dissera. Sobre como as pessoas a achavam delicada por conta de sua aparência. Ele não queria cometer o mesmo erro. Ninguém vira o fogo por trás da conduta gentil dela, além dele. Ela podia se defender se tivesse a chance. Mas, naquele momento, tudo o que ele queria era estar sozinho... com ela. Ele se voltou para os amigos. — Não, nós vamos embora cedo. Mas olha, vejo vocês depois.

Kenny puxou Maddy de volta para a pista de dança, deixando os amigos sem palavras.

Do lado oposto, com a barra limpa, ele a girou e se acomodou ao som da música.

— Foi mal por isso — suspirou ele. — Você tá bem?

— Achei que você tinha dito que tem uma festa para ir.

Ele deu de ombros.

— A noite está bonita. Podemos pegar o carro, ver estrelas de verdade. E eu te levo para casa antes do toque de recolher. Não quero que seu pai me odeie sem me conhecer primeiro.

Maddy olhou para o chão.

— Ah.

— O que foi? — perguntou ele, as costas se retesando. Caramba, ele estava *mesmo* muito nervoso. Não dava para acreditar, e ele quase riu alto da sensação revigorante e catártica.

— Você não precisa… Sabe, você pode ir e…

— Não! Não, prefiro ficar com você. Quer dizer, *quero* ficar com você.

Ela franziu a testa.

— E os seus amigos?

— Fod… Digo, esqueça eles.

— E… a Wendy?

Ele segurou a respiração por um instante.

— Nós vamos… encarar ela, juntos. Ela vai entender.

Maddy assentiu, o olhar embaçado. Kenny a puxou para mais perto, e ela derreteu em seus braços. Ele não se importava com quem os via. Na verdade, queria que alguém visse. Queria que alguém perguntasse: "Você a ama mais do que ama futebol americano?"

E a resposta seria sim. Amo Maddy mais do que futebol americano.

O que é que estava acontecendo com ele?

Wendy havia acabado de tirar o jantar do micro-ondas quando o celular vibrou com uma mensagem de Charlotte. Uma foto de Kenny e Maddy…

**Seu namorado e a namorada dele parecem bem íntimos.**

Wendy ampliou a foto, examinando a posição das mãos de Kenny, o sorriso radiante e o olhar nos olhos brilhantes de Maddy.

Um pensamento se contorceu, estremeceu e rastejou até a superfície, enfiando os dentes no sonho dela. Mas ela estava fazendo a coisa certa. Não é?

**Seu namorado e a namorada dele parecem bem íntimos.**

O peito dela apertou e Wendy bateu o celular na bancada.

— Mãe! Preciso pegar o carro emprestado!

*Vou só… dar uma passada no baile, garantir que está tudo indo como deve*, disse a si mesma enquanto entrava no banho. Então ela e Kenny levariam Maddy para casa antes de irem para Greenville. Eles poderiam chegar mais cedo, pedir serviço de quarto na suíte que ela reservara… Um gostinho de como a vida deles seria na estrada quando a temporada começasse. Maddy provavelmente queria ir para casa mesmo. O baile não era a praia dela.

# DEZENOVE

*31 de maio de 2014*

— EI, EI, EI! Ora, ora, ora! Alunos racistas, vão embora!

O xerife West estava sentado em sua caminhonete, estacionada diante do country club com as janelas baixas, bebendo um café frio para amenizar a fome.

*Perdi o jantar de novo.*

Mas tinha que conferir a posição de sua equipe naquela noite.

Não era bem um protesto. Só uns dez estudantes marchando em círculo com cartazes pintados na porta do clube. E não havia tantas câmeras quanto haviam estimado. Apenas duas das redes de TV afiliadas locais, nem mesmo uma transmissão ao vivo. Mas uma já seria o suficiente, e ele tinha ordens expressas do prefeito para segurar a onda enquanto jornalistas estivessem por perto.

— Ei, ei, ei! Ora, ora, ora! Alunos racistas, vão embora!

O filho mais novo dele, o policial West, havia insistido que eles usassem equipamento de proteção, citando preocupações com a segurança, mas o xerife West dispensara a ideia.

— Eles estão carregando cartazes, não metralhadoras — gritara durante a reunião da equipe mais cedo naquela noite.

Os rapazes estiveram assistindo a filmagens de tumultos por todo o país... edifícios incendiados, pedras lançadas contra carros de polícia, lojas saqueadas e monumentos vandalizados. Ele também viu como seus colegas maltrataram os manifestantes, jogando gás lacrimogêneo como se estivessem no meio de uma guerra. West não se importava com o que outras cidades faziam com seus cidadãos, mas ele não estava disposto a deixar seus homens tratarem os vizinhos como algo menos que humanos. Springville tinha sido uma cidade pacífica até que todas as fofocas da escola se espalharam pelas ruas. Negros e brancos sempre se deram muito bem — cada um sabia o seu lugar. Agora, ele não conseguia nem pegar uma xícara de café sem sentir o gosto da tensão nela. Fedia no ar, e ele já estava de saco cheio.

Mas, como o prefeito havia avisado, ele tinha um objetivo: que a noite não tivesse incidentes. Então, quando toda a atenção diminuísse e os alunos do último ano fossem para a faculdade, a cidade voltaria a ser como era, incluindo bailes de formatura separados.

West saiu de sua caminhonete e foi até a fita isolante.

Com exceção do policial Jessup Brooks, que ficara na delegacia, quase toda a sua força estava parada na frente do clube, com as viaturas estacionadas como um muro. Eles foram avisados sobre o protesto e passaram dias decidindo o melhor curso de ação.

O policial Chip West liderava como oficial comandante, junto aos policiais Eric Sawyer, Avery Channing, Heath Marder e o recém-chegado Jacob Ross, que fora transferido de Athens.

— Falei para recuarem! — gritou o policial Ross, a mão no cinto.

— Xerife — bufou a professora Morgan, totalmente exasperada. — Faz uma hora que os alunos estão no mesmo lugar, mas este homem parece ter um problema de visão e acha que eles estão de alguma forma se aproximando.

Ross semicerrou os olhos.

— E você deve ter problemas de audição, porque eu disse para RECUAREM! Mais três metros!

— Não estamos em propriedade privada — gritou uma jovem negra. — Podemos ficar onde quisermos!

O grupo parou devagar, os olhares pousando em West.

Ele suspirou.

— Senhora. Uma palavrinha?

A professora Morgan assentiu, e eles se afastaram.

— Me diga, isso é mesmo necessário? — perguntou ele, gesticulando para o grupo.

Ela deu de ombros.

— Os jovens estão apenas exercendo seu direito constitucional de fala.

— Fazendo um escarcéu sobre águas passadas?

Ela ergueu a sobrancelha, cruzando os braços.

— Acho que temos uma opinião diferente aqui. A pergunta real é se seus rapazes vão se comportar esta noite. É precisamente por isso que eu estou aqui, para agir como uma testemunha adulta. Tenho certeza que seu departamento não quer atenção negativa da imprensa.

O lábio superior de West se retesou.

— Você está certa. Não queremos confusão.

— Nem eles.

— Então estamos de acordo. Desde que todo mundo fique atrás da linha.

A professora Morgan observou a fronteira invisível.

— Parece razoável.

West rangeu os dentes. Ele odiava sentir que estava dando satisfações a uma mulher.

— Tudo bem. Vou voltar.

— Ô, pai. — O policial West correu até o carro do xerife. — Qual é a desse cara novo?

— O Ross?

— É. Você não acha que ele tem uns parafusos a menos?

West hesitou.

— Não entendi o que você quer dizer, filho.

— Ele é meio... cabeça quente. Pode ser que... bem, só acho que talvez ele não deva estar aqui esta noite.

Eles olharam para o policial Ross, que encarava a multidão abertamente. Durante a entrevista, Ross admitira que havia sido dispensado da posição anterior devido a um "mal-entendido". Mas West não havia pressionado. Ross tinha referências espetaculares, e eles precisavam muito de pessoal.

Mesmo assim, um simples lembrete não faria mal. Faria parecer que eles tinham bom senso.

West correu até os homens.

— Este é um protesto pacífico e vocês vão mantê-lo pacífico! Seja lá o que aconteça, não ponham a mão nesses jovens. Nada de armas! — Ele olhou diretamente para Ross. — E não quero nem ouvir falar do seu dedão perto do coldre. Entendeu?

— Sim, senhor — murmuraram os homens.

West tocou a aba do chapéu para a professora Morgan e voltou para a caminhonete, indo para casa. Sua esposa prometera deixar um prato de comida, e ele quase podia sentir o gosto da cerveja gelada que o esperava na geladeira. Não tinha planos de sair de casa outra vez naquela noite. Os rapazes podiam lidar com fosse lá o que acontecesse.

E, quando o baile terminasse, o amanhã seria outro lindo dia em Springville.

A noite inteira, Kenny ficou com a mão na lombar de Maddy. Mesmo sentados, ele aproveitava cada oportunidade para tocá-la de qualquer pequena maneira particular. As palmas suadas dele pareciam coxas de frango cruas enquanto ele segurava as dela debaixo da mesa. Estava nervoso, e Maddy gostava que ele estivesse nervoso. Isso a fazia se sentir menos sozinha. Mas ele não precisava estar. Aquela era a melhor noite de sua vida. E foi aí que realmente caiu a ficha de que suas diferenças os uniram e os completaram. Eles não precisavam estar à flor da pele; podiam ser apenas eles mesmos.

— E aí, o que você tá a fim de fazer? — perguntou Kenny. — Sobremesa? Cabine de fotos? Dançar mais?

Maddy olhou ao redor do salão e apontou para a mesa de bebidas.

— Podemos tomar ponche?

Kenny olhou para a tigela de cristal e fez uma careta.

— É, vamos pegar um pouco de água para você em vez disso — disse ele, puxando-a para mais perto. — Não confie naquilo.

Maddy franziu a testa. *Por que não posso confiar no ponche?*

— E aí, Kenny!

Ao ouvir a voz, Kenny ficou tenso, virando-se e se colocando diante de Maddy.

— Ah. Hã, oi — disse ele, surpreso.

O vestido de cetim laranja queimado de Jada ficava lindo em sua pele marrom-escura. Seus longos cachos estavam enrolados e presos com cristais.

— Achei que você não viesse — disse ela, como se estivesse impressionada. — Mas que bom que veio.

— Hã, é.

Maddy sentiu uma estranha hesitação, um tipo diferente de nervosismo em Kenny. Passou um dedo sobre os nós dos dedos dele — algo que o sentiu fazer antes —, na esperança de deixá-lo à vontade.

Jada balançou a cabeça para ela.

— Você tá muito bonita, Maddy.

— Obrigada — disse ela, ficando mais confortável com a atenção e o elogio. — Você também.

Kenny sorriu orgulhosamente para Maddy, apertando levemente o braço dela.

— Bom, vou fazer uma festinha amanhã. Meio que uma festa pós-pós-baile. Vocês querem ir?

Ele piscou, a boca abrindo.

— Claro! Quer dizer, seria legal. A gente vai. Valeu.

Maddy gostou da maneira como ele respondeu pelos dois e se inclinou em seu peito, segurando uma risadinha.

— Legal. Chamo vocês mais tarde, então. Boa sorte hoje!

— Obrigada!

— Obrigado!

*Boa sorte?*

— Beleza, gente — disse a voz do DJ no alto-falante. — Não se esqueçam de votar para o rei e a rainha do baile. Vamos contar os votos daqui a dez minutos.

Eles se sentaram, as cédulas de votação para o rei e rainha do baile colocados em sua frente. Maddy olhou ao redor do salão silencioso, absorvendo tudo — a decoração, a música, a pista de dança brilhante, as luzes cintilantes. Ela se comprometeu a memorizar cada detalhe da noite para que pudesse se lembrar sempre que necessário. Olhou para Kenny e flagrou o olhar dele nela outra vez, o que fez seu pulso acelerar e um rubor subir às bochechas.

Nas outras mesas, os jovens se debruçavam sobre seus papéis como se fosse uma partida decisiva.

*Ah!*

Ela puxou a cédula azul para mais perto.

— Hm, então em quem devemos votar? Você conhece todo mundo melhor que eu.

Kenny deu uma risadinha.

— Em quem devemos votar? Na gente!

— Hã?

Ele indicou o papel.

— Estamos aí.

Maddy olhou para a cédula, vendo seu nome na terceira linha.

*Madison Washington e Kendrick Scott*

Ela não pôde deixar de pensar em como seus nomes ficavam bonitos juntos em um pedaço de papel enquanto o lápis escorregava de seus dedos e o pânico a invadia.

— Você fez isso? — arfou ela.

— Rá! Eu não tenho mais tanto poder assim.

Ela se virou rapidamente para o palco, montado com uma decoração digna de realeza, coroas brilhantes reluzindo em almofadas de veludo vermelhas sob os holofotes. Seus lábios secaram, a língua grudando no céu da boca.

*Ele quer estar no palco, na frente de todas essas pessoas?*

— Não — arfou ela. — Não, diga a eles... diga a eles que não podemos... eu...

— Maddy. — Ele segurou o rosto dela nas mãos. — Olha pra mim.

Maddy engoliu em seco, tentando se controlar e focar os olhos suaves e gentis de Kendrick. Dando um sorrisinho, ele esfregou o dedão na bochecha dela.

— Não há ninguém aqui que seja mais digno ou mereça estar lá em cima mais do que você.

O coração de Maddy se expandiu, se esticando contra a pele, e ela enfim soltou o ar. Estivera prendendo a respiração todo esse tempo?

— Então vamos votar na gente — disse ele, oferecendo o lápis a ela. — Beleza?

Maddy fitou o lápis, os cantinhos dos lábios subindo. Era engraçado como um simples objeto pontiagudo havia mudado o curso de toda a vida dela.

— Beleza — disse ela assentindo, a nova palavra doce em seus lábios.

— Pronto. — Ele sorriu e preencheu a própria cédula.

Outra música lenta começou, e Kenny foi para a pista, com Maddy o seguindo mais disposta do que antes.

— Duas danças em uma noite — disse ele, assentindo impressionado enquanto a girava. — Cara, você é muito festeira.

Maddy deu uma risadinha, mordendo o lábio.

— Opa. Foi outro sorriso? Lembra do que eu falei? Você é divertida.

— Sim. Você falou.

Ele a aninhou contra o peito enquanto eles balançavam, a proximidade esmagadora. Kenny estava falando sério? Ele queria mesmo estar com ela? Mas ele iria para a faculdade em breve, e ela ainda estaria na loja do pai. E quanto a Wendy? O que iriam dizer? O que fariam com Maddy por tirá-lo dela?

— Para — disse Kenny.

Ela ergueu a cabeça, assustada.

— Hã?

— Para de pensar demais — reprimiu ele. — Isto é o que eu quero. E você?

Ela assentiu. Não havia nada no mundo que ela quisesse mais.

— Então beleza — disse ele. — Tudo vai ficar bem. Vamos ficar bem.

Maddy olhou para ele, observando os traços de seu rosto perfeito, e riu.

— Tem certeza de que não é sensitivo como a sua mãe?

Ele balançou a cabeça, rindo.

— Desculpe. Só não quero que você se preocupe. Com nada. Está segura do meu lado.

Algo não dito se passou entre eles, uma intimidade mental palpável, a conexão crepitando em seus ouvidos.

Maddy engoliu em seco.

— Kendrick?

— Sim?

— Antes de irmos, hã, olhar para as estrelas... podemos comer pizza?

Ele sorriu.

— Claro! Vamos pegar uma pizza inteira e uns refrigerantes também.

Mas uma pontada incomodou a base de sua coluna. A princípio, ela ignorou, mas ficou mais forte, como dentes molhados batendo no osso, exigindo que ela reconhecesse sua presença, a intuição gritando. Não fazia sentido. Como algo poderia estar errado quando Kenny a olhava como se ela fosse feita de puro ouro?

*Estou segura com ele*, pensou Maddy, tentando permanecer no momento. *Você está apenas sendo paranoica. Papai não está aqui. Ninguém está tentando enganá-la. Você está segura com Kendrick. Você está segura.*

Ela repetiu aquelas palavras mentalmente várias vezes. Mas sua pele estava muito quente. Ela precisava de ar. Espaço. Uma chance de se recompor.

— Eu… preciso ir ao banheiro.

— Vou com você! — gritou ele, e então fechou os olhos com força, se repreendendo. — Quer dizer, vou ficar esperando do lado de fora.

Ele não a queria fora de vista nem por um momento. O pensamento trouxe um sorriso aos lábios dela. Estava segura. Segura com Kendrick.

*Nada vai acontecer*, pensou ela. *Estou sendo boba.*

O microfone do palco guinchou.

— Alô, gente! Está quase na hora de coroar o rei e a rainha!

Kenny arriscou um beijo rápido na têmpora dela.

— Vem. Vamos nos sentar.

Do canto da sala, Charlotte observou a posição da mão de Kenny nas costas de Maddy, o olhar dele beirando a paixão.

*Ele nunca olhou para Wendy assim.*

Não foi um pensamento amargo, foi mais uma observação. Bem feito para Wendy por desfilar com ele, agindo como se ela fosse melhor do que todos ao deixá-lo levar Maddy ao baile. Ela amava sua amiga, mas também achava sua autodepreciação irritante e odiava a maneira como as últimas semanas haviam destruído a união do grupo. Ela sentia falta da maneira que as coisas costumavam ser. Como Wendy poderia virar as costas para Jules? Sim, Jules não deveria ter feito o que fez. Mas ela não matou ninguém, e, com base em todos os programas de crimes reais que Charlotte assistia com suas irmãs, até mesmo assassinos continuavam sendo amados por suas mães.

Charlotte tirou outra foto. Precisava de mais provas para Wendy.

— Oi! — Kayleigh esbarrou em Charlotte com o quadril.

— MEU DEUS! Tá fazendo o que aqui? — gritou ela, alegre.

Elas se abraçaram como se não se vissem havia tempos.

Kayleigh usava um vestido iridescente cor de ameixa com alças finas e sapatos rosa chiclete, o cabelo castanho em ondas suaves.

— O baile é meio chato sem vocês — disse ela, dando de ombros. — Jason já tá caindo de bêbado, e Jules está ficando com Brady na limusine. Pensei em vir ajudar um pouco. Vão anunciar o rei e a rainha daqui a pouco, né?

— É. Eu já ia pegar a urna e começar a contar.

— Ah, deixa que eu conto!

Charlotte paralisou, franzindo a testa.

— Sério?

Kayleigh sorriu.

— Você sabe que eu adoro essas coisas! Vai dançar com o Chris.

— Tem certeza?

— Deixa comigo!

— Hm, tá bom.

Kayleigh sorriu e saiu correndo. Pegou a urna da mesa e foi para os bastidores.

O que Charlotte não viu, enquanto Chris a levava para a pista de dança, foi que o vestido de Kayleigh — como a maioria dos vestidos dela — tinha bolsos. E dentro de um desses bolsos estava uma pilha de papéis azuis.

No dia em que estavam decorando, nem Wendy nem Charlotte a viram destrancar a porta dos bastidores e roubar uma única cédula de uma das mesas.

Com a cédula em mãos, tirar cópias foi muito fácil. E, enquanto assistia a um episódio de seu reality show favorito, ela havia marcado cada papel com votos para os malfadados vencedores daquela noite.

# VINTE

*31 de maio de 2014*

JULES E BRADY estacionaram a caminhonete de Kayleigh nas sombras do estacionamento lotado. O carro de Jules teria chamado atenção demais, disparando alertas no baile unificado. Ela desceu da caminhonete, os saltos cheios de glitter afundando na grama enlameada, e olhou ao redor para se certificar de que a barra estava limpa.

Brady deu a volta no carro e a abraçou, encostando os lábios encharcados de uísque nos dela.

— Ai, Brady! Cuidado — gritou Jules, se afastando. — Minha maquiagem.

— Shhh, amor. Fala baixo.

Jules estava com um longo vestido de frente única azul-claro. Assim que o experimentou na loja, ela soube que era aquele. O vestido mantinha seu decote na altura certa para não parecer proposital e berrante. Seu cabelo ruivo estava enrolado e preso em um coque com uma tiara de strass. Ela podia se imaginar com um penteado assim no dia em que se casasse.

Haviam acabado de servir a sobremesa no country club, então ninguém reparou quando ela e Brady saíram para tomar um pouco de ar. Ela planejava dançar o resto da noite com suas amigas. Fazia anos que sonhava com o baile de formatura perfeito. Mas tinha algo para resolver primeiro.

— Tem certeza de que vai funcionar? — perguntou Jules enquanto Brady abria o porta-malas, tirando uma mochilinha preta.

— Relaxa, amor. Deixa comigo.

Como poderia relaxar quando Brady era burro como uma porta e ela tivera que vigiá-lo a noite inteira para que ele não ferrasse com tudo?

— Tá, então vamos. E lembre-se, temos que nos esconder atrás das cortinas. Não podemos ser vistos.

— Tá bom — concordou ele. — Mas isso significa que, assim que acontecer, temos que sair correndo. Você não vai ver sua obra de arte.

— Ah, vou, sim. — Ela sorriu. — Todo mundo vai postar fotos. Eles vão rir tanto que vão ouvir lá do centro da cidade. Agora, rápido! Eles estão começando!

Eles foram em direção ao Celeiro, ficando fora de vista, e entraram pela porta dos fundos.

— Oi, gente! — A voz de Jackie Torrence guinchando nos alto-falantes chamou a atenção de todos, que assoviaram e bateram palmas.

Brady e Jules caminharam na ponta dos pés até suas posições, as cortinas escuras dos bastidores mantendo-os escondidos.

— Obrigada a todos por virem esta noite. Este é o começo de uma nova tradição em Springville. Algo que devia ter acontecido há muito, *muito* tempo. Então um brinde a nós por promovermos a mudança!

Jules espiou por trás da cortina. Jackie estava de costas para ela com o microfone, a multidão enchendo a pista de dança com rostos alegres e brilhantes. Ela sentiu um prazer imenso ao saber que eles não sorririam por muito tempo. A noite deles estava prestes a terminar.

À direita do palco, ela viu Charlotte em pé com Chris, batendo palmas junto com todos os outros. *Traidores!*

Em cima de um adereço de palco, Brady abriu o zíper de sua bolsa, os aplausos da multidão mascarando o som.

— Agradecimentos especiais ao comitê do baile e a todos que se voluntariaram para fazer esta noite incrível acontecer!

*Wendy fez esta noite acontecer*, pensou Jules com ódio. O baile de formatura perfeito foi obra dela. Enquanto Jackie tagarelava, Brady pegou seu minidrone e o controle remoto. Com um clique, o fez ganhar vida. Ele assentiu para Jules. Estavam prontos.

— Tá, vamos lá! O momento que vocês estavam esperando. Tenho os nomes do rei e da rainha do baile aqui.

Jules conferiu o celular, procurando pela mensagem de confirmação de Kayleigh. Lá em cima, o balde estava posicionado na viga de aço.

— Estão prontos?

Todos bateram palmas e assoviaram. Jules umedeceu os lábios, buscando avidamente pelo rosto de Maddy na multidão. Queria ver a expressão dela durante o breve momento de felicidade, antes que fosse arrancada.

— E os vencedores são... meu Deus. Maddy Washington e Kenny Scott!

O lugar explodiu, a multidão rugindo. A música gritava nos alto-falantes e estrelinhas lançavam uma nevasca prateada no ar.

Um holofote atravessou a sala, pousando em Maddy e Kenny, fazendo seus dentes brancos brilharem. Jules agarrou a cortina, uma emoção pulsando através dela enquanto assentia para Brady.

Ele fez o drone voar, zumbindo até o teto e pairando diretamente atrás do balde, como um beija-flor em uma petúnia.

— Maddy Washington e Kenny Scott!

Maddy congelou. Os aplausos a atordoaram e a paralisaram. Acima deles, a lua girava mais rápido. Sua respiração ficou presa.

— Ih! A gente ganhou! — gritou Kenny, segurando o rosto dela entre as mãos.

— O quê? — Ela tossiu, o ar frio entrando.

Ele a encarou, e então, sem hesitar, colou os lábios nos dela. Com o equilíbrio do corpo abalado, Maddy sentiu a pulsação disparar. O beijo apaixonado que ela tinha visto em tantos filmes finalmente estava acontecendo. Os instintos assumiram o controle. Ela fechou os olhos e se inclinou, aprofundando o beijo. Um gemido escapou de Kenny, e ele a agarrou com mais força, as mãos em punhos em seu cabelo. Correntes ricocheteavam dele como ondas de calor.

Ele a amava. Ele a amava. Ele a amava...

O salão tremia com aplausos. Os assovios ficaram mais altos, ensurdecedores.

Kenny se afastou, as testas deles se tocando. Ele riu, e foi o som mais feliz que Maddy já havia ouvido. Lágrimas deslizaram dos cantos dos olhos dela.

Confete prateado choveu ao redor deles, o holofote repentinamente ferindo suas retinas. Maddy estremeceu. As cores eram muito brilhantes, os sons muito altos. Deveria sentir tudo tão intensamente?

Kenny levantou-se e virou-se para ela.

— Espera — murmurou Maddy. Mas ele já a puxava para fora do assento. Ela lutou para recuperar o equilíbrio, dividida entre sair correndo para longe ou em direção a ele.

De coração acelerado, ela manteve a cabeça baixa, focando os sapatos brilhantes de Kenny.

*Olhe para mim. Só para mim.*

Eles passaram pela multidão, ouvindo o nome dela sendo gritado em todas as direções, sentindo as pessoas dando tapinhas nas costas e nos ombros dela. Maddy sentia a alegria deles pulsando por seu corpo, ouvindo os comentários:

— Parabéns, Maddy!

— Kenny e Maddy!

— Não acredito que eles ganharam!

— Vai, Maddy! Você merece!

Ela ergueu o olhar assim que chegaram ao palco e viu os tronos dourados, boquiaberta, atordoada com a exuberância.

Kenny a ajudou a subir a escada, os holofotes brilhando no broche de diamante dela. Ergueu os braços, vitorioso, e a multidão aplaudiu mais alto. As pernas de Maddy pareciam fracas. Kenny enlaçou a cintura dela, mantendo-a mais perto.

— Parabéns, Maddy — disse Jackie, segurando a coroa que brilhava na luz forte. Atordoada, Maddy abaixou um pouco. Jackie prendeu a coroa no cabelo dela, enquanto alguém passava uma faixa branca com os dizeres *Rainha do Baile* pelos ombros dela e outra pessoa colocava um buquê de rosas vermelhas em seus braços, a fragrância potente e intoxicante.

Maddy tentou recuperar o fôlego e acalmar os nervos, enfim se permitindo olhar para a multidão, um mar de rostos sorridentes.

Eles estavam mesmo felizes por ela, apesar de tudo.

— No lugar! Preciso tirar a foto! — gritou uma pessoa.

— Sorria, Maddy! — pediu outra. — Você tá igual a um cervo assustado.

— O quê? Hã? — murmurou ela, os pés pesados, se virando para todos os lados possíveis. Os flashes a cegavam, e ela deu um passo para trás.

Kenny estava lá outra vez, pegando o braço dela com gentileza, e ele parecia tão adorável em sua coroa, como um príncipe. Não, mais como um rei. Ele a conduziu até os tronos, apontando para uma marca no chão. Lado a lado, os dois não pararam de se olhar nem por um segundo. Maddy ferveu com uma necessidade avassaladora, uma fome indescritível de beijá-lo novamente. E então ela ficou na ponta dos pés, agarrou as lapelas de cetim dele e puxou-o para seus lábios. Aplausos irromperam e um trovão alegre sacudiu a sala.

Kenny riu enquanto a beijava, o rosto feliz, e, naquele momento, Maddy quis estar sozinha com ele, vendo as estrelas, só os dois.

Ele acenou para a multidão. Ela observou e imitou o movimento, acenando como uma princesa de verdade, como Grace Kelly em *O cisne*, o coração batendo forte, um sorriso aparecendo nos lábios.

Mas então suas orelhas se ergueram, as pontas queimando. Algo zumbiu ali perto. Ela sentiu mais do que ouviu. O bater de asas furioso enquanto o bando se aproximava. O pânico a rasgou.

*Os pássaros!*

Kenny continuou a acenar, sorrindo para ela, amor em seus olhos. *Ele não está ouvindo?* O som eclipsava os aplausos estrondosos nos ouvidos de Maddy, a sala ficando quase muda. Ela olhou para trás, procurando.

*O que é aquilo?*

Seu pulso desacelerou, os pulmões endurecendo. Um fio, grosso como uma corda, puxou seu pulso, tentando tirá-la do palco, afastá-la. Se ao menos tivesse dado ouvidos àquela pontada em sua coluna, ela saberia que deveria olhar para cima.

Antes que um maremoto desabasse sobre sua cabeça.

# VINTE E UM

*31 de maio de 2014*
OS OLHOS DE Jules brilhavam ao ver a carnificina se desenrolar. O sorriso quase partiu o rosto dela em dois enquanto um arfar coletivo tomava conta do salão. Ela cobriu a boca para segurar uma risada alta.

O drone de Brady pousou a seus pés. Ele o agarrou, junto com a bolsa.

— Vamos — sussurrou ele. — Amor, vamos.

Ele agarrou o braço dela, puxando-a em direção à porta. Jules não conseguia parar de olhar para o cabelo de Maddy.

Lá fora, Brady fechou a porta com cuidado e foi em direção ao carro.

— Não — arfou Jules com um sorriso trêmulo, puxando o braço. — Espera! Eu quero ver.

— Pensei que você tinha dito…

— Ela deve estar ridícula pra caralho! — Ela riu. — Você viu a cara de todo mundo? Impagável, porra!

— Shhh. Amor, temos que ir antes que alguém venha aqui fora.

— Pera aí! Escuta. Deve dar pra ouvir daqui.

Jules ficou parada, prendendo a respiração, o ar noturno cheio do canto das cigarras, até que de repente elas pararam de cantar. Jules deu um passo em direção à porta, inclinando a cabeça, e então franziu a testa.

— Não tô ouvindo nada. Ninguém tá rindo. — Ela se virou para Brady. — Por que ninguém tá rindo?

— Não sei, mas temos que ir. Vamos! — Ele agarrou o braço dela e saiu correndo.

Wendy parou na entrada do estacionamento lotado do Celeiro, xingando baixinho. Ela teria que dar a volta nos dois estacionamentos para parar atrás do prédio. Seus sapatos ficariam cobertos de lama. Não era exatamente como ela gostaria de aparecer lá. Já havia até passado mais maquiagem do que o necessário para sua inspeçãozinha surpresa.

*Não por causa de Maddy*, pensou ela. Só estava a fim de se arrumar.

Ela abriu a janela para examinar a lama. À direita, o grito dos manifestantes se misturava com a música que saía do country club do outro lado dos trilhos. Mas o Celeiro estava em silêncio. Onde estava o DJ? Tinham pagado caro por ele.

De repente, Jules e Brady passaram correndo diante de seus faróis como cervos em fuga, o vestido dela brilhando.

— Jules? — murmurou Wendy, saindo do carro. — Jules!

Em choque, Jules se virou, uma aparição fantasmagórica. Mas então reconheceu Wendy, e sua expressão se transformou em um sorrisinho maldoso.

— Agora Maddy é a garota branca que sempre quis ser! — gritou ela.

— Quê? Do que você tá falando?

Brady a puxou pelo braço. Jules cambaleou para trás, sorrindo. Então eles pularam no carro e aceleraram.

Wendy se virou para o Celeiro, o medo fazendo seu estômago revirar.

*Meu Deus, o que ela fez?*

Ela entrou de volta no carro e deu marcha a ré, dirigindo pela grama até a lateral do Celeiro. Os faróis bateram em uma grande rocha escondida por ervas daninhas altas. Wendy gritou enquanto desviava, passando pela lama espessa. A roda traseira afundou em um buraco fundo e parou.

O carro estava preso.

## Do artigo do *Buzzfeed* "Do que me lembro", de Nicole Rhinebeck

A tinta caiu como uma onda gigante, esguichando em tudo. Todos disparamos para longe do palco, tentando sair da frente. Mas a pobre da Maddy estava coberta de tinta.

Ela ficou parada lá, estendendo os braços, tentando limpar a tinta dos olhos. Parecia um daqueles mímicos mudos.

Kayleigh começou a rir. Dava para saber que era ela. Ela tinha uma risada bem característica. Mas ninguém mais ria. Era perturbador pra c*ralho.

Kenny começou a gritar com todo mundo. Falei para o meu namorado subir lá e ajudá-la, mas o terno dele era alugado. Ele não podia sujá-lo, ou teria que pagar multa. Essa era a realidade de todo mundo ali.

Os alunos brancos começaram a ir embora, pelo menos alguns deles. Tentei tirar fotos, mas meu celular não ligava. Foi quando percebi que nenhum celular estava funcionando. Foi nesse momento que eu devia ter entendido que havia algo errado.

## *31 de maio de 2014*

No palco, Charlotte arfou de puro horror. Os tronos estavam cobertos de tinta, e, por um momento insano, ela pensou em Wendy surtando por causa do dinheiro da garantia. A música parou de repente, como se um fio tivesse sido puxado. Acima deles, uma luz piscou, estalou e os jovens se esquivaram da chuva de vidro. E então... silêncio, todos apenas olhando para Maddy. Atrás deles, a gargalhada de Kayleigh ecoou e ricocheteou nas paredes. Charlotte quase se esqueceu de que ela estava ali. Uma porta se fechou e o salão ficou em silêncio mais uma vez.

— Meu celular não tá funcionando — murmurou uma garota atrás dela. Uma onda de murmúrios confusos encheu o ar. Como alguém podia se preocupar com o celular em um momento como aquele?

— Que porra é essa? — gritou Kenny, e a multidão se encolheu. O branco dos olhos de Maddy se misturava à tinta. Quem faria algo tão horrível? Nem tinha graça. Era só nojento e sádico.

Charlotte sentiu um leve puxão na mão e se virou.

Chris.

— Vem — sussurrou ele, sem tirar os olhos do palco. — Vamos.

— Quê?

— Temos que sair daqui.

— Quê? — arfou ela, tentando se soltar. — Não podemos ir embora.

Chris, sabendo que estavam cercados, se inclinou para mais perto.

— Não podemos fazer nada. Temos que ir antes que eles comecem a nos culpar por essa merda.

Ela logo se deu conta. *Eles* eram os alunos negros. Os perigosos e explosivos. Claro, eles culpariam qualquer pessoa branca ali por arruinar o baile. Pensar naqueles protestos na TV a fez sentir um frio na barriga.

Eles eram minoria ali. Precisavam ir embora.

Sem voz, ela assentiu, permitindo que Chris a conduzisse para fora do salão, evitando os olhares mortais enquanto fugiam na noite.

— Ei, ei, ei! Ora, ora, ora! Alunos racistas, vão embora!

A professora Morgan enfiou as mãos nos bolsos dos jeans, observando o policial Ross fazer cara feia para seus alunos. Não conseguia decidir se os outros policiais eram perigosos ou não. A maioria deles tinha mais ou menos a idade dela, com pelo menos uma década na polícia. Mas havia uma incerteza nervosa em seus olhares, como se qualquer barulho alto fosse assustá-los.

Todos, menos Ross. Ele parecia pronto para a ação.

Apesar disso, ela continuou orgulhosamente ao lado de seus alunos. Não era hora de expressar sua apreensão. Eles não estavam com medo, e ela não estaria, também. *Fale menos, faça mais,* pensou. Pretendia ficar até o fim.

— Clube racista! Clube racista!

Ross riu, balançando a cabeça.

— Babaquinhas burros — resmungou com o policial Channing.

A professora Morgan cruzou os braços diante dos policiais Sawyer e Ross.

— Não acham que estão exagerando? — perguntou, indicando a barricada improvisada deles. Já tinha visto barricadas menores diante da Casa Branca.

Ross sorriu, indicando o grupo com o queixo.

— Que tal você expulsar seus cachorrinhos? Assim não precisamos ficar aqui de babás para a sua ganguezinha de Malcolms e Martins.

O policial West empalideceu, olhando para o policial Marder em busca de apoio. Mas eles eram os mais jovens da força e não estavam acostumados a conflitos reais. Especialmente na própria cidade.

— Ei! — gritou a professora Morgan. — Eles são jovens! Não animais! Têm todo o direito de estar aqui.

Antes que Ross pudesse responder, uma voz cortou o ar. A multidão se virou.

Kayleigh saiu correndo da escuridão, o rosto vermelho de tanto rir. Ela pulou os trilhos, segurando os saltos, mas de repente parou ao ver os manifestantes, se endireitando com uma civilidade zombeteira.

— Com liceeeeença — cantou ela, passando pelos manifestantes com um sorrisinho, gesticulando para o operador de câmera.

— Qual é a graça? — alguém perguntou.

— Maddy Washington é a graça! — Ela riu. E então cumprimentou os policiais e saiu correndo pelos portões do clube, guinchando alegremente.

Os estudantes se remexeram, incertos.

— O que tem de tão engraçado na Maddy? — estourou Kali.

Mais passos. Charlotte e Chris correndo de mãos dadas na direção deles, parecendo em pânico.

Eles passaram pelos trilhos e pela multidão de cabeça baixa. Charlotte viu a professora Morgan. Abriu a boca, mas a fechou enquanto Chris a arrastava pelos portões.

O coração da professora Morgan disparou enquanto ela se virava devagar para o Celeiro.

— Ah, não.

# VINTE E DOIS

*31 de maio de 2014*

O SALÃO ESTAVA no mais puro silêncio.

Maddy olhou para o balde de plástico amarelo pendurado acima da cabeça dela, as luzes do palco reluzindo na alça de metal, a tinta descendo pelos seus braços, pelos ombros, pelas costas.

A tinta branca era grossa, pegajosa, o cheiro tão forte que queimava os olhos. Cada osso se moveu sob a pele dela. Seus músculos se liquefaziam, se solidificavam, e então se liquefaziam novamente. Devagar, ela olhou para seu vestido preto, agora encharcado e grudado em sua pele, uma obra de arte bizarra. Ao pé dela, sua coroa jazia em uma poça branca.

Mas Maddy só conseguia se concentrar no fato de que seu cabelo estava molhado.

Ela tocou a raiz com dedos trêmulos, sentindo apenas a textura da tinta. Em instantes, seu cabelo aumentaria para um tamanho bestial.

*Papai vai ficar tão bravo*, pensou enquanto vislumbres de chamas, mangueiras de água e pentes de metal embaçavam sua visão. Sua pálpebra esquerda tremia, e a lâmpada do palco acima dela estourou.

O salão zumbiu, um berro em seu ouvido, as batidas de seu coração um gongo vagaroso.

De primeira, não percebeu que alguém falava com ela. Gritava com ela.

Kendrick.

Ela tentou responder, mas sua garganta estava fechada, a língua coberta de fermento.

Então a mão dele envolveu o pulso dela, puxando-a para fora do palco e para a pista de dança. Havia outras vozes, tentando falar com ele, tentando detê-lo, argumentar. Enquanto suas pernas rígidas se mexiam, ela sentiu algo dentro do peito quebrar e desmoronar como um biscoito queimado.

Maddy não tinha ideia de que seu corpo estava se transformando para acomodar uma loucura selvagem em erupção.

O ar da noite a trouxe de volta à realidade. Gritos vieram do Celeiro atrás deles. Mas ela não conseguia se virar.

Kendrick estava indo rápido demais. Ela tinha que dar dois passos para acompanhar no ritmo dele, os saltos fincando na lama. A faixa deslizou de seu ombro, caindo no chão, e ela leu as letras douradas brilhantes uma última vez.

*Rainha do Baile.*

Kendrick a ergueu para passar pelos trilhos, a tinta branca agora manchando seu terno.

Vozes arfavam à frente deles. Uma multidão de silhuetas. Alguém disse o nome dela de novo.

— Maddy? — chamou a professora Morgan. — Meu Deus, Maddy, o que aconteceu?

Kendrick ainda a puxava, em algum lugar. A multidão se dividiu como o Mar Vermelho. Ele deveria ser o Moisés dela, conduzindo-a à terra prometida. A esperança sequer existia para uma garota como ela?

O olho dela tremeu. Ninguém reparou quando o para-brisa da viatura rachou.

— Kenny! O que aconteceu? — perguntou Kali, chocada. — Ah, merda, Maddy...

Kendrick parou de súbito, uma Maddy anestesiada atrás.

— Opa, opa. Aonde você pensa que vai? — perguntou outra voz. Maddy ergueu o olhar. Um policial estava cara a cara com Kendrick.

— Com licença, precisamos passar — gritou ele.

— Por quê?

— Como assim por quê? Olha só o que eles fizeram!

Maddy olhou para o chão enquanto o mundo parecia nadar ao seu redor, totalmente consciente de sua aparência e da pena que sentiriam.

— Quem são "eles"? — devolveu o policial.

— Os alunos brancos — gritou ele, apontando à frente. Kendrick ainda segurava o pulso dela com força.

A professora Morgan gentilmente virou Maddy em sua direção, a expressão chocada. Ela pegou lenços de papel da bolsa para limpar os olhos da aluna.

— Ai, Maddy — sussurrou, a voz embargada. — Eu sinto tanto.

Maddy cambaleou, encarando-a.

— Você disse... que eu era poderosa — murmurou ela, anestesiada.

A professora Morgan ficou boquiaberta, como se não soubesse o que dizer. Então engoliu em seco, agarrando os ombros de Maddy.

— Você é. Eles são covardes. E o que fizeram... eles vão pagar por isso.

Naquele momento, soou a voz que Maddy tentara ignorar a noite inteira. *Ela mentiu! Todo mundo sempre mente pra você.*

— Deixem eles passarem — gritou Kali. — Esses babacas precisam saber que o que fizeram foi errado!

— Como vocês sabem que "eles" fizeram algo? — O policial riu.

— Cara, tá falando sério? — cuspiu Kendrick.

— Você viu eles passarem por aqui! Rindo! — gritou alguém na multidão.

— Não foram só eles — disse Kenny. — Todos estão envolvidos. Eu os conheço. E eles precisam ver com os próprios olhos o que fizeram!

Atrás dela, dezenas de passos pisaram no cascalho, uma grossa nuvem de vozes os cercando.

— Precisamos entrar lá — gritou Jackie. — Eles arruinaram a porra do nosso baile de formatura!

Maddy podia sentir seu cabelo encrespando, um monstro movendo-se devagar. E seu vestido... estava arruinado. Ela trabalhara diligentemente no tecido, consertando o zíper, subindo as alças para que seus seios não ficassem expostos. Agora, parecia que ela havia sido mergulhada em uma tigela de massa de panqueca. Sua pálpebra tremeu.

Um cinegrafista tirou a câmera do ombro, batendo na lateral.

— Que porra é essa? Apagou! Não consigo ligar de volta.

— Deixem eles entrarem! — gritou a multidão. — Deixem. Eles. Entrarem!

— Chamem reforços — gritou um policial. — Agora!

Wendy enfim soltou a roda presa e estacionou o carro atrás do Celeiro, então correu pela lama e abriu a porta lateral do palco, abrindo caminho pelas cortinas pretas. O salão estava meio vazio, as luzes acesas, as decorações derrubadas, as cadeiras caídas... Mas o que a atingiu primeiro foi o fedor de tinta, como se o local estivesse encharcado. Pegadas brancas marcavam a pista de dança. Ela se virou e gritou, as mãos voando para o rosto. O palco era uma cena de crime monocromática.

— Meu Deus...

— Você!

Do outro lado da sala, Regina irrompeu na direção dela com um vestido azul-marinho. O acompanhante dela a segurava enquanto ela arranhava o ar, mirando no pescoço de Wendy.

— Sua puta do caralho!

— E-eu... — gaguejou Wendy. — O q-que aconteceu?

— Não se finja de burra! Você armou para a Maddy! Armou para todos nós!

— Maddy? O quê? Não! Não fiz nada!

— Você tava nessa merda desde o começo! Trabalhando com eles, só para arruinar a porra do nosso baile!

— Eles? Não! Eu não fazia ideia...

— Então tá fazendo o que aqui, hein? Tava fazendo o que nos bastidores, de jeans?

Wendy abriu e fechou a boca. Não conseguia pensar em uma única resposta que não parecesse loucura.

— É, foi o que pensei — cuspiu Regina. — Você insistiu em estar na comissão do baile, chamou suas amiguinhas para ajudar, só para fazer isso? Vocês não têm mais o que fazer? Já não fizeram o suficiente contra a Maddy?

Wendy ficou sem palavras. Rashad se aproximou.

— Gente! Vem. Tem alguma coisa acontecendo lá fora!

Mas Regina não tinha acabado. Ela lançou um último olhar perfurante para Wendy.

— Vou lidar com você mais tarde — gritou ela, e seguiu todos para fora, o salão inteiro esvaziando.

Wendy ficou paralisada na pista de dança. Um choro triste ameaçou explodir quando ela viu os destroços. Todo o seu trabalho árduo, seu planejamento meticuloso e atenção aos detalhes foram apagados com tinta. Ela tinha pensado em tudo... tudo, menos isso. Não havia o que consertar; a noite não podia ser salva. Ela tinha falhado. E nunca tinha falhado em nada antes.

No palco, a coroa brilhava em uma poça branca. Ela subiu os degraus, dando a volta na ponta dos pés, e olhou para o balde pendurado acima, um logotipo laranja da Equipamentos Marshall impresso na lateral.

Jules.

Jules já fizera várias pegadinhas na vida, mas nada tão monstruoso assim. Wendy não havia percebido quão cruel Jules podia ser? Se ela fosse sincera consigo, sabia o tempo todo e escolhera não fazer nada a respeito. Porque ser amiga de Jules significava estar protegida de tudo que temia não conseguir ser.

Wendy afundou na lateral de um trono, o assento de veludo vermelho cheio de tinta. Ninguém jamais acreditaria que Wendy não tinha nada a ver com aquela pegadinha. Nem Regina, nem Kali, nem mesmo Kenny. De certa forma, ela merecia isso, depois de anos em cima do muro.

Do lado de fora, um grito horripilante a fez levantar a cabeça.

Ela pulou do palco e correu para a porta.

Do outro lado dos trilhos, a multidão estava em frente ao clube, todo o baile gritando.

— Kenny! Kenny! — alguém gritou.

— Meu Deus — arfou ela, correndo.

— Não! Pare! — uma voz berrou, seguida pelo choro gutural de uma garota. — Kenny!

Wendy tentou correr o mais rápido possível.

*Por favor, por favor, por favor.*

De repente, seu rosto teve um espasmo e parecia que um prego havia se cravado em seu ouvido. Ela agarrou a lateral da cabeça, o som tão alto que seu corpo inteiro estremeceu. Ela caiu, o cascalho cortando seus joelhos. Os gritos abafados da multidão perfuraram o ar.

Lutando contra a pressão, Wendy olhou para cima, os globos oculares oscilando nas órbitas… bem no momento em que o primeiro carro da polícia flutuou no céu, balançando no ar como se pendurado por uma corda de marionete.

# VINTE E TRÊS

*31 de maio de 2014*

O AR AMENO estalava de tensão. Maddy tentou se afastar, procurar um oxigênio diferente para respirar. Mas Kendrick a segurava com força, o sangue martelando em suas veias. Eles estavam encurralados; o baile inteiro gritando atrás deles, os manifestantes nas laterais e a polícia à frente, bloqueando o acesso ao clube. Ela estremeceu, a tinta grudando seus cílios, o couro cabeludo formigando e queimando como se tivesse deixado uma química de alisamento por tempo demais.

— Olha só o que eles fizeram! — bradou Kenny, apontando para Maddy. — Armaram para ela! Isso não é considerado agressão ou algo assim?

Um policial alto e ruivo olhou para os colegas. Maddy leu o distintivo dele: *Ross*.

— Filho, você precisa ir para casa — disse ele, a voz presunçosa. — Leve sua namorada, tire-a daqui e dê um banho nela.

— Não, não vou embora. Preciso falar com eles!

Ross semicerrou os olhos e deu um passo à frente. Kendrick ficou na frente de Maddy, sem soltar a mão dela.

— Garoto, eu disse para ir para casa! — gritou Ross, apontando para a direção da qual vieram.

— Quem você tá chamando de "garoto"? Não sou seu garoto!

O pânico invadiu cada centímetro do corpo de Maddy. Ela apertou a mão de Kenny.

— Por favor, Kendrick — choramingou Maddy. Ela não se importava com o que lhe aconteceria. Não importava; nada mudaria. Ele sabia disso. Mas as palavras dela foram afogadas em um mar de raiva.

A mão de Ross estava no cinto, se aproximando da arma.

A multidão empurrou, acotovelou e gritou, a espessura da linha se tornando mais fina, sufocante. Maddy perdeu o equilíbrio, tropeçando em Kenny. Ele a agarrou, e ela roubou toda sua atenção. A raiva derreteu em seus olhos, sua mandíbula afrouxou e, por um breve momento, o mundo ao redor deles desapareceu.

— Maddy — sussurrou ele com um sorrisinho, tocando o rosto dela. Maddy se inclinou para a palma dele, os calos arranhando sua bochecha.

E antes que Maddy pudesse abrir a boca para implorar para irem embora, atrás deles, Rose tropeçou no próprio vestido longo de renda lavanda, caindo em cima de Kendrick. Ele tombou para a frente como um dominó, sobre o policial Ross.

— Mas que merda! — rugiu Ross, empurrando Kendrick. Ele se endireitou e, com um movimento rápido, estendeu a mão para o cassetete.

Cambaleando, Kenny arregalou os olhos, o corpo inundado de terror, deixando Maddy sem ar.

— Espera! — murmurou Kenny, erguendo a mão, virando-se para tirar Maddy da frente.

O cassetete pairou no ar antes de atingir o crânio de Kenny. Algo espirrou no rosto de Maddy e ela se encolheu.

— NÃO! — gritou Kali, e a multidão ficou em silêncio. — KENNY!

Sangue escorria no meio do rosto de Kenny, desviando de seu nariz. Ele cambaleou, os olhos revirados, enquanto o braço de Ross se arqueava para atingi-lo de novo. E de novo.

Paralisada no chão, Maddy estremeceu com cada golpe, o sangue espirrando nela, os músculos congelados. Kenny continuou segurando a mão dela, até mesmo quando caiu e Ross ficou de pé sobre ele, o pescoço retesado, desferindo outro golpe. E quando enfim a soltou, agarrou o tornozelo nu dela antes de apagar.

— Pare — disse Maddy fracamente, a mão erguida, mas o medo devorou seus poderes. O ar cheirava a moedas de um centavo. Ela podia sentir o gosto na língua.

Um policial puxou Ross para longe.

— Ô, cara! O que você tá fazendo? Enlouqueceu? Não sabe quem é esse daí?

Ross se levantou, a testa suada, apontando o cassetete ensanguentado para a multidão.

— Você viu! Ele atacou um policial!

A multidão recuou, todos com medo de se tornarem a próxima vítima de Ross. Foram necessárias três pessoas para segurar Kali, cujos gritos torturantes ecoavam na noite:

— Kenny! Kenny!

Kenny estava inconsciente aos pés de Maddy, o rosto quase irreconhecível. O sangue dele pesava na pele dela. Escorria pelas axilas, o vermelho misturando-se com a tinta branca, virando cor-de-rosa. Ela podia sentir cada grama pesando em seus músculos, infiltrando-se no tecido de seu vestido. Seu coração tremeu.

*Não...*

Ela caiu ao lado de Kenny e segurou sua mão, ansiando pela segurança de seu calor.

— Kenny? — sussurrou ela. Ele não se mexeu. Trêmula, ela ficou por ali, sem saber o que fazer. Seus fios se desenrolaram e se enredaram ao redor deles. Ela segurou a bochecha dele, a pele molhada de sangue. Com os olhos cheios de lágrimas, apertou dois dedos trêmulos na parte interna do pulso dele.

Não encontrou pulsação.

Um nervo estremeceu atrás dos olhos de Maddy, agudo e pungente.

Seu couro cabeludo formigou. O poder bruto se acumulou em suas palmas, pesado como ferro. Ela parou de escutar. Alguma coisa tomou conta dela, e o mundo ficou em silêncio.

— Liguem para a emergência! — gritou a professora Morgan, tentando abrir caminho na multidão. — Alguém ligue para a emergência!

Dois estudantes a seguraram.

— Não liguem! Senão vão atirar na gente!

Os policiais se entreolharam, atordoados e sem palavras.

— Pelo amor de Deus, façam alguma coisa! — gritou a professora Morgan, analisando a confusão deles.

— Você viu. Ele atacou um policial — cuspiu Ross.

— Ele não te atacou. Ele só tropeçou — chorou alguém. — Você não precisava espancar ele assim!

— Todo mundo viu! Nós vimos!

— Ele... ele estava resistindo — insistiu Ross, e então se virou para sua equipe. — Precisamos de um médico.

Em pânico, Chip West lançou um olhar sombrio para Ross e correu para sua viatura. Tentou pedir ajuda pelo rádio, mas não ouvia nada além de estática.

— Espera, tenho um kit de primeiros socorros — disse outro policial, correndo para a viatura.

— Seu comunicador está funcionando? Não consigo falar com a base.

A alguns metros de distância, o aparelho auditivo de Debbie Locke guinchou. Ela puxou-o com um gemido e, aos poucos, percebeu que ainda podia ouvir o barulho penetrante sem ele.

Procurou pela fonte e viu os rostos de seus colegas, igualmente confusos. O ruído soava alto, como um som prolongado de TV desligando.

— Tá ouvindo isso? — murmurou alguém.

— Sim, o que é isso?

O som ficou mais agudo, a pressão aumentando. Todos os alunos estremeceram com um gemido. Eles taparam os ouvidos, caindo de joelhos, gritando em agonia. A professora Morgan olhou ao redor, perplexa.

Os policiais estavam com as mãos nas armas, inquietos, em estado de alerta máximo.

— O que eles estão fazendo?

Os jovens estavam caídos no chão, se contorcendo, um bando de minhocas gritando.

— O que eles estão fazendo, porra?

— Não sei — murmurou Sawyer, confuso.

— É uma piada?

O som ficou mais alto. Rashad vomitou. Debbie desmaiou. Kali tentou desesperadamente abrir caminho, engatinhando em direção ao seu irmão inconsciente.

O policial Heath Marder, o mais jovem da força, se inclinou de lado, com a mão no ouvido.

— Aaah! Que barulho é esse?

O policial West olhou para Sawyer, perplexo.

— Tá ouvindo alguma coisa?

Sawyer balançou a cabeça.

— Não.

Ross bufou, revirando os olhos.

— Tá de brincadeira? Eles estão inventando isso! Nem tocamos nesses babacas.

Mas algo estava matando aquelas pessoas. Algo ou alguém.

Trêmula, Maddy se levantou, a vista embaçada. Um caleidoscópio de imagens a cegou — mangueiras, cuspuradas, espancamentos, marchas, corpos caindo, placas que diziam *Apenas brancos*, sangue no concreto...

— Mas que... — arfou o policial Channing. — Puta merda!

A professora Morgan gritou, apontando para cima.

Atrás deles, as viaturas se ergueram do chão, pairando aos poucos, flutuando cada vez mais alto no ar.

O policial West se virou para checar se alguém também estava vendo. Mas a multidão continuava guinchando no chão — todos, menos Maddy.

Ela estava ao lado de Kenny, os dedos abertos, o sangue dele pingando de suas palmas. Levantou as mãos mais alto e os carros subiram mais alto. No estacionamento do Celeiro, mais carros subiam, e o céu se tornou um engarrafamento.

Os policiais inclinaram os rostos para cima, observando os carros levitando acima deles, atordoados demais para pegar nas armas.

O tempo parou. E, em um movimento rápido, Maddy abaixou as mãos e os carros caíram, esmagando todos os que estavam abaixo. O sangue espirrou como latas de refrigerante explodindo. Um carro explodiu com o impacto, pedaços voando em todas as direções, derrubando a professora Morgan e alguns outros. Os jovens gritavam e se retorciam. Maddy voltou o olhar para os portões do country club, a música pulsando em suas veias. Ela olhou para Kenny uma última vez.

O calor e as chamas se intensificaram enquanto os jovens tentavam rastejar para a segurança. O policial Sawyer cambaleou, tropeçando na cabeça decepada do policial Ross. A multidão ficou tão chocada com o que estava testemunhando, tão concentrada no próprio instinto de sobrevivência que, quando alguém enfim ergueu o olhar, Maddy tinha aberto os portões e entrado.

Enquanto o cassetete partia o crânio de seu filho, Kendrick Scott pai estava se preparando para dormir. Ele tinha uma rotina noturna consistente — tomar banho, escovar os dentes, vestir o pijama, passar as roupas de trabalho e ler por trinta minutos antes de apagar as luzes. A rotina lhe dava uma sensação de controle. Propósito. Pertencimento. Ele havia acabado de colocar o celular para carregar quando o aparelho vibrou na bancada. Com um suspiro profundo, ele engoliu a irritação. Mesmo sozinho, não queria parecer ingrato por sua posição de autoridade. Sem seu bom salário, a família dele não conseguiria bancar a vida com a qual estavam acostumados.

— Alô — atendeu ele, curto e grosso. Era bom sua equipe ter um ótimo motivo para perturbá-lo depois das dez.

— Ken, você precisa vir aqui. Agora! — gritou Alvin Lewis, ofegante. — Os medidores… estão enlouquecidos!

— Calma — repreendeu o sr. Scott, mas mantendo a voz contida. Não tinha interesse em estimular exageros. — Me diga exatamente o que está acontecendo.

— Tem… não consegui… você precisa ajudar!

— Do que você está falando?

A estática encheu a linha.

— O… medidor… não… doze mil!

— Alô? Alvin. Alvin?

— Puta merda!

— Alvin?

A ligação ficou muda.

O sr. Scott era conhecido por seu pragmatismo e capacidade de trabalhar sob pressão sem se estressar. Ele tentou passar essas qualidades aos seus filhos de modo a prepará-los para o mundo. É importante parar, pensar, avaliar a situação e agir de acordo.

Ele encarou o celular por um momento, pensando. Doze mil? Alvin não podia estar falando da leitura do medidor. Isso seria um aumento de duzentos por cento. Tentou retornar a ligação. Sem sinal.

— Ken? Ken! Cadê você? — Passos desciam as escadas.

— Meryl? — gritou ele. A voz dela parecia alarmada. — Que foi? O que aconteceu?

A sra. Scott entrou correndo na cozinha, de roupão.

— Ken, acho que ouvi alguma coisa. Uma explosão em algum lugar.

Ele bufou.

— Do que você está falando?

A sra. Scott abriu a boca para explicar quando foram mergulhados na escuridão.

— O que...? — murmurou ele, apertando o interruptor.

O sr. Scott pegou a lanterna no armário de baixo e a apontou para a esposa. Ela agarrou o roupão, o olhar carregado de um pânico estranho.

— Ken? Ken, o que está acontecendo?

Ele tentou outro interruptor, virando-se para ela. Os dois se encararam. O sr. Scott tentou compreender os últimos minutos — a ligação cheia de estática, a explosão, o apagão.

— Ken?

Ele assentiu, decidido.

— Preciso ir à usina.

A sra. Scott arfou, o rosto desmoronando.

Ele a deixou na cozinha, correndo até o quarto para se trocar. Enquanto descia, passou pelo quarto vazio da filha e deu um pulo.

— Cadê a Kali? — perguntou, entrando na cozinha.

A expressão no rosto da sra. Scott se retorceu ainda mais.

— Ela estava com os amigos. Já devia ter voltado para casa.

— Ligue para ela e para o Kenny. Diga para virem direto para casa.

A sra. Scott assentiu, correndo para o telefone fixo na cozinha. Tentou duas vezes.

— O telefone está mudo.

— Impossível.

Como o celular e a linha fixa podiam estar sem sinal ao mesmo tempo?

Ao longe, o alarme da usina disparou, o som perturbador no meio da noite. Não era um treinamento. Era para valer. A sra. Scott empalideceu, com a mão na bochecha. Eles se encararam por um longo momento — um entendimento silencioso passando entre eles. O sr. Scott respirou fundo para se firmar. Então disparou pelo corredor, pegou sua jaqueta e as chaves e saiu correndo pela porta.

Ele tinha que chegar à usina antes que fosse tarde demais.

Wendy abriu caminho pelo bando de jovens atordoados, a visão distorcida, o estômago ameaçando sair pela boca. Uma garota estava agachada, vomitando diante dela. Alguns não conseguiam se levantar.

— Kenny? — chamou Wendy, fraca e esgotada. — Kenny!

Um homem de farda preso debaixo de um carro deixou escapar um grito úmido, o sangue esguichando de sua boca em uma tosse gorgolejante, o corpo partido no meio. Ele estendeu a mão para ela enquanto outro policial tentava, em vão, erguer o carro, o rosto coberto de suor e fuligem. A gasolina vazando se acumulava ao redor dos carros quebrados, o cheiro nauseante. Fumaça saía dos motores. Ela tentou correr, mas o chão se inclinou e a fez tombar para o lado, batendo direto em um dos carros da polícia em chamas. Ela tropeçou em outro jovem, caindo de cabeça. E lá estava Kenny, desabado no chão, esquecido no caos.

— Kenny! — gritou ela, mergulhando até ele, o rosto dele uma bagunça sangrenta. — Não, não, não. Por favor, Kenny. Acorda!

Ele não se mexeu. Wendy olhou ao redor, procurando os policiais, mas eles estavam todos presos debaixo das viaturas, esmagados como vaga-lumes. Ela gritou por ajuda, lágrimas quentes descendo pelo rosto, a cabeça latejando ao som da própria voz. Em frangalhos, tomada pelo pânico, quase perdeu a esperança.

Passos frenéticos pararam atrás dela. A pele de Kali parecia esverdeada, seus olhos caídos. Ela cambaleou e se jogou sobre o irmão.

— Kenny — gemeu, batendo no peito dele. — Kenny, acorda! — Ela se aproximou, o ouvido perto da boca dele, buscando seu pulso. Wendy prendeu a respiração, o coração falhando. — Ele ainda está respirando — choramingou Kali. — Vem, me ajuda.

Uma sinfonia de gritos ecoou do clube. Wendy encarou os portões abertos.

— Meu Deus — arfou. Maddy estava lá, com os amigos dela, as pessoas com quem conviveu a vida inteira. Ela tinha que ajudá-los.

Mas Kali sacudiu o ombro dela.

— Wendy! Temos que levá-lo para o hospital! Você precisa me ajudar.

Wendy olhou para os olhos cheios de lágrimas de Kali, depois para Kenny e de volta ao country club.

— Mas eu... eu...

— Por favor! — implorou Kali, se levantando, segurando um dos braços de Kenny. — Não consigo carregar ele sozinha.

Wendy não sabia o que fazer. Não conseguia pensar, com todos os sons e cheiros bombardeando seus sentidos.

— Wendy, ele pode morrer! Por favor.

*Kenny? Morto? Ah, não...*

Ela deu uma última olhada no clube. Não poderia salvá-los. Mesmo se entrasse lá, como pararia o que estava acontecendo? De olhos marejados, ela assentiu e se levantou.

— Tá. Tá bom.

Elas pegaram Kenny, apoiando o corpo dele, e lutaram para carregá-lo de volta ao Celeiro.

# VINTE E QUATRO

**FOI A MADDY**
EPISÓDIO 10, CONT.
> Michael: Que bom que você se dispôs a conversar conosco, Cole. Obrigado por vir.
> Cole Lecter: Minha mãe ficou sabendo do trabalho de vocês. Ouvi um episódio ou dois.
> Michael [narrando]: Este é Cole Lecter. Vocês ouviram o depoimento da mãe dele, Amy Lecter, no começo desta série. Ela disse que Cole foi para a casa com o sangue de outros jovens em suas roupas.
> Cole: Então vocês realmente acham que ela era uma bruxa?
> Michael: Não temos certeza. O que você acha?
> Cole: Bem, sabe aquele filme *Corpo fechado*? Aquele em que Bruce Willis é o único que sobrevive a um acidente de trem? Me sinto assim. Ou é assim que meus amigos me chamam agora. Os que restaram. Acho que, se ela é uma bruxa, então eu devo ser algum tipo de super-herói também.
> Michael: Sinto muito. Deve ter sido muito difícil para você.
> Cole: *suspirando* Onze minutos. Foi o tempo que levou. Eu não sabia na época. Pareceram horas. Mas li em algum lugar. Ela ficou dentro do clube por apenas onze minutos.
> Michael: Você se lembra do que aconteceu naquela noite? Nós adoraríamos que você nos contasse.
> Cole: Não me lembro de tudo. Algumas memórias são só um borrão porque eu estava bêbado. Estávamos na casa do Jason antes, e eu tomei uma garrafa de uísque sozinho. Parecia que eu tinha que mijar a cada quinze minutos. Bethany, minha, hã, namorada, estava com muita raiva de mim a noite inteira. Ela, hã, não sobreviveu.

Michael: Putz, cara. Precisa de uma pausa?

Cole: Não. Não. Tô bem. Preciso fazer isso. Hã, tá, então eu lembro que tava indo ao banheiro quando, do nada, as portas saíram voando, se abrindo na minha direção. As duas ao mesmo tempo.
Da mesma forma como abríamos as portas quando corríamos para o campo. Uma porta meio que me atingiu e me jogou contra a parede. Desmaiei por um minuto, talvez mais. Quando abri os olhos, tentei empurrar a porta, mas ela não se mexia, e a barra estava apertando a minha barriga.

Michael: Então você ficou preso atrás da porta?

Cole: É. No início, pensei que fosse uma pegadinha, sabe? Porque parecia que eu estava colado contra a parede ou algo assim. Os caras, a gente vivia pregando peças um nos outros. Mas, quando olhei pela janelinha, vi que todo mundo tinha parado de dançar e estava encarando o corredor. Tentei ver o que eles estavam olhando.

Michael: E depois?

Cole: Depois eu vi a Charlotte. Pensei que ela tinha dito que ia ao baile negro. Quer dizer, o baile unificado. Ela disse que ia. Mas estava lá com Chris, sussurrando no ouvido das pessoas. Kayleigh estava com eles. Ela se virou e começou a rir. Então todo mundo estava rindo. Me perguntei o que tinha de tão engraçado. Foi aí que eu vi a Maddy, coberta dos pés à cabeça naquela tinta. Estava de costas para mim, mas só ficou parada, de pé, vendo todos eles rirem.
Eu me lembro de começar a passar muito, muito mal de repente. Como se fosse vomitar. Foi quando uma cadeira voou pelo salão e esmagou o rosto de Kayleigh. A perna... foi direto no olho dela. Tudo ficou em silêncio. Depois a Maddy ergueu os braços, como se pedisse um abraço, virou as palmas para cima, fechou as mãos em punho e socou o ar bem rápido. As tábuas do assoalho se mexeram sob os pés de todos, fazendo as pessoas caírem, como se ela tivesse arrancado o tapete. E depois... e depois... Jesus, ela parecia tão pequena, como se fosse um daqueles caras que regem uma orquestra. Um maestro, não é isso? Era o que ela estava fazendo, mexendo as mãos, fazendo as coisas se mexerem. Todo mundo gritava e tentava fugir pelos fundos, mas as portas estavam

trancadas. Quem tentou passar correndo por ela foi derrubado. Chris tentou atingir a cabeça dela com uma cadeira; ela olhou para ele e Chris congelou como uma estátua, sangue saindo dos olhos, ouvidos e boca. Atrás dele, vi Bethany correr com Charlotte. Eu a chamei, dizendo para se esconder, mas ela tropeçou no vestido e caiu na mesa do DJ. Os fios se enrolaram ao redor do pescoço dela e de Charlotte, estrangulando as duas, como uma forca. Jules e o namorado, Brady, algo caiu do teto, em cima deles, partindo a cabeça dele no meio. O lustre se espatifou e todo aquele vidro... só pairou no ar por uns segundos. Então os cacos choveram, cortando pescoços... eu vi tudo, ouvi tudo. Jason... ele tava gritando com ela: "Sua puta idiota. Sua puta preta idiota!" Eu ouvi o som de um monte de galhos se partindo, e então ele caiu no chão. Foi a última coisa que ouvi antes que tudo ficasse em silêncio.

Michael: Meu Deus.

Cole: Quando ela estava prestes a sair, parou e olhou diretamente para mim. Os olhos dela estavam tão escuros. Comecei a implorar e chorar. Jesus, eu estava com tanto medo. Mas... ela simplesmente passou por mim. As portas bateram atrás dela. Não consegui me mexer por um longo tempo, até essa voz na minha cabeça me dizer para ir para casa.

Michael: Era a voz da Maddy?

Cole: Não sei, talvez. Nem lembro de ouvir a voz dela antes. Ela não falava muito na escola.

Michael: Como você saiu?

Cole: A última coisa de que lembro foi de escorregar e cair em uma poça de água... ou pensei que fosse água. Mas era sangue. Encontraram vários tipos de sangue em mim. Devo ter saído pelos fundos, entrado na floresta e continuado a andar. Não me lembro de ouvir a explosão, a ambulância, nada. Acordei no hospital. Quando contei aos meus pais o que vi, eles falaram pra eu ficar quieto. Disseram que a porta me jogou contra a parede com força e eu estava vendo coisas. Tinha um galo na cabeça pra provar.

Mas eu sei o que vi. É por isso que acho que você está certo.

Acho que ela ainda está viva.

Michael: Por que você acha isso?

Cole: Porque ainda a ouço. Na minha cabeça. O tempo todo.

## *31 de maio de 2014*

— Meu Deus! Lá vem ela...

Maddy saiu do country club, o prédio em chamas atrás dela. Ninguém percebeu. Não de imediato. Eles ainda estavam lidando com o choque dos carros voadores, orelhas sangrando e cadáveres ao chão. Ela caminhava em transe, os passos rígidos, as pálpebras congeladas abertas, vagamente consciente dos gritos ao redor. Os rádios quebrados da viatura policial, cheios de estática, rugiram quando ela se aproximou. Uma garota gritou ao vê-la. Outros correram em todas as direções. Alguns tentaram voltar para seus próprios carros, que não davam partida.

— *Atirem nela! Alguém atire nela!*

Maddy ouvia os pensamentos maldosos de todos, ecoando em seu crânio.

A barra vermelha e branca da cancela do trem desceu, um sino tocando, luzes de alerta piscando. Ao longe, soou o apito de um trem.

Maddy tropeçou em direção aos trilhos, os pés pesados, quando uma voz gritou por ela.

Era a professora Morgan.

— Maddy! Espera! Maddy!

Maddy passou pela cancela, indo para a estrada em direção à cidade. O chão tremeu enquanto o trem fazia a curva. Ela pisou nos trilhos de metal, os sapatos agarrando na madeira.

— Maddy! MADDY!

*Foda-se ela...*

Maddy cambaleou, as vozes fazendo sua cabeça doer.

*Alguém jogue ela na frente do trem...*

Os faróis do trem iluminaram sua pele, a tinta branca brilhando, manchas de sangue escorrendo por seu rosto e mãos.

— Maddy! — gritou a professora Morgan enquanto outros observavam, arfando.

*Mate ela. Por favor, que o trem mate ela! Por favor...*

— Não — murmurou Maddy, devagar, correndo na direção dos faróis.

E com um simples movimento do pulso ela fez o trem balançar, atingindo uma parede invisível. Os vagões se chocaram uns contra os outros como latas de refrigerante esmagadas, guinchando, o metal misturado com os gritos. Os vagões do trem invadiram o estacionamento do Celeiro, passando por cima dos alunos desesperados. O último carro descarrilou, disparando no ar e caindo de lado, patinando por quinze metros até atingir as árvores, arrebentando fios de energia que brilharam como fogos de artifício antes de explodirem em uma bomba incendiária de calor e fumaça, cegando todos os que ainda estavam vivos. Em segundos, as luzes se apagaram em toda Springville. A professora Morgan tropeçou nos próprios pés em meio à crescente pluma negra, tossindo, os pulmões cheios de fuligem, e foi aí que um pedaço de metal voou pelo ar como um frisbee, cortando o topo de sua cabeça. Ela tombou de joelhos, o cérebro vazando no cascalho.

Maddy não percebeu nada disso. Já estava voltando para casa, o fogo intenso iluminando seu caminho na escuridão.

Assim que o sr. Washington ouviu o alarme à distância e viu a energia cair segundos depois, ele soube que a filha com certeza tinha algo a ver com aquilo. O momento que fora inevitável desde o dia em que ela nascera.

Durante os anos, ele considerara várias formas de matá-la. Tantas vezes a deixara no berço para morrer de fome, ou em uma banheira cheia de água para se afogar. Mas a fraqueza dele era uma doença. A mãe dele costumava lembrá-lo disso constantemente.

— Nada além de um garoto fraco e inútil na pele de um homem.

Acreditou que pudesse controlar o destino da filha. Que ensiná-la a palavra de Deus e bons valores arrancaria o demônio de dentro dela. Mas então, quando o alarme soou, ele soube que ela estava além da salvação. Não era mais sua filha.

A decisão endureceu em seu estômago, um nó pesado e dolorido. Ele se ajoelhou no altar, orando por força. O Senhor não lhe daria mais do que ele poderia suportar. Se o Senhor pôde sacrificar seu único filho… ele podia sacrificar sua única filha.

Thomas ficou de pé, ouvindo o alarme estridente. Procurou o revólver do pai em uma marmita de metal que guardava no escritório, carregou quatro balas, sentou-se na cadeira e esperou que sua Madison chegasse em casa.

# VINTE E CINCO

**FOI A MADDY**
EPISÓDIO 10, CONT.

    Michael [narrando]: Rebecca Longhorn, ou Becky, estava na Pizzaria do Sal na Noite do Baile.

    Becky Longhorn: Alguns alunos do penúltimo ano ficaram além do toque de recolher para se juntar aos formandos que iam para as festas pós-baile. Meio que para espiar como a vida seria para nós no ano seguinte. Era a noite em que a pizzaria ficava aberta até tarde. Minha irmã, Kat, estava no baile unificado. Éramos muito próximas. Tínhamos planos de nos encontrarmos na pizzaria, então minha mãe me deixou lá. Daí, provavelmente lá pelas nove da noite, Kat me enviou uma foto da Maddy.

    Michael [narrando]: A foto de Kat é conhecida por ser a última e única foto de Maddy Washington no baile.

    Michael: Tanya, você pode descrever a foto para nós?

    Tanya: Bem, na foto você pode ver alguém que acho que era o Kenny Scott, o acompanhante dela, no palco, de coroa. E a Maddy. Parece que o balde acabou de cair. Ela está completamente coberta de tinta branca, dos pés à cabeça — cabelo, rosto, braços e ombros. O holofote está nos olhos dela.

    Becky: Todo mundo na Pizzaria do Sal viu a foto. As pessoas ficaram rindo. Alguns até se levantaram para ir até o baile e ver com os próprios olhos.

    Tanya: Você riu?

    Becky: Não. Acho que eu estava chocada por alguém fazer algo tão… escroto. Kat tinha me mandado mensagem mais cedo naquela noite, dizendo que achou estranho Charlotte e Chris estarem no baile unificado. Mais tarde, quando todo mundo ligou os pontos, fez sentido eles estarem lá.

Tanya: O que aconteceu depois?

Becky: Não sei, deve ter passado uns vinte minutos até ouvirmos a explosão, e aí a energia caiu. A cidade inteira ficou no escuro. Todo mundo entrou em pânico e saiu para a rua. Alguns jovens foram ao clube ver o que estava acontecendo, enquanto o resto de nós esperava. Fiquei tentando ligar pra Kat, mas foi como se meu celular não funcionasse. Aí a sirene da usina disparou.

Eu nunca a tinha ouvido à noite. Comecei a surtar, mas também me senti muito... enjoada. Enjoada e tonta — minha cabeça estava doendo muito.

Os carros estacionados na Rua Principal entraram em parafuso, alarmes e luzes piscando, limpadores de para-brisa acionados sozinhos... foi quando vi a Maddy. Ela estava andando no meio da rua, igualzinha à foto que a Kat me enviou. E estava meio que... brilhando. Não sei descrever de outra forma. Ela parecia um daqueles adesivos que brilham no escuro. Estava de olhos bem arregalados, e nem piscava. Ela parou diante da loja do pai dela e ficou encarando. Uns cabos de energia se soltaram e *puf*! O prédio pegou fogo. Depois, a loja do lado. Ninguém se mexeu, todo mundo chocado, acho. Então ela chegou mais perto, e vi que ela não estava coberta só de tinta, mas também de sangue. Tudo misturado. E o cabelo dela estava... enorme.

O Sal saiu na rua com um taco, tentando, sei lá, pará-la. Mas a Maddy... ela só mexeu o pulso e fez ele disparar pelo ar, batendo no para-brisa de um caminhão. Todo mundo começou a correr e gritar. Algumas pessoas entraram nos carros, mas era como se não tivessem controle deles, e estavam atropelando pessoas antes de baterem nas lojas ou nos muros. Os hidrantes se soltaram e jogaram água nas pessoas. Tentei correr, mas algo explodiu e eu bati a cabeça em uma caixa de correio. Quando acordei, a fumaça estava tão pesada que eu não conseguia ver nada. Toda a Rua Principal estava em chamas, corpos por toda a parte. O único motivo de eu estar viva é o fato de o policial Sawyer ter passado por ali, pálido como um fantasma. Ele parou por tempo suficiente para que eu sentasse no banco do carona e então dirigiu direto para fora da cidade, balbuciando algo sobre todo mundo estar morto. Eu não conseguia me manter acordada e estava tão atordoada que nem vi que tinha alguém no banco de trás. Sinceramente, pensei ter imaginado tudo, ou que era algum pesadelo doido, até acordar no hospital.

Michael: E sua irmã?

Becky: Ela morreu. No acidente. Dizem que a Maddy não a matou, como matou todo mundo. Ela só estava no lugar errado na hora errada. Mas é difícil... é bem difícil manter isso em mente. Ela era minha melhor amiga.

## DO DEPOIMENTO DO POLICIAL ERIC SAWYER

Vocês acreditam que Jesus caminhou sobre as águas, mas não acreditam que Maddy Washington usou as mãos para fazer carros voarem? Bando de hipócritas! Eu estava lá, tá? Sei o que vi!

Quando a Maddy saiu do clube, eu corri o mais rápido que pude... Jesus, foi uma carnificina. Foi como se ela tivesse dado uma chinelada em uns mosquitos cheios de sangue. Havia membros caídos como se fossem partes de bonecos, e o chão era... um tapete de cabelos, tripas e cetim. Eu não sabia distinguir quem era quem e o que era o quê. O teto começou a ceder, e tentei procurar sobreviventes rápido. Só encontrei uma, logo antes que o trem saísse dos trilhos e a cidade inteira ficasse às escuras.

Nem vi aquele rapaz, o Lecter, sair. O fato de ele ter sobrevivido... bem, Deus o abençoe.

*31 de maio de 2014*

Dentro do Celeiro, os poucos estudantes que sobreviveram ao caos se encolheram na escuridão, cuidando das feridas uns dos outros. Lá fora, o mundo parecia quieto — os gritos pararam. O que significava que qualquer um que não estava com eles provavelmente estava morto. O fogo se espalhava ao redor, se aproximando do Celeiro. Eles precisavam se mexer, mas para onde ir?

No palco, Wendy encheu a tigela de ponche com água morna, usando uma toalha de mesa rasgada para limpar o rosto de Kenny gentilmente. Kali colocara um travesseiro vermelho, aquele da coroa, sob o pescoço dele, e agora apertava o talho na testa. Ela chorava, tentando pela milésima vez ligar para a emergência, depois para casa, nessa ordem.

— Merda — murmurou, jogando o celular de lado.

O ar saiu do nariz de Kenny quando ele despertou assustado, tossindo, levantando os braços.

— Kenny! Kenny — chorou Kali, tentando mantê-lo parado. — Você tá bem.

— Kenny — disse Wendy, limpando o rosto dele, sentindo as lágrimas surgirem. — Graças a Deus você está bem.

— O-onde estamos? — gemeu ele, e então paralisou. — Cadê a Maddy?

O estômago de Wendy revirou.

— A Maddy?

— É. Algo aconteceu com ela? — perguntou ele, tentando se sentar, analisando os arredores com o olho que não estava inchado.

— Não — cuspiu Wendy. — Algo aconteceu com a gente, e por culpa dela!

Ele não pareceu entender o choro e as chamas ao redor de todos. Só se importava com Maddy.

— Não, não... você tem que ajudar ela — gaguejou ele.

— O quê?

— Nós fizemos isso — insistiu ele. — Fizemos isso com ela. É culpa nossa. Eu prometi a ela que tudo ia ficar bem.

Wendy bufou, furiosa.

— Kenny... todos os nossos amigos estão mortos! Tudo por causa dela!

— Não. Tudo isso é por causa do que aconteceu com ela.

Wendy balançou a cabeça.

— Não sei onde ela está — gritou.

— Você pode encontrá-la.

Wendy o ignorou, torcendo a toalha improvisada.

Kali estendeu a mão e agarrou o pulso dela.

— Ao menos uma vez na vida, pode fazer algo por alguém sem querer nada em troca? Que não seja completamente egoísta?

Wendy esquivou-se dela no exato momento em que um murmúrio tomou o salão. Rashad entrou correndo no salão, no meio da pista de dança, ninando o próprio braço quebrado.

— A Maddy não está lá fora — anunciou. — Ela foi embora da cidade. A barra tá limpa, os carros estão funcionando. Estão dizendo para todo mundo dirigir até Greenville, onde é seguro.

— Mas... meu pai e minha mãe — chorou alguém.

— Chamaram reforços. Tropas estaduais. Vão chegar logo. Vão pegar ela. Mas temos que ir. Tudo aqui será destruído pelo fogo.

Kenny agarrou a mão de Wendy, puxando-a para mais perto.

— Por favor, Wendy — implorou Kenny. — Por favor, ajude ela antes que seja tarde demais. Farei o que você quiser. Só ajude ela.

O coração de Wendy se partiu ao olhar para o rosto destroçado dele. Kenny arriscaria qualquer coisa por Maddy. O que significava que ele nunca a amara da forma como amava Maddy. As lágrimas doeram nos olhos dela.

— Não posso — chorou ela. — Ela nos odeia. Não posso...

Kenny agarrou a mão dela, a voz rouca, mas insistente.

— Você. Não. É. A. Jules.

Wendy paralisou, olhando para as manchas de tinta branca no palco, e enfim se deu conta do que Kenny estivera dizendo todo aquele tempo — não que ela jamais se igualaria à beleza ou à atração intoxicante de Jules. O que ele queria dizer é que ela era diferente de Jules.

Ela era melhor que Jules.

Wendy olhou para Kali.

— Mas... não sei onde ela está nem como encontrá-la.

Kali deu de ombros.

— Aonde você iria, se fosse ela?

Os músculos do pescoço de Wendy se contraíram quando a resposta surgiu em sua cabeça. Mesmo que Maddy a matasse, o que tinha a perder? Já havia perdido tudo que importava.

Wendy não disse mais nada. Ela se levantou, caminhou até o carro e saiu do Celeiro em busca da garota que havia roubado seu futuro.

# VINTE E SEIS

## DO DEPOIMENTO
## DE JUDE FRIEDLANDER

Não ouvi o alarme logo de cara. Nem acho que foi o alarme que me acordou. Foi… outra coisa. Tipo… intuição.

Enfim, quando ouvi o alarme, tentei ligar o abajur ao lado da minha cama e as outras luzes da casa. Em vão. Tentei ligar para minha vizinha Candace para ver se ela tinha energia, mas os telefones não funcionavam. Eu deixava meu celular na caminhonete, já que não precisava dele dentro de casa. Assim que abri a porta da frente, a primeira coisa que senti foi o cheiro da fumaça. Na mesma hora soube que havia algo errado. Pensei que, se aquela usina fosse explodir, então estava na hora de meter o pé. Entrei na minha caminhonete e foi quando eu a vi. Maddy. Mal a reconheci sob toda aquela tinta e cabelo, mas a conhecia razoavelmente bem. Comprei algumas coisas da loja do pai dela.

Ela estava andando meio engraçado, arrastando o pé, os saltos arranhando a estrada. Sempre me lembrarei do som que fazia. Alto pra caramba.

Olhando ao redor, percebi que eu não era o único ali. A vizinhança inteira estava de pijamas e roupões, observando. Ninguém falava nada. Ninguém nem pensou em perguntar se ela estava bem. Acho que estávamos todos atordoados. De repente, ela parou. Juro, todo mundo soltou o ar ao mesmo tempo. Ela ficou lá por alguns segundos, e aí se virou, olhando para cada um de nós, em silêncio.

Então ela ergueu a mão, estalou os dedos e houve algum tipo de crepitar nos postes antes que cada uma das árvores no nosso quarteirão explodisse em chamas. Aconteceu tão rápido. O povo começou a gritar e correr. Galhos caíam nas casas e carros. Eu já estava na minha caminhonete, então dei o fora de lá. Cheguei no centro e vi que a cidade inteira estava tomada de fumaça. Não havia nada a fazer, exceto ir para a rodovia. Eu estava a uns dezesseis quilômetros de distância quando vi os reforços vindo de Greenville. Um oficial do estado me parou, perguntando se eu estava saindo de Springville. Nem consegui falar nada. Não parava de tremer.

Minha casa não existe mais. A maioria dos meus vizinhos também não, tudo queimou. Dizem que fui um dos sortudos. Eu digo: rá! Diga isso aos meus pesadelos.

## Transcrição das notícias de última hora do FOX 5 Local
## 1º de junho de 2014

Houve relatos de tumultos na cidade de Springville esta noite. Testemunhas dizem que um grupo de manifestantes jogou garrafas contra os policiais, o que provocou uma série de incêndios na área.

Espere. Acabamos de receber notícias de que um trem de carga em sua rota regular descarrilou na rede elétrica da cidade.

Nenhuma informação sobre vítimas.

**\*\*Sistema de Alerta de Emergência\*\***
**ATENÇÃO, MORADORES DE SPRINGVILLE**
**POR FAVOR, SE ABRIGUEM IMEDIATAMENTE**
**E FECHEM TODAS AS JANELAS**
**POR FAVOR, AGUARDEM**

## 1º de junho de 2014

Esquilos caíam das árvores como grandes pedras cinzentas, batendo na calçada, as entranhas se derramando no calor da estrada. Maddy contornou-os, os fios familiares puxando-a para a esquina, fazendo-a descer a rua escura com os saltos gastos. Atrás de suas pupilas totalmente dilatadas, um nervo estremeceu. O hidrante em frente à casa da sra. Mobley explodiu, a água jorrando como um vulcão, fazendo chover lava molhada. Em algum lugar próximo, um garotinho gritou. Tantos gritos durante a noite toda. Será que mais algum som existia?

Apesar do calor e da fumaça densa, os braços dela se arrepiaram. A tinta e o sangue se misturaram em uma espécie de pasta lamacenta.

Antes, tudo que ela queria era ser normal por uma noite.

Agora, tudo que ela queria era ir para casa.

Kendrick estava morto. Eles mataram a única coisa boa que existiu no mundo dela. Ele a amava. Ele a amava. Ele a amava. Conseguia se lembrar de cada detalhe dos lábios dele, o aperto da mão dele em sua cintura, a maneira como ele a cobiçava como uma joia preciosa. Ninguém nunca a tinha feito se sentir tão segura. Ácido queimou seu esôfago. Ele se fora.

As pernas de Maddy pararam, e ela virou à esquerda. Nas janelas, chamas douradas tremeluzentes a convidavam a entrar. Ela tropeçou nos degraus de madeira que conhecia tão bem e atravessou a porta, então jogou seu peso contra ela para fechá-la, silenciando o mundo lá fora.

Respirou fundo, trêmula, segurando a cortina de renda branca da porta com as mãos, o cheiro de casa como um bálsamo, e olhou para trás. As velas da igreja iluminavam a sala de jantar, a sala de estar e a cozinha, mas as sombras ainda pareciam engoli-la inteira.

— Papai? — sussurrou, a voz rouca. Era a primeira vez que falava em mais de uma hora.

Maddy tirou os sapatos, os pés ensanguentados, e caminhou na ponta dos dedos pela casa.

— Papai? — chamou baixinho. A casa gemia, a madeira estalando como um bocejo.

Maddy parou ao pé da escada, uma luz piscando acima. Começou a subir, dolorosamente consciente do próprio peso. Ela se arrastou pelos corredores escuros como breu em direção ao quarto, a inquietação ondulando através dela. A vela formava uma auréola na escuridão, o reflexo no teto um lembrete de quão longe ela havia chegado. Ela piscou, voltando-se para o espelho da penteadeira. Mesmo com pouca luz, viu a tinta secando em seu rosto, o cabelo espetado em todas as direções, uma espessa selva preta, e o vestido encharcado e em frangalhos. Com os dedos trêmulos, tocou uma mancha de sangue na bochecha. Não era o sangue de Kenny. Era de outra pessoa. Ela arfou quando a névoa se dissipou, os olhos se arregalando.

*Deus… o que eu fiz?*

*Você os fez PAGAR!*

Um longo rangido nas tábuas do assoalho a fez girar. Papai emergiu das sombras perto do armário de oração dela, uma figura fantasmagórica. Envelhecera cem anos nas horas de ausência dela.

— Papai — choramingou ela.

Ele estava parado, parecendo olhar além dela, e Maddy quase questionou a própria existência. Algo no olhar dele fez seu estômago revirar, mas ela estava desesperada por qualquer consolo que ele pudesse oferecer.

— Papai… acho que fiz algo ruim.

Ele a encarou. A expressão não entregava nada.

O alarme da usina soou à distância; Maddy esticou o pescoço em direção ao som. Era a primeira vez que disparava? Não conseguia se lembrar de nada depois que mataram Kendrick. O que significava? O que eles deveriam fazer? Ela estava perdida sem seu único pai. Enlouquecida pelo silêncio dele, ela agarrou o próprio cabelo, coagulado com sangue, a tinta que secava formando tufos grossos e emaranhados.

— Preciso de ajuda, Papai! Por favor. — Ela soluçou. — Por favor! Diga algo. O que eu faço?

Depois de vários tiquetaqueares do relógio cuco, Papai piscou, e então se sentou no canto da cama dela, encarando um ponto no chão.

— Pensei… pensei que as coisas seriam diferentes — murmurou ele. — Pensei que, se te mantivesse por perto, se te criasse direito, com bons valores cristãos, se te ensinasse a ter orgulho de sua verdadeira história, se te mostrasse inspirações que servissem de exemplo, como todas essas mulheres elegantes… pensei que assim você não ia ter o mesmo destino dela. Mas eu estava errado.

Maddy engoliu em seco. A pontada na coluna dela retornou.

— Sua avó tinha câncer, e eu contratei a sua mãe para cuidar dela. Ninguém mais queria o emprego, e ela não tinha para onde ir. — Ele parou para olhar ao redor. — Sua mãe ficou hospedada bem neste quarto.

Maddy pensou no diário da mãe, escondido sob o travesseiro atrás dele.

— Mas minha mãe era tão cruel com ela. Cuspia nela, batia nas mãos dela para derrubar a comida, a atingia com a bengala, despejava o conteúdo do penico sobre a cabeça dela. Quando ela faleceu, pensei que enfim havia acabado. Mas então sua mãe... Eu cedi à tentação. Orei para que você não o tivesse, orei para que você tivesse mais do sangue da sua mãe do que o meu, que tivesse te pulado como me pulou. Mas no dia que você nasceu, eu soube que você o tinha. Deus estava me punindo porque fornicamos antes do casamento.

O sangue correu para os pés de Maddy, o rosto dela ficando dormente.

— Minha mãe... queria tanto que eu fosse como ela. Eu era parecido com ela em tudo. Mas logo ficou claro... Eu não tinha o que ela tinha. O que você tem.

Ele esfregou a coxa com a mão, suavemente se balançando para a frente e para trás.

— Meu pai havia prometido uma vida diferente. Uma boa casa, roupas e dinheiro. Mas mal conseguíamos sobreviver. Então, quando ele quis convidar uma nova família negra para a igreja... bem, minha mãe não aceitaria ser a pobre esposa do reverendo sentada ao lado de uns pretos. Ela ficou cansada de fingir ser o que não era. Um dia, ela olhou para meu pai e... ele caiu morto. Ela parou o coração dele com um olhar.

"Tentei orar para que aquilo saísse dela: a doença, o mal. Ela só ria de mim. Sempre ria de mim. Mas eu não podia deixá-la. Ela era tudo o que eu tinha. Ela viu... viu os pensamentos sujos que eu tinha sobre sua mãe. Disse: *filho meu não vai ficar com nenhuma preta.*"

Maddy se recostou na penteadeira, tentando colocar o máximo de distância entre eles. Os dedos dela, buscando um talismã, apertaram o cabo da escova prateada, as unhas marcando pequenas meias-luas na palma.

— Sua mãe queria te amar até que o mal te deixasse. Mas o amor não ia te curar. Não curou minha mãe. Você cresceria para se tornar ela, me provocando até o fim dos meus dias. E se os pretos soubessem o tipo de mal que você conduz… eles teriam te usado. Sua mãe tentou fugir com você, e eu falei que preferia te matar a deixar que saísse da minha vista. Não podia te deixar lá fora no mundo para ser a desgraça de tudo que tocasse. Então ela partiu, no meio da noite. Ela me deixou. Deixou você.

Maddy não gostou daquela história. Nem do vazio na voz dele. Não queria ouvir como a mãe a havia abandonado. Era demais para suportar.

— Minha mãe… ela sempre me chamou de burro. Preguiçoso. Fraco. E eu era fraco. — Ele olhou diretamente nos olhos de Maddy. — Eu devia ter te matado quando você nasceu. Teria impedido o mal de se espalhar tempos atrás.

Maddy sentiu um frio na barriga. Com as lágrimas se acumulando, ela baixou o olhar. O poder dela não era de sua mãe. Era de seu pai. Ele lhe dera o poder. Ele também a odiava. Assim como todo mundo.

*Exceto Kendrick. Kendrick não te odeia.*

*Mas Kendrick está morto!*

O tiro foi tão alto, tão repentino, que Maddy pensou ter imaginado. A noite inteira parecia um sonho febril. Mas ela olhou para o ombro e viu o sangue surgindo de um buraco escancarado que queimava. Ela se debateu, tropeçando no banco da penteadeira, e caiu no chão com um grito.

Papai ficou de pé perto dela, os lábios cerrados em uma linha fina, a arma na mão.

*Papai está com uma arma!*

Ela se afastou, choramingando, a ferida pulsando, o sangue escorrendo pelo braço.

— Não, por favor, Papai!

Ele murmurou uma oração e mirou na cabeça dela.

— Não — sussurrou Maddy, e a bala que devia encerrar sua vida parou a centímetros de seu olho, o fio vibrando como a corda de um violino.

Os dois encararam a lesma de metal pairando entre eles antes que caísse no chão e rolasse para debaixo da cama.

Maddy ergueu a mão e a fechou em punho.

Um espasmo tomou o rosto de Papai. Ele caiu de joelhos, as mãos nas têmporas, emitindo um grito gorgolejante. Depois de deixá-lo por cinco segundos de boca escancarada, horrorizado, ela soltou. Papai arfou e caiu de cara no chão, ofegando.

— Por favor, pare. Não quero te machucar, Papai.

Maddy tocou a ferida e choramingou. A bala saíra do outro lado, a centímetros de seu coração, se enterrando na parede de rostos brancos ao redor da penteadeira.

Papai arqueou a cabeça para encará-la, o rosto cheio de emoções violentas. Ele falhara. Mais uma vez. Ele olhou para a arma ao seu lado. O ar ficou carregado. Maddy se endireitou.

— Não... Papai, não!

Ele agarrou a arma, virou-a e disparou.

Era como se cimento úmido corresse pelas veias de Kenny, a cabeça parecendo uma pedra de uma tonelada sobre os ombros, pesando para baixo.

Ele ia desmaiar de novo.

Lutou contra a dor indescritível e se apoiou em sua irmã, dando passos cambaleantes para longe do Celeiro, a fumaça e as chamas ficando mais próximas.

— Caramba — gemeu Kali, tentando se equilibrar sob a axila dele. — Você é pesado pra caralho.

Alguns alunos correram em direção à cidade, vestidos rasgados voando ao vento, tentando desesperadamente alcançar os pais. Outros mancaram para a floresta tentando se esconder, temendo que Maddy voltasse para terminar o que havia começado. Mas o que ela havia começado? Todo mundo falava sobre carros voadores e trens saindo dos trilhos, enquanto Kenny estava inconsciente. Seus pensamentos confusos não podiam acompanhar a imaginação deles ainda, mas, lá no fundo, ele tinha uma sensação de calma, como se soubesse o segredo dela o tempo todo.

O sangue escorria por seu rosto, o olho inchado e fechado enquanto ele passava a língua nos dentes quebrados. A pressão no cérebro pulsava atrás dos olhos e têmporas. Apesar da agonia, ele só conseguia pensar na expressão aterrorizada no olhar de Maddy quando ele foi atingido pelo cassetete. Ele reconheceu aquele olhar. A mesma expressão que ela fizera no ensino fundamental, no dia da briga de balões de água. Ele pensara naquele momento várias vezes, lembrando-se da forma como observara seus amigos atormentando a garota nova, sem fazer nada. Se os tivesse impedido naquele dia, se tivesse feito amizade com ela... tudo teria terminado de outra maneira?

*"Fique na sua, cuide da sua vida e seja tão bom que eles não possam te ignorar."*

As palavras do pai tinham sido tatuadas em seu crânio, agora rachadas pelo cassetete de um policial. Não importava quantas vezes ele cuidara de sua vida ou quão bom havia se tornado; no fim das contas, isso não o salvou nem protegeu. Assim como Maddy não esteve protegida por fingir ser algo que não era. O pavor se misturou à angústia conforme Kenny pensava em seu futuro. O futuro que tantos construíram para ele. Não poderia voltar a fingir não ver o que estava bem à sua frente, a cuidar apenas da própria vida. Maddy era a vida dele.

— Não posso voltar — gemeu ele.

Kali bufou.

— Não estamos voltando. Vamos chegar à cidade e te levar pro hospital.

— Não, Kali. Não posso voltar pra casa.

A princípio, Kali pareceu ignorá-lo, mas então parou de repente.

— Quê?

Jules deixou escapar um grito arfante, se encolhendo enquanto a luz perfurava seus olhos.

— Querida, está me ouvindo? Sabe onde está?

A voz desconhecida a fez se encolher, a cabeça latejando, tentando entender a dor perfurante em seu ombro direito.

— Ahhh, ahh — gemeu ela. — Brady?

— Vai ficar tudo bem, querida.

Jules tentou se sentar e a sala girou, as luzes brancas do hospital ofuscantes. Estava deitada em algo duro. No chão? Não, em uma tábua. A sala ficou borrada, o ombro direito dela em chamas, a dor invadindo sua mente confusa.

— Brady? — gemeu ela, a garganta dolorida de tanto gritar.

— Querida, você pode nos contar o que aconteceu?

*Maddy!*

A mente dela foi invadida por Maddy parada na porta do salão de baile, encharcada de tinta branca. E o sangue. Havia tanto sangue. A viga havia partido a cabeça de Brady. Cérebro em seu vestido... seu braço doía. A dor, a dor... lágrimas soluçadas.

*Eles vão me culpar. Eles vão dizer que fui eu e me odiar.*

A não ser que…

Algo grosso e amargo desceu pela garganta dela. Jules engoliu em seco e preparou algumas lágrimas mais intensas.

— Foi a Maddy — chorou ela. — A Maddy… ela nos atacou. Ela atacou a mim e aos meus amigos sem motivo. Meu namorado… Ai, Deus… Brady.

A exaustão tomou conta dela, tornando impossível ficar acordada. Mas ela tinha que dizer mais uma coisa.

— Por que eles… nos odeiam tanto?

Seu corpo tremia com força, a pele fria como o ártico. Ela passou os braços em volta de si mesma, mas não sentiu alívio, apenas uma dor quente. Estendeu a mão para tocar o ponto dolorido e tocou o vazio.

Seu braço direito não existia mais.

# VINTE E SETE

*1º de junho de 2014*
WENDY ESTACIONOU O carro diante da casa de Maddy, encarando a tranquila luz de vela tremeluzindo nas janelas; o completo oposto do caos que os cercava enquanto os gritos ecoavam na noite. As ruas ao lado estavam tomadas de fumaça e chamas. Wendy sentia o gosto de borracha e cobre queimado no fundo da boca. Ou era sangue? O nó em seu estômago ficou mais apertado. Ela desligou o motor e caminhou pela entrada da casa. A porta da frente se abriu assim que ela tocou a maçaneta.

— Olá?

Um relógio cuco de madeira tiquetaqueava na parede. Wendy observou a casa — a mesa de jantar de mogno com toalha de renda, o carpete verde-escuro, as prateleiras com infinitas fitas de vídeo, uma TV que ela só tinha visto em filmes antigos, um avental de babados pendurado em uma cadeira. Sombras bruxuleavam nas paredes, as velas queimadas quase até o fim. No chão, perto da cozinha, havia um par de saltos pretos, cobertos de lama e tinta branca.

*Ela está aqui.*

— Maddy? — chamou Wendy, subindo o tom da voz.

Com cuidado, Wendy seguiu pela casa escura, sem saber o que faria quando enfim encontrasse Maddy. Conversaria com ela? Ela ouviria a voz da razão?

Wendy ouviu um chorinho vindo de cima.

— Maddy? — sussurrou.

Subiu a escada, a ansiedade se multiplicando no silêncio. Ela se aproximou da porta do sótão, um brilho fraco ao redor da soleira irregular da porta, que rangeu quando foi empurrada.

Maddy estava sentada no chão de pernas cruzadas, uma bola de cabelo branco se balançando e soluçando sobre o corpo do sr. Washington. Ela segurava a cabeça dele no colo, acariciando seu rosto. Os olhos dele estavam abertos e sem vida, a boca escancarada. Maddy fungou e olhou para cima, as lágrimas escorrendo pelo rosto pintado.

— *Você* — sibilou ela e o quarto pareceu escurecer.

Sangue pingava da lateral da cabeça do sr. Washington.

Wendy ficou sem palavras.

— Maddy, eu...

Maddy estendeu a mão, agarrando o ar, e uma corda invisível se enrolou ao redor do pescoço de Wendy, erguendo-a. Wendy arfou, os pés chutando o ar freneticamente.

— Maddy, por favor — engasgou ela, arranhando o pescoço.

— Você me enganou. Todos vocês me enganaram.

Wendy balançou a cabeça.

— Não. Não. Foi a Jules...

— Meu Papai morreu por sua causa!

— Maddy — arfou ela. — Por favor... eu... eu... estava tentando te ajudar.

Maddy semicerrou os olhos.

— Eu te *pedi* ajuda?

Wendy tossiu, as lágrimas escorrendo, a visão ficando borrada nas extremidades.

— Maddy, por favor — implorou.

— Acho que eu devia te agradecer — sibilou ela. — Sou forte assim por causa de você. Se não fosse por você e seus amigos, eu não saberia tudo o que posso fazer.

Com as pernas balançando, Wendy lutou para abrir os dedos invisíveis que se enfiavam em seu esôfago.

— Por favor, Maddy. Por favor, não me mate.

— Ah, então agora *você* está implorando? — cuspiu Maddy. — Eu também implorei um dia. Implorei para que todos vocês me deixassem em paz. Você não me ouviu, então por que eu deveria te ouvir?

Wendy não conseguia pensar em uma resposta. Só conseguiu tossir e pedir mais um "por favor".

Maddy a encarou por cinco longos segundos antes de fechar os olhos e abaixar o braço. Wendy caiu no chão, ofegando e tossindo.

— Ele morreu — chorou Maddy, acariciando o rosto do pai. — E é tudo minha culpa. Ele só estava tentando me proteger.

Wendy se afastou do sangue acumulado no chão, os músculos do pescoço doendo.

— Maddy… eu sinto muito. Eu… — A mão de Wendy roçou em algo metálico atrás dela. A arma estava a centímetros das pontas de seus dedos.

— Por que você não pôde me deixar em paz? — gritou Maddy, acariciando o rosto pálido do pai. — Ele era tudo que eu tinha.

Wendy olhou para a arma, repassando as memórias do pai de Jules as ensinando a atirar nas viagens para acampamentos. Ela se lembraria do que fazer quando mais precisasse?

— Kendrick morreu. E agora o Papai — fungou Maddy, apertando o pai com mais força. — Não tenho mais ninguém. Ninguém se importa comigo.

Com a menção de Kenny, Wendy se endireitou, as pontas de seus dedos tocando o aço frio. Maddy tinha matado tantas pessoas. Wendy estaria fazendo um favor a todos, poderia facilmente alegar legítima defesa. Alguém tinha que parar Maddy. Alguém tinha que acabar com tudo. A heroína da cidade — ela poderia escrever artigos de opinião, aparecer em programas vespertinos, talvez até conseguir um contrato para um livro. Kenny acabaria esquecendo tudo a respeito de Maddy assim que os cheques começassem a chegar. Eles ainda poderiam ter o futuro com o qual ela sonhara.

Todos os problemas dela… resolvidos.

— Eles deviam ter me matado — fungou Maddy, os braços tremendo. — Papai estava certo; vocês não são gentis com a minha raça. Pensei que seria diferente. Vocês me fizeram pensar que seria diferente…

A visão de Maddy tão magoada e sem esperança fez o coração de Wendy se partir de vergonha.

— Eu… Não fui eu — murmurou Wendy.

Maddy abraçou a cabeça do pai contra o peito, chorando no cabelo dele.

— Por favor. Só vá embora.

Wendy abriu e fechou a boca, a culpa a emudecendo. Ela não havia colocado o balde de tinta, mas ajudara de todas as outras maneiras. Se não fosse por Wendy, Maddy jamais teria ido ao baile.

*"Ao menos uma vez na vida, pode fazer algo por alguém sem querer nada em troca?"*

O olhar de Wendy percorreu o quarto, vendo o sr. Washington em cada canto. De sua maneira distorcida e obsessiva, ele amava Maddy. Wendy não fazia ideia de como era ter um pai que se importava, que observava… mas sabia como era ter esperança no futuro, rezar para que tudo fosse diferente do outro lado de um sonho. Ela piscou para conter as lágrimas, a mão deslizando para longe da pistola.

— Kenny está vivo — murmurou, os ombros tremendo.

Maddy parou de se balançar, erguendo a cabeça de repente.

— O quê?

— Ele está vivo. Está com a irmã dele. Me pediu para vir te encontrar.

Maddy pensou no que ouvia, o rosto franzido.

— Ele está vivo? Está bem?

Wendy se inclinou à frente, reparando no sangue vazando do ombro de Maddy, e ficou de joelhos.

— Jesus, Maddy, você está sangrando!

Ela olhou para o ferimento e fungou.

— Ah.

À distância, sirenes gritavam. Wendy absorveu a cena — uma Maddy sangrenta, um sr. Washington morto, a arma — e se levantou, limpando o rosto.

— Vamos, Maddy. Precisamos te tirar daqui.

Maddy ficou boquiaberta, em choque.

— E pra onde vamos?

— Não sei. Mas você sabe que, se te pegarem, provavelmente te matarão pelo que você fez.

Maddy estremeceu, olhando para o pai, acariciando o rosto dele.

— A árvore do linchamento…

— Você tem pra onde ir? — perguntou Wendy. — Uma família com a qual possa se esconder?

Maddy pensou por um momento.

— Papai… disse que minha Mamãe me deixou.

— Por quê?

— Por causa dele. Mas… não sei onde ela está. Ou quem é.

Wendy fez uma pausa para observar o corpo do sr. Washington, o estômago revirando. Um homem como ele, que amava velharias e mantinha Maddy em segredo... de jeito nenhum ele não teria nada sobre a mulher que a criara.

— Onde seu pai guarda os documentos? Tipo certidões de nascimento.

Maddy paralisou.

— Acho... talvez... no escritório dele.

Wendy pegou a lamparina e foi para a porta.

— Vem!

Maddy cambaleou escada abaixo e apontou para uma porta. Wendy entrou no escritório e analisou a mesa antiga, as caixas, os papéis e as pilhas de livros que quase chegavam ao teto.

— Merda — murmurou ela, então pegou uma pasta da mesa, folheou-a e atirou-a longe.

Maddy observou da soleira, mexendo os dedos, nervosa demais para entrar.

— O... o que você está fazendo?

Wendy revirou uma lata na prateleira.

— Tem que ter algo aqui. Algo que tenha o nome dela. Me ajuda!

Wendy remexeu nos papéis, derrubando caixas, arrancando livros da estante. Abriu cada gaveta, despejando o conteúdo no chão. Maddy se encolheu com o som. Procurando no topo da estante, Wendy derrubou uma marmita de metal. Caiu no chão com tudo, moedas de um centavo se espalhando, e uma pilha de cartas, escritas em delicada caligrafia azul, espalhou-se pela mesa.

Wendy pegou uma das cartas, analisando-as.

— Maddy — arfou ela.

Maddy hesitou antes de dar um passo vacilante para dentro, os papéis se espalhando a seus pés como se um vento forte os soprasse. Ela pegou a folha estreita e fina e leu a primeira linha: *Minha querida filha da lua...*

Maddy arfou ao olhar para a carta com admiração, e então murmurou:

— "Voarei até você, sempre que puder."

Wendy franziu a testa.

— O quê?

— É ela — grunhiu Maddy. — Mamãe. Ela disse que escreveria para mim. Cartas… elas voam.

Maddy não estava falando coisa com coisa. Wendy pegou outra carta da pilha, virando o envelope.

— Mireille Germain. Tem um endereço aqui. Ilha Santa Helena, Carolina do Sul.

Maddy piscou.

— "Estarei onde a terra baixa encontra o mar."

Maddy folheou a pilha. As cartas vinham todas do mesmo endereço. Enrolou um elástico em volta delas. Depois, colocou a mão na ferida aberta e fechou os olhos. A ferida começou a se fechar com um fio invisível. Wendy perdeu toda a sensibilidade das pernas e caiu contra a mesa.

Maddy soltou um suspiro trêmulo, olhando para as cartas com admiração infantil.

— Vou encontrar minha Mamãe. Ela está me esperando.

Wendy ouviu a decisão na voz dela, mas o plano não tinha uma execução palpável. Era aí que ela seria útil.

— Seu pai guardava dinheiro em casa?

— Na lata de café, em cima do fogão — respondeu Maddy, ainda fascinada.

Wendy pegou as cartas da mão dela.

— Rápido. Tira esse vestido e vai se limpar.

Maddy assentiu e obedeceu.

Wendy correu até o quarto de Maddy, parando ao ver o corpo sem vida do sr. Washington. À luz das velas, viu as várias fotos no papel de parede ao redor da penteadeira, uma colagem de rostos brancos sorridentes… e sentiu náuseas.

*Preciso sair daqui!*

Ela abriu o que pensou ser a porta de um armário, mas encontrou mais rostos a encarando.

— Meu Deus — murmurou Wendy, um nó se formando em sua garganta, e fechou a porta com força. Pegou algumas peças de roupa de uma gaveta e as enfiou em uma mochila.

Maddy apareceu com uma toalha, o cabelo pingando, uma grande gaze grossa presa ao ombro. Sem a tinta e o sangue, parecia ela mesma novamente… pequena e inofensiva.

Wendy viu o suéter de Maddy na cadeira. Ela jogou a bolsa no chão e puxou a camiseta pela cabeça.

— O que você está fazendo? — perguntou Maddy.

Wendy tirou os jeans e os tênis.

— Aqui. Vista isto.

— Por quê?

— Se usar suas roupas, vai ser reconhecida de longe.

Maddy assentiu, vestindo o jeans que ficava largo na cintura, tocando o tecido, maravilhada. Wendy pegou um vestido com cheiro de mofo na gaveta. Enquanto o vestia, Maddy foi até a cama, tirou um caderno velho de debaixo do travesseiro e o enfiou na mochila.

Wendy não se deu ao trabalho de fazer mais perguntas.

— Vamos.

Seus tênis eram um pouco maiores que os pés de Maddy, mas ela os calçou enquanto descia a escada. Elas correram para a cozinha e encontraram a lata de café exatamente onde Maddy disse que estaria. Wendy contou o dinheiro. Menos de duzentos dólares. Maddy ficou na porta observando, seu cabelo já secando, arrepiado, em volta do rosto. Wendy pensou no dia em que Jules jogou o lápis, o dia que mudou tudo.

O cabelo de Maddy tinha começado toda aquela história.

— Onde fica a tesoura?

— Tesoura?

— Temos que cortar seu cabelo.

Maddy congelou, e Wendy se perguntou se teria que convencê-la. Mas a garota atravessou a sala, abriu uma gaveta, colocou a tesoura sobre a mesa, arrastou uma cadeira e sentou-se.

Wendy começou a tirar pedaços enormes, cortando o volume, afinando-o desde a raiz. Não havia tempo para ficar bonito. Só precisava ser feito.

Uma risada histérica escapou dos lábios de Maddy, lágrimas escorrendo por seu rosto. Wendy parou, perplexa com a reação, dando um passo hesitante para trás. Ela estava enlouquecendo?

Maddy olhou para ela e deu de ombros.

— Sempre quis ter cabelo curto.

Sem dizer nada, Wendy assentiu e terminou o serviço, deixando Maddy com o cabelo curtinho.

Ao longe, a sirene da usina disparou. Pela segunda vez naquela noite, Wendy teve a sensação de que Maddy tinha algo a ver com isso.

— Vem. Temos que ir.

Maddy saiu pela porta da frente e parou nos degraus do alpendre.

— Espera — arfou.

— O que você tá fazendo? — sussurrou Wendy. — Não temos tempo.

Maddy olhou para dentro da casa, observando cada detalhe. Ela ergueu a mão, hesitou uma última vez e estalou os dedos. Todas as velas explodiram em chamas altas, subindo até o teto, as cortinas pegando fogo, o papel de parede estalando.

Wendy deu um passo cambaleante para trás, sem ar.

Maddy fechou a porta de sua antiga vida e olhou para Wendy com expectativa. Ela engoliu em seco, tentando recuperar a compostura enquanto iam para o carro.

Abriu o porta-malas, empurrando o conteúdo para o lado.

— Entra.

Maddy olhou para o porta-malas, mordiscando o polegar. Examinou a rua, inquieta.

— Por que... por que você está me ajudando?

Wendy balançou a cabeça.

— Eu não te ajudei da forma certa antes. Me deixa ajudar agora.

Atrás das duas, as chamas começaram a engolir a casa. Maddy observou-a queimar, o fogo crepitando em seus olhos, então se virou para Wendy.

— Deus não comete erros — arfou e entrou.

Wendy absorveu as palavras por um momento antes de fechar o porta-malas. Pulou no banco do motorista, verificou o medidor de gasolina e acelerou para a rodovia, até Greenville.

## DO DEPOIMENTO
## DE LAURA COATES

Quando Ken Scott pai chegou ao centro de comando, o caos estava instaurado. Estávamos fazendo tudo que podíamos para ligar os geradores reserva. Tínhamos energia suficiente para mais trinta minutos antes de termos de evacuar. Phil Dung chegou. Disse que a cidade estava em chamas. Que houve um acidente no baile e os jovens podiam estar presos. Pobre Ken, seus dois filhos estavam lá fora. Todos nós dissemos para ele ir, mas Ken insistiu em ficar. Disse que tinha que salvar sua família.

O medidor subiu mais dez mil. Não conseguíamos entender. Havia água mais do que suficiente para manter o sistema resfriado por pelo menos mais duas horas. Mas a temperatura continuou subindo a cada quinze minutos ou menos. Ele atingiu o pico e Ken estava prestes a dar o comando de evacuação quando os medidores começaram a diminuir e se estabilizar, muito rápido. Lembro-me de conferir a hora, 1h12 da madrugada.

Fiquei pensando no que Phil dissera sobre a cidade estar em chamas, então corremos para o telhado. Dava para ver as chamas por toda a parte — bolas de fogo ao longe. Nem ouvi Ken atrás de mim, mas ele deu uma olhada e começou a chorar.

Além da falta de energia, não sei o que aquela garota Maddy poderia ter a ver com a falha do sistema. Mas o gerador passou por várias verificações naquele mês. Eu mesma supervisionei duas delas. Tudo certo. Portanto, não posso dizer com certeza o que deu errado.

Mas vi algo mais estranho naquela noite — quando eu estava naquele telhado, me lembro de olhar para cima e ver o céu cheio de corvos; um monte deles, circulando, como se procurassem o lugar certo para pousar.

# VINTE E OITO

**FOI A MADDY**
EPISÓDIO 11
"Wendy: Parte 2"

    Michael: Há vários relatórios conflitantes sobre quem foi realmente responsável pela tinta. Você faz ideia de quem foi?

    Wendy: Acho que hoje em dia não importa mais. Alguns podem dizer que todos nós jogamos tinta na Maddy.

    Michael: Está bem. Então… onde está Kendrick Scott?

    Wendy: Rá! Sei tanto quanto você.

    Michael: Há registro dele tendo estado no hospital na noite seguinte ao baile, mas ele desapareceu. Você foi a última pessoa que o visitou.

    Wendy: Eu sei. E, como falei antes, erraram, porque fui procurá-lo e não o encontrei.

    Michael: Então você realmente não faz ideia do que aconteceu com ele?

    Wendy: Se eu soubesse, minha vida seria bem mais fácil. Olha, você ainda não me fez uma pergunta diferente, e contei tudo que sei.

    Michael: Tá. Quem é Mireille Germain?

    Wendy: Eu… não faço ideia.

    Michael: Não conhece esse nome?

    Wendy: Deveria?

    Michael: Mireille Germain era uma enfermeira residente que trabalhava para uma família na zona leste de Springville. Essa família a encaminhou para Thomas Washington. Seu último endereço conhecido foi em Beaufort, Carolina do Sul, cerca de um ano antes do baile. Então ela desapareceu. Wendy, há registros de torres de celular de que você esteve perto de uma estação Greyhound em Greenville. Na Noite do

Baile, um ônibus com destino a Boston deixou a estação Greenville Greyhound às 4h da manhã. Ele fez paradas perto de Beaufort.

Wendy: Hm. Perguntou ao motorista se ele viu Maddy? Ou se alguém viu Maddy naquela noite?

Michael: Bem... não.

Wendy: Então está supondo que qualquer ônibus que por ventura parou no estado da Carolina do Sul transportava Maddy?

Michael: Bem, não exatamente. Há teorias, é claro.

Wendy: Parece que você não pode provar nenhuma dessas "teorias" para mim.

Michael: Mas os registros de celular colocam você naquela área.

Tanya: Wendy... tenho que concordar com Michael aqui. Com as atualizações na análise de dados forenses, eles podem rastrear seu telefone por meio de registros de torres de telefonia celular em um raio de um quilômetro e meio.

Wendy: O celular de ninguém estava funcionando naquela noite. Vocês até mencionaram neste podcastzinho.

Tanya: Mas parece que o seu estava funcionando quando você saiu de Springville.

Wendy: Por que vocês estão rastreando o meu celular? Isso não é invasão de privacidade ou algo assim?

Michael: Fazia parte da investigação da comissão. Eles não tinham provas, fora os registros do celular, de você estar em Greenville. Mas aquele vídeo do circuito interno de TV prova que você esteve lá. Quando ligamos os horários aos horários dos ônibus e registros das torres... está muito claro que você estava em Greenville apenas algumas horas depois de ter sido vista pela última vez no Celeiro.

Wendy: Olha, não sei o que dizer. Sim, estive no Celeiro. Sim, fui para Greenville. Mas não levei Maddy para um ponto de ônibus. Tenho certeza que você ouviu falar de como ela se jogou no meu namorado e ele caiu nessa. Ela também matou todos os meus amigos. Então não, não ajudei Maddy a fugir. Por que diabos eu a ajudaria? Maddy jamais saiu de Springville. Até onde eu sei, ela queimou junto com o resto da cidade.

Michael: Então você não acha que Maddy esteja viva?

Wendy: Sinceramente, não importa o que eu acho. Viva ou morta, todo mundo acha que o que aconteceu foi minha culpa. A forma como achei que estava ajudando ela fez mais mal que bem. Porra, se eu pudesse voltar no tempo, voltaria. Mas não posso. Ninguém pode. Maddy está onde deve estar e estamos mais seguros dessa forma. Isso é tudo.

## DO DEPOIMENTO DO XERIFE PETER WEST

Em meus cinquenta e poucos anos, nunca ouvi aquele alarme à noite. Me acordou na hora. Os rádios não estavam funcionando, as luzes estavam apagadas… Eu sabia que aquilo significava problemas.

Somos uma cidade pequena. Cidade pequena, polícia pequena. Quando pedimos reforços, ligamos para a polícia estadual, a uns bons trinta ou quarenta minutos de distância. Com a energia e os telefones desligados, tive que andar até a parada mais próxima para ligar para eles. Foi tempo mais do que suficiente para Maddy queimar todo mundo.

O country club não fica muito longe da Rua Principal. A antiga estação ferroviária foi construída assim de propósito, para atrair novos colonos. Maddy levou pouco mais de uma hora para caminhar mais de cinco quilômetros até em casa.

Quando os reforços chegaram, meu posto havia pegado fogo, assim como metade da cidade. A maioria dos hidrantes estava completamente seca — é por isso que os incêndios consumiram tudo tão rápido. A casa de Maddy foi a última a queimar. Não sabia com certeza se ela estava lá dentro ou não. Se estava viva ou não. E Deus me ajude, eu torci para que estivesse morta. Perdi todo o meu esquadrão naquela noite… meu filho mais novo… morto.

Não foi motim nem revolta racial. Não sei de onde vieram esses rumores, mas eles precisam parar. Foi a Maddy e apenas a

Maddy que fez aquele trem descarrilhar e acabar com a gente. Ninguém a ajudou. E também não houve saques. Ninguém teve tempo de correr e pegar um pedaço de pão, muito menos roubar TVs e bolsas de marca.

Bloqueamos a rua em que ficava a casa dos Washington para que os turistas idiotas parassem de visitar. Somos uma cidade, não um show de horrores! Não tenho pessoal para tomar conta e entreter esses curiosos. E todo o tipo de gente veio ver. Bruxas, caçadores de fantasmas e de OVNIs. Na verdade, mais ou menos um ano depois do ocorrido, dois homens vieram à delegacia, alegando ser tios de Maddy, perguntando se a tínhamos visto porque "sabiam" que ela ainda estava viva. Eu disse a eles para darem o fora!

Me arrependo de muita coisa daquela noite, mas meu maior arrependimento foi não ficar. Talvez as coisas tivessem sido diferentes. Talvez meu filho ainda estivesse vivo.

## DO DEPOIMENTO DE JULES MARSHALL

Treinamos em simulações contra massacres desde o segundo ano. Todos nós vimos aqueles avisos nos alertando para cuidar de alunos que sofriam bullying. Mas Maddy não sofria bullying. Ela chegou no sétimo ano, agindo toda estranha. Atraiu toda aquela atenção para si, usando aquelas saias longas bizarras e aquele suéter fedorento todos os dias. Ninguém fez nada com ela. Ela simplesmente odiava os brancos. Todo mundo sabia disso. Nos odiava porque não era como a gente, embora fingisse ser.

Na infância, aprendi com meus irmãos a me fingir de morta. Esse é o único motivo de eu estar viva. Ela teria me matado. As pessoas dizem que os negros não podem ser racistas, mas ela nos odiava. Dava para ver nos olhos dela.

Não sei nada sobre a tinta. Sim, veio da loja do meu pai, mas muitas coisas vieram da loja do meu pai. Isso não importa. Um pouco de tinta não significa que você vai matar todo mundo. Assim como quando alguém é morto por resistir à prisão, você não sai por aí ateando fogo na loja das pessoas. É egoísta.

Olha pra mim! Perdi meus amigos, meu namorado, meu braço... tudo graças a ela. Espero que ela queime no inferno. Na verdade, o inferno provavelmente seria bom demais para aquela garota.

# VINTE E NOVE

**FOI A MADDY**
EPISÓDIO 12
"Sem Vencedores"
>Michael: Então, Tanya, nosso último episódio. Por enquanto, pelo menos. E não sei se estou mais ansioso ou curioso para ouvir suas considerações finais.
>Tanya: É difícil formar qualquer conclusão racional. O que falta é evidência forense. Análises estatísticas e analógicas. Nossos dados são praticamente uma piada. Observações de testemunhas durante um evento traumático, opiniões fortes sem fatos nem mesmo lógica…
>Michael: Mas você resumiria tudo a boatos e alucinação em massa?
>Tanya: Tá. Digamos que eu acredite que a Noite do Baile aconteceu da forma como todos dizem que aconteceu e que Maddy está, de fato, vivíssima. Ela ainda é uma observadora inocente assistindo à merecida punição de uma cidade com ideologias ultrapassadas. E, em vez de culpar a comunidade por suas ações, todos continuaram a culpar a maior das vítimas, transformando uma jovem em um monstro e usando o legado dela como bode expiatório para evitar a autorreflexão. Até o título deste podcast, *Foi a Maddy*, mostra a falta de compreensão das consequências das ações de alguém. Para mim, a Maddy não fez nada. Então, quer ela tenha sido uma bruxa ou não, esteja viva ou não, pouco interessa na questão mais importante que temos.
>Michael: Que é?
>Tanya: Mike, quando nos conhecemos e eu nunca tinha ouvido falar do massacre, você disse que era mais um fenômeno paranormal. Que a Maddy tinha habilidades de super-heroína. Mas o que você

inconscientemente omitiu é como o racismo da sociedade teve grande influência no incidente. O que é bem típico de um homem branco. Mesmo se excluíssemos a questão da raça, a identidade dela ainda estaria em jogo. Porque, se Maddy tivesse sido quem deveria ser desde o início, se ela tivesse permissão para *ser* quem realmente era, se todos os envolvidos pudessem ser eles mesmos sem medo do ridículo, nada disso jamais teria acontecido.

Michael: Uau. Acho que nunca pensei nisso.

Tanya: E então? O que você realmente aprendeu com isso?

Michael: Eu? Eu… eu não tenho certeza.

Tanya: Michael, você passou anos obcecado por essa garota. Em um mundo perfeito, que resultado você esperava?

Michael: Bem, acho que eu esperava, ou queria… confirmação. Queria mostrar ao mundo que ela existiu. Que o poder dela era real.

Tanya: Ah! Então você queria prova de que Papai Noel existe, por assim dizer.

Michael: Só parece injusto ela não receber o crédito. As pessoas negam que aconteceu, continuam a difamando e subestimando suas capacidades.

Tanya: Ela viver uma vida em seus próprios termos, sem qualquer interferência, não poderia ser considerado uma restituição adequada? Ela não merece paz?

Michael: Mas, depois de tudo, pensei que ela ia aparecer e mostrar para todos que mentiram sobre ela. Que a culparam.

Tanya: Às vezes… a melhor resposta é resposta nenhuma.

Michael: Acho que sim. Mas… espera. Se ela estivesse mesmo viva, você não ia querer falar com ela? Coletar provas?

Tanya: Não.

Michael: Por que não?

Tanya: Eticamente, é difícil responder isso. Porque, se ela ainda estivesse viva, tirando a bateria de testes científicos que teria que fazer, provavelmente seria julgada por assassinato em massa, terrorismo e talvez até crime de ódio. Então, sim, do ponto de vista antropológico, podemos aprender muito. Mas… sinceramente, ela já passou por muita coisa. Que bem isso faria, para ela ou para qualquer um? Como Wendy disse, podemos gritar a verdade sobre o que realmente aconteceu até ficarmos sem ar. Isso não vai mudar nada. Maddy sempre será a vilã. As pessoas precisam querer ver a verdade. A compreensão é fundamental, e essa não é exatamente a especialidade dos cidadãos deste país.

Michael: Parece que não há vencedores aqui. Não há justiça.

Tanya: E daí? Você quer que ela volte e mate mais pessoas só para se provar outra vez?

Michael: Eu queria que todas aquelas pessoas morressem? Não! Mas, veja bem, você tem que admitir que a forma como ela surtou parece quase… compreensível. O balde de tinta foi a gota d'água. Mas também levanta a questão: a punição de Maddy não foi excessiva? Era justo que outras pessoas, tanto negras quanto brancas, fossem vítimas do fogo cruzado?

Tanya: E o racismo é justo de alguma forma? Sempre há consequências, tanto visíveis como invisíveis. Na verdade, acho que é uma das razões pelas quais o governo trabalhou tanto para varrer isso para debaixo do tapete. Porque, se as pessoas soubessem que uma vingança dessa magnitude era uma possibilidade remota, haveria muito menos incidentes de injustiça racial no mundo.

Michael: Acho que, depois de tudo que Maddy passou, só quero que ela esteja bem.

Tanya: E, se ela ainda estivesse viva, o que você diria a ela? Na verdade, fale como se ela estivesse te ouvindo agora.

Michael: Bem, Maddy… onde quer que você esteja, espero que encontre o que está procurando. E que esteja feliz. Você merece.

## Retirado de *Massacre de Springville: A lenda de Maddy Washington*, de David Portman (pág. 350):

A Noite do Baile tomou a vida de quase noventa por cento dos formandos e mais de uma centena de outros residentes de Springville. A Rua Principal e o country club nunca foram reconstruídos, e o Celeiro foi demolido. Justamente a escola, porém, foi poupada.

Após a divulgação do relatório final da comissão, a Usina Elétrica de Springville fechou permanentemente suas instalações. Nenhuma razão oficial foi dada à imprensa, mas as pessoas suspeitavam que era relacionado aos eventos que aconteceram na sangrenta Noite do Baile. Sem a usina, o desemprego aumentou quase duzentos por cento. Muitos moradores se mudaram para cidades e estados distantes, os bancos confiscando as poucas casas que não foram incendiadas.

Após a recuperação do corpo de Thomas Washington, as ruínas da casa foram cercadas e todo o quarteirão acabou abandonado. Ninguém queria morar perto do estranho lembrete. Cinco anos depois, a cidade reservou um orçamento para limpar a propriedade e colocá-la à venda, na esperança de encorajar os compradores a considerar Springville como seu novo lar em potencial. Durante a escavação dos restos da casa dos Washington, apenas alguns itens foram encontrados intactos.

Um deles era um pente de metal.

# AGRADECIMENTOS

OS ÚLTIMOS CINCO anos foram incríveis. Se você viu minha dedicatória, sabe que eu ainda estou chocada com o fato de ser autora de vários livros. Um agradecimento ENORME aos meus incríveis leitores dedicados. Bookstagrammers, TikTokers, estudantes, educadores, blogueiros, clubes do livro e vovós. Realmente agradeço muito o amor que recebi de todos vocês. Espero que tenham gostado desta homenagem a Stephen King, que é um dos meus ídolos desde que me tornei leitora e fã de terror.

Falando nisso... para o sr. King, digo: você é uma das minhas maiores inspirações. Obrigada pelos livros e filmes que me fizeram companhia por grande parte da vida.

Quero agradecer em especial à Marlene Ginader por me ajudar com a pesquisa sobre telecinesia, ao Justin Reynolds pelo curso intensivo de futebol americano, ao Donald Short pelas informações sobre a usina e à Linda Jackson (também conhecida como MAMÃE) pela lista de filmes e programas de TV clássicos. Todos esses anos assistindo ao TCM realmente valeram a pena.

Agradeço aos editores. Apesar de eu querer brigar com vocês na metade do tempo, vocês são os heróis absolutos e desconhecidos da nossa indústria. Meus livros seriam uma bagunça sem vocês.

Ao meu editor, Benjamin Rosenthal, obrigada por sempre estar ao meu lado e me apoiar. Para toda a equipe da HarperCollins, é preciso uma aldeia para fazer um livro e estou feliz por fazer parte da aldeia de vocês. À minha agente, Jenny Bent, sou imensamente grata por sua mente brilhante.

Para as minhas leitoras beta Natasha Diaz, Bethany Morrow e Ashley Woodfolk, suas observações sobre garotas negras levaram este livro exatamente até onde ele precisava estar. Um grande agradecimento ao meu irmão gêmeo, Lamar Giles, que, embora estivesse tendo sua filhinha, ainda reservou um tempo para controlar minha ansiedade. Para Shanelle e Jessica, obrigada por me apoiarem durante o auge da COVID-19. Adorei nossas bolhas e conversas semanais no Zoom. À minha família, obrigada por sempre me apoiar e nunca me afastar da TV quando eu era pequena, principalmente quando meu filme de terror favorito estava passando.

E a Deus, muito obrigada.

Impressão e Acabamento:
EDITORA JPA LTDA.